i
imaginist

想象另一种可能

理
想
国
imaginist

与希罗多德一起旅行

PODRÓŻE Z HERODOTEM

RYSZARD KAPUŚCIŃSKI

[波] 雷沙德·卡普希钦斯基 著

马睿 译

云南人民出版社

PODRÓŻE Z HERODOTEM (TRAVELS WITH HERODOTUS)
Copyright © 2004 by Ryszard Kapuściński
Originally published in Poland by Znak, Kraków, in 2004
All rights reserved

著作权合同登记图字：23-2024-016

图书在版编目（CIP）数据

与希罗多德一起旅行 /(波) 雷沙德·卡普希钦斯基著；马睿译. -- 昆明：云南人民出版社，2025.1.（2025.8重印）
ISBN 978-7-222-22926-6

Ⅰ.I513.55

中国国家版本馆CIP数据核字第2024AF8235号

特约策划： 雷　韵
责任编辑： 刘松山
特约编辑： 雷　韵
装帧设计： LitShop
内文制作： 马志方
责任校对： 柳云龙
责任印制： 代隆参

与希罗多德一起旅行

[波] 雷沙德·卡普希钦斯基 著　马睿 译

出　版	云南人民出版社
发　行	云南人民出版社
社　址	昆明市环城西路609号
邮　编	650034
网　址	www.ynpph.com.cn
E-mail	ynrms@sina.com
开　本	787mm×1092mm　1/32
印　张	10.5
字　数	193千
版　次	2025年1月第1版　2025年8月第3次印刷
印　刷	山东京沪印刷科技有限公司
书　号	ISBN 978-7-222-22926-6
定　价	68.00元

目录

1　跨越边境　　1

2　滞留印度　　15

3　火车站和宫殿　　29

4　罗比诵念《奥义书》　　43

5　百花齐放　　57

6　中式思维　　71

7　世界旅途上的记忆　　81

8　克洛伊索斯的幸与不幸　　91

9　战斗结束了　　101

10　诸神的起源　　111

11	宣礼塔上的风景	121
12	阿姆斯特朗的音乐会	133
13	佐庇鲁斯的脸	143
14	野兔	153
15	在死去的国王和被遗忘的众神之间	165
16	向希斯提埃乌斯的头颅致敬	177
17	在兰克医生那里	189
18	希腊人的技艺	201
19	在他被狗和鸟撕碎之前	213
20	薛西斯	227
21	雅典人的誓言	239

22	时间消逝	251
23	沙漠与大海	261
24	铁锚	271
25	黑而美	283
26	激情与审慎的几个场景	293
27	希罗多德的发现	303
28	我们身处黑暗,被光包围	313

人名、地名、专有名词译名对照	325

1

跨越边境

在希罗多德踏上他的旅程,披荆斩棘,扬帆出海,策马穿过亚洲的旷野之前;在他遭遇可疑的斯基泰人,发现巴比伦的奇迹,探寻尼罗河的奥秘之前;在他经历迥异的土地,看到无数光怪陆离的事物之前,他会先在一堂关于古希腊的讲座中出现一会儿,讲座是别容斯卡·玛沃维斯特教授为华沙大学历史系一年级学生开设的,每周两次。希罗多德会出现,然后迅速消失。他消失得如此彻底,以致多年后的此刻,当我翻阅那些课程的笔记时,竟没有找到他的名字。笔记里有埃斯库罗斯和伯里克利,萨福和苏格拉底,赫拉克利特和柏拉图;但没希罗多德。可我们做笔记做得那么认真。那是我们唯一的信息来源。战争在六年前结束,城市已成废墟。图书馆化为灰烬,我们没有教科书,或者不如说,没有任何书。

教授的嗓音冷静、轻柔、平和。她那双深邃而专注的眼睛透过厚厚的镜片注视着我们，带着未加掩饰的好奇心。她坐在高高的讲台上，面前那上百个年轻人，大多数都不知道梭伦有多伟大，不知道安提戈涅为何绝望，也没法说清楚地米斯托克利如何将波斯人引向陷阱。

说实话，我们甚至不知道希腊在哪里，或者说，不知道叫这个名字的当代国家有多么辉煌的过去，值得在大学里学习。我们是战争年代的孩子。打仗那些年，高中停课了，虽然在大一些的城市里偶尔会有偷偷摸摸开的学习班。但在这里，在这个演讲厅里坐着的，大多是来自偏远村庄和小镇的女孩男孩，读书少，教育程度不高。那是1951年。大学招生不需要入学考试，家庭出身最重要——在共产主义国家，工农子弟被录取的机会最大。

长条板凳很长，预备给几个学生一起坐，但还是不够，我们得挤在一起。我的左边是Z——一位沉默寡言的农民，他来自拉多姆斯科附近的村庄，他曾经告诉我，在他们那儿，家家户户都会备些干的烟熏红肠当药品：要是婴儿生病了，就给他嘴里含上烟熏红肠。"有用吗？"我怀疑地问道。"当然。"他坚定地回答，接着再度陷入忧郁的沉默。我右边坐着瘦小的W，他的脸庞消瘦，布满麻子。每当天气有变化，他就会痛苦地呻吟；他说自己曾在一次森林战斗中膝盖中弹，但不肯说到底是谁在和谁打仗，是谁射中了他。我们班上还有几个家庭条件挺好的学生。他们整洁体面，衣着更好，女孩还穿着高跟鞋。当然，他们是引人注目的例外，不同寻常——贫穷粗糙的农村人是大多数：穿着皱巴巴的军大衣，打了补丁的毛衣，细棉布的裙子。

教授给我们展示了古代雕塑和绘在棕色花瓶上的希腊人像的照片——漂亮、雕塑般的身体，高贵、修长的脸庞，五官精致。他们属于某个未知的神话世界，一个阳光与白银的国度，温暖，洋溢着光明，住着身形颀长的英雄和跳舞的仙女。我们不知该如何理解那个世界。看着这些照片，Z沉默不语，W弓着身子按摩他疼痛的膝盖。其他人在一旁看着，专心致志然而无动于衷。在未来的那些预言家宣布文明的冲突之前，这种冲突早就在演讲厅里发生了，每周两次，在那里，我知道了曾经有个叫希罗多德的希腊人。

我对他一无所知，不了解他的生平，也不知道他给我们留下了一本名著。我们无论如何都不可能读到《历史》，因为当时它的波兰语译本还被锁在柜子里。二十世纪四十年代中期，塞韦伦·哈默教授完成了《历史》的翻译，他将手稿托付给采特尼克出版社。我无法确定细节，因为所有的档案都消失了，但哈默的书稿碰巧是在1951年秋天被出版社送去排版的。一切顺利的话，这本书应该在1952年面世，在我们学习古代史时及时送到我们手中。但事与愿违，印刷突然被中止。谁下的命令？可能是审查员，但不可能知道确切答案。我们只知道，这本书直到三年后的1954年底才最终付印，1955年才在书店上架。

可以猜猜《历史》的出版为何延迟。它与斯大林去世前后的时间节点吻合。希罗多德译稿送达出版社时，正值西方电台开始谈论斯大林的重病。个中细节很模糊，但人们害怕新的政治浪潮，选择低调行事，不冒任何风险，不给任何人任何借口，宁可观望形势的发展。山雨欲来。审查人员倍加警惕。

等等，希罗多德会有问题？一本两千五百年前写的书？嗯，是的：因为在那些年里，我们所有的思考，我们的观察和阅读，都被对影射的痴迷所支配。每个词都让人联想另一个词；每个词都是双关，带着伪装，带着隐喻；每个词都包含一些秘密编码，被狡猾地隐藏起来。没有任何东西是简单的、字面的、明确的——每个手势和单词的背后，都有所指，都凝视着意味深长的眼睛。写作的人很难与阅读的人沟通，这不仅是因为审查员可以半路拦截文本，还因为，当文本最终抵达读者时，后者读到的东西与明明白白写出的东西完全不同，他不断问自己：这位作者到底想告诉我什么？

就这样，当一个被影射吞噬、被影射极度困扰的人遇见希罗多德，将在那里找到多少影射！《历史》共计九卷，每一卷里的例子都堆积如山。这么说吧，他随便打开一卷，第五卷。他打开书，边读边看到，经过三十年的嗜血统治，科林斯那位叫库普塞罗斯的僭主死了，他的儿子佩里安德继位，最终他会变得比他的父亲更嗜血。这位佩里安德，在他尚是羽翼未丰的僭主时，想学习如何保有权力，于是派使者去请教米利都的老僭主塞拉绪布卢，如何最有效地让人民处于恐惧和服从之中。

希罗多德写道，塞拉绪布卢带着佩里安德派来的人出了城，来到一片庄稼地。走过庄稼地时，他不停地询问信使，让他一遍又一遍地重复他从科林斯带来的问题。与此同时，每逢他看到比其他谷子高的谷穗，就掰下来扔掉，他反复这么做，直到他把庄稼里长得最好、最高的那些都毁掉了。这么走过田野之后，塞拉绪布卢就让佩里安德的人回去了，没给他任何建议。当那个人回到科林斯，佩里安德迫不及待地想听塞拉绪布卢的建议，但信使说他根本没有提出任何建议。事实上，他说，他很惊讶佩里安德竟派他去见那种人——一个破坏自己财产的疯子——他描述了他目睹的塞拉绪布卢的所作所为。

然而，佩里安德明白了塞拉绪布卢的用意。塞拉绪布卢是建议他除掉那些出类拔萃的公民，从那时起，他对待他的人民一直残酷无情。如果说库普塞罗斯在他那一轮的屠杀和迫害中尚有未竟之业，那么佩里安德完成了使命。[1]

再聊聊阴郁、多疑的冈比西斯二世？这个人物身上有那么多可以影射、类比和对应之处。冈比西斯是当时的强国波斯的国王。他于公元前530年至公元前522年之间在位统治。

一切都让我确信冈比西斯完全疯了……他的第一桩暴行是杀死了他的兄弟斯梅尔迪斯……接着又杀掉了跟他一起来到埃及的妹妹。她也是他的妻子，他的亲妹妹……还有一次，他发现十二名波斯贵族犯了微不足道的小罪，就把他们活埋，埋到脖子……这只是他对波斯人和他的盟友令人发指的暴行的几个例子。他在孟斐斯期间，甚至打开古墓，查看尸体。

冈比西斯……出发攻打埃塞俄比亚人，既没有筹集补给，也没有考虑到他将远征至天涯海角……盛怒与疯狂之下，他就这样带着所有陆军出发了……然而，他们还没有

---

[1] 《与希罗多德一起旅行》英译本引用的希罗多德《历史》，是罗宾·沃特菲尔德（Robin Waterfield）由希腊文翻译至英文的译本，牛津大学出版社1998年版。中文译本中引用的《历史》段落，据此英译本翻译，并参考徐松岩译本（《历史》，世纪文景，2018年）。——译者注（本书脚注若非另行说明，均为译者注）

走到五分之一的路程就粮草尽绝，驮物资的牛马也被吃得一只不剩。如果冈比西斯见此改变主意，掉头回去，他就能用明智的行动挽回他原来的错误；然而他无视现实，继续推进。只要不是不毛之地，他的手下总可以靠吃草来维持生命，但后来他们来到了沙漠。这时，他们中有人做了可怕的事：他们抓阄，每十人中选一个——把他吃掉。冈比西斯听闻此事，对同类相食的恐惧使他放弃了远征埃塞俄比亚，班师回国。

我之前提到了，希罗多德的书1955年在书店上架。斯大林去世已有两年。气氛变得更宽松，人们的呼吸更自由。伊里亚·爱伦堡的小说《解冻》刚刚问世，书名呼应着刚开始的新时期。那时，文学似乎就是一切。人们向文学寻求生活的力量，寻求指引，寻求启示。

我完成了学业，开始在一家名叫《青年旗帜报》（*Sztandar Młodych*）的报社工作。我是新手记者，负责跟进读者来信，联络寄信人。有来信抱怨不公正和贫穷，抱怨国家牵走了他们最后一头牛，或者他们的村庄仍然没通电。审查制度略有松弛，比如读者可以来信说，乔杜夫村有一个商店，但货架总是空空如也，从来没有什么可买。进步在于，斯大林还在世的时候，你不能写商店是空的——所有的商店都必须备货充足，商品琳琅满目。我常常坐着干草车或摇摇晃晃的公共汽车走村串镇，当时私家车极少，甚至自行车也不容易买到。

这样的旅程有时会把我带到边境的村庄。但这种情况并不常发生。因为离边境越近，土地越空旷，遇到的人越少。这种空旷增加了这些地区的神秘感。我也对边境地区的寂静感到震惊。这种神秘和寂静吸引了我，让我着迷。我很想看看国境线另一边有什么。我想知道，当一个人越过国境线时会经历什么？是什么感觉？会想什么？这一定是个激动人心的时刻。另一边是什么样子？它肯定是——不同的。但"不同"意味着什么？它看起来像什么？和什么近似？或许它与我知道的任何东西都不像，因此是不可思议、难以想象的？因此，我最大的渴望，让我不得安宁、百爪挠心的渴望，实际上很朴素：我只想做一件事——穿越国境线，体验那个时刻、那个动作、那个简单的事实。越过国境线，迅速返回——我想，这就足矣，足够满足我那难以言喻但又迫不及待的心理饥饿。

但怎么才能出国呢？不论是我中学还是大学里的朋友，都没人出过国。有海外关系的人通常都不会声张。我甚至对自己这种奇怪的欲望感到恼怒；但它还是一刻也没有减弱。

一天，我在走廊里遇到了我的主编伊莱娜·塔尔沃夫斯卡。她是位漂亮的高个女子，一头浓密的金发掠向一边。

她聊了聊我最近在做的选题，然后问我以后的计划。我报了我准备去的各个村庄，当地等着我去报道的问题，然后鼓起勇气说："如果有机会，我非常想出国。"

"出国？"她有些惊讶，甚至略带惊恐，因为在那个年代，出国不是寻常事。"要去哪里？为什么？"她问。

"我在考虑捷克斯洛伐克。"我回答。我不敢说出像巴黎或伦敦这样的地方，坦率地说，我对它们也不感兴趣；我甚至无法想象它们。这事只关乎跨越国境——某个地方。哪个地方并不重要，因为重要的不是终点、目标、目的，而是这种神秘而无与伦比的行为。越过国境。

那次谈话后，一年过去了。有天我们新闻编辑室的电话响了。主编把我叫到她的办公室。我站在她的办公桌前，她说："是这样，我们要派你出国。去印度。"

我的第一反应是惊讶。紧接着是慌乱：我对印度一无所知。我焦虑地在脑袋里寻找与印度有关的形象、人名、地名。一无所获。一片空白。（派人去印度的想法源起几个月前贾瓦哈拉尔·尼赫鲁访问波兰，他是第一位这么做的非苏联阵营国家领导人。双方已经建立了初步的接触。我将要做的报道旨在拉近那片遥远的国度。）

当我们的谈话结束，我知道我将向世界进发，塔尔沃夫斯卡打开一个柜子，拿出一本书递给我："给你的礼物，

1 跨越边境

路上看。"那是一本厚厚的书,黄布装裱的硬质封面。书的正面,用烫金的字体印着,希罗多德,历史。

这是一架老式的双引擎螺旋桨飞机DC-3,由于战时在前线服过役,机翼被废气熏得发黑,机身布满补丁。但它还是飞了起来,带着寥寥几名乘客,空空荡荡,飞往罗马。我坐在窗边,兴奋地望着外面,第一次鸟瞰世界。在那之前,我甚至没有去过山区。在我们下方缓缓掠过五颜六色的棋盘,斑驳的拼布被子,灰绿色的织锦挂毯,仿佛在地上摊开晒太阳。但黄昏很快降临,接着是黑暗。

"现在是晚上。"我的邻座用波兰语说,但有外国口音。他是准备回国的意大利记者,我只记得他的名字叫马里奥。当我告诉他我要去哪里,为什么要去,这是我第一次出国旅行,我真的什么都不知道时,他笑道,"别担心!"并承诺会搭把手。我大喜过望,稍微笃定了些。我需要信心,因为我正在飞往西方,而我曾被教导要像惧怕烈火一般惧怕西方。

我们在黑暗中飞行;即使在机舱内也几乎没有灯光。突然,发动机全速运转时施加在飞机各部分的紧张感开始减弱,发动机的动静越来越小,不再那么急迫——我们的旅程即将到达终点。马里奥抓住我的胳膊,指着窗外:"看!"

我惊呆了。

在我下面,我们飞过的黑夜的四面八方现在都充满了光。那是一道强光,刺眼、颤动、摇曳。让人想到某种液体,就像熔岩,下面微光闪烁,亮闪闪的表面和光一起脉动,起伏伸缩。整个发光的奇观像是有生命的物体,充满节律,振动不歇,元气淋漓。

这是我生平第一次看到灯火通明的城市。在那之前,我去过的屈指可数的城市和镇子都是令人沮丧的黑暗。商店的橱窗从不会亮,没有彩色的广告,路灯昏昏沉沉。谁还需要灯呢?晚上的街道阒无人迹,几乎看不到汽车。

随着我们的下降,这种灯的景观越来越靠近,铺天盖地。最后,飞机在停机坪上轰然停住,嘎吱作响。我们到了。罗马机场——一个巨大的、被玻璃罩覆盖的方块,人头攒动。在这个温暖的夜晚,我们穿过熙熙攘攘的街道,驱车进入城市。喧扰、车流、灯光和声音——就像致幻剂。我一度有些眩晕——这是在哪儿?我看起来一定像是森林里的动物:发愣,有点怯生生,睁大了眼睛,试图领会、理解和辨别事物。

第二天早上,我无意中听到隔壁房间的谈话,听出了马里奥的声音。我后来知道,他们在商量如何帮我打扮,因为我是穿着1956年在华约国家流行的休闲装束来的。我有身打眼的灰蓝色条纹切维奥特毛料正装——双排扣，肩部宽大，棱角分明，裤子又肥又长。衬衫是淡黄色的尼龙材质，领带是绿色格子纹。最后是鞋子——硕大的乐福鞋，鞋底又厚又硬。

东西方之间的对抗不仅发生在军事领域，也发生在生活的方方面面。如果西边的人穿得轻松，那么东边的人，根据对立面的规矩，就穿得正式；如果西边的人穿得合身，那么东边的人就反其道而行之——所有衣服都得无比宽松。不需要看护照——远远地，人们一眼就能猜出这人来自铁幕哪边。

在马里奥妻子的陪伴下，我们在商店里转悠。对我来说，这是趟发现之旅。有三件事最让我惊叹。第一，商店里堆满了商品，满满当当，压在货架和柜台上，像五颜六色的激流涌向人行道、街头和广场。第二，售货员不是坐着，而是站着，盯着入口处的门。奇怪，她们就那么不说话地站着，而不是坐下来聊天。毕竟女人之间有那么多共同话题：丈夫的烦心事，孩子的问题，穿什么衣服，健康问题，昨天炉子有没有烧坏什么东西。而在这里，我感觉，她们根本不认识对方，也没有交谈的欲望。第三震惊的是，售货员会回答顾客向他们提出的问题。他们用完整的句子回答，还会在最后加上"Grazie"（谢谢）！当马里奥的妻子提问，他们会认真专心地听她说话，如此专注，身体前倾，看起来就像要准备赛跑一样。随后，顾客会听到那句时时萦绕耳边的、神圣的"Grazie"！

傍晚时分，我鼓起勇气独自出门。我应该是住在市中心的某个地方，因为特米尼火车站就在附近，从那里，我沿着加富尔街一直走到威尼斯广场，然后穿过小街小巷，回到特米尼火车站。我不关心建筑、雕像和纪念碑；我只对咖啡馆和酒吧着迷。人行道上到处都是桌子，人们坐在那里，喝东西、聊天，或者只是纯粹地看着街道和路人。在又高又窄的吧台后面，酒保们倒饮品、调鸡尾酒、煮咖啡。服务员忙个不停，以魔术师般的手法递上玻璃杯和茶杯，这种情形我从前只见过一次，在一个苏联马戏团，当时表演者凭空变出了一个木盘、一个玻璃高脚杯和一只尖叫的公鸡。

有一天，我发现了一张空桌子，坐下来，点了杯咖啡。过了会儿，我意识到人们在看我。我穿了套新西装，雪白的意大利衬衫，系了最时髦的圆点领带，但在我的形象和仪态中，在我的坐姿和动作中，一定有一些东西暴露了我——出卖了我来自哪里，那个世界多么不同。我感觉到他们把我当成了另一种人，坐在罗马充满奇事的天空下，虽然我应该很高兴，但我开始感到浑身不自在，开心不起来。我已经换了行头,但显然,我没法掩藏衣服下面的东西,这些东西塑造了我,并将我定义为一个异国的存在。

2

滞留印度

乘务员身着浅色纱丽，在印度国际航空四引擎的巨无霸飞机入口处迎接乘客。她这一身柔和的色调暗示接下来的飞行将会平静而愉悦。她双手合十，仿佛在祈祷；我很快就知道，"合掌"（Anjali）是印度教的问候手势。机舱里有一股强烈而陌生的香气——我想，应该是东方香、印度草药、水果和树脂的气味。

我们在夜间飞行，透过窗户，只能看到机翼末梢闪烁的一点绿光。在"人口爆炸"之前，航空旅行很舒适，飞机往往只载几个乘客。这次也如此。乘客们占着几个座位伸展开身体，睡着了。

我觉得我没法合上眼睛，便从包里拿出塔尔沃夫斯卡给我的书。希罗多德的《历史》是一本好几百页的巨著。这么厚的书很诱人，我从导言开始读，译者塞韦伦·哈默在里面描述了希罗多德的生平,并向我们介绍了他这部作品的意义。哈默写道,公元前485年,希罗多德出生在小亚细亚的港口城市哈利卡尔那索斯。大约在公元前450年,他搬到雅典,几年后又从那里搬到意大利南部的希腊殖民城邦图里伊。他大约在公元前425年去世。他一生中曾大量旅行。他给我们留下了一本书——有理由相信这是他写的唯一一本书。

哈默试图再现一位生活在两千五百年前的人的生活,我们对他知之甚少,也难以想象他的样子。即使是他留给我们的书,其原始版本也只有少数专家可以理解,这些专家除了拥有古希腊语知识外,还得知道如何识别一种非常特殊的书写系统:这些文本看起来就像一个无休无止的单词,伸展在几十卷莎草纸卷轴上。"单词或句子之间没有分隔,"哈默写道,"分不清章节和卷次;文本如同织锦般细细密密。"希罗多德把自己隐藏于这种语言结构,就像隐藏在一块围屏后面,这让我们比他的同时代人更难以理解他。

夜晚结束,白天来临。透过小窗,我第一次看到如此浩瀚的地球。这一景象引发无限遐思。在那之前,我的全部世界可能只有五百公里长、四百公里宽。在这里,我们似乎永远在飞行,而地球,在我们下面很远的地方,一直在变换颜色——一会儿是焦土色;一会儿是绿色;然后,在很长一段时间里，是深蓝色。

我们降落在新德里时已经入夜。我一下子就被热浪和湿气包围，站在那里汗流浃背。和我一起飞行的人突然消失不见，被一直在等待他们的色彩绚烂、热热闹闹的亲友卷走了。

我孤零零的，不知该做什么好。航站楼小而黑，又荒凉，与罗马机场全然不同。它独自被笼罩在夜色中，我不知道在黑暗的深处有什么。过了一会儿，出现了一个老人，身穿白色宽松过膝长衫。他留着灰色的胡须，戴着橙色的头巾。他说了些我听不懂的话，我猜他是在问我，为什么独自站在空荡荡的机场。我不知道该怎么回答，环顾四周——接下来该怎么办？我对这次旅行毫无准备。我的笔记本里既没有联系人也没有地址。我的英语很糟。但这也不能全怪我：我唯一的愿望只是实现那个无法实现的目标——穿越边境。别无他求。但表达这个意愿引发了一连串事件，现在，它们把我一路送到这里，到了地球的另一端。

老人想了想，然后用手势示意我跟着他。在入口的一侧停着一辆划痕累累的破旧巴士。我们上了车，老人启动发动机，我们出发了。刚前进几百米，司机就放慢了车速，开始猛按喇叭。在我们前面，在本应是道路的地方，我看到一条宽阔的白色河流绵延消失在闷热的黑夜中。这条

"河"是在露天睡觉的人,有的睡在木板床上,有的睡在席子上,有的睡在毯子上,但大多数人直接睡在光秃秃的柏油路和延伸到两边的沙堤上。

我以为人们会愤怒地扑向我们,拳脚相加,甚至用私刑处死我们——在他们被头顶上轰鸣的喇叭声惊醒后。结果根本不是这样!当我们慢慢前进时,他们一个接一个地站起来,走到一边,带着孩子,推着几乎不能走路的老太太。在他们急切的服从中,在他们毕恭毕敬的谦卑中,甚至不无歉意,仿佛这么睡在路上是种罪过,而他们想迅速抹除其痕迹。就这样,我们一点一点地往城里走,喇叭响了又响,人们不断地挪动,让路。等我们到了城里,我发现街道同样难以驾驭:它也只不过是夜里那些穿着白衣梦游的幽灵聚集的巨大营地而已。

就这样,我们来到一处亮着红色灯泡的地方:旅馆。司机把我留在前台,一言不发地消失了。接待处一个包着蓝色头巾的男人把我带到楼上的小房间,里面只有一张床、一张桌子和一个盥洗台。他二话不说,扯下床单,上面的虫子惊慌失措地乱窜,他把虫子甩到地上,嘟哝着道了句晚安,就离开了。

只剩我一个人了。我坐在床上,开始考虑自己的处境。坏消息是,我不知道我在哪里。好消息是,我头上仍有屋顶,有地方(旅馆)给我遮风挡雨。我感到安全吗?是。

不自在吗？没有。古怪？是。我无法准确描述到底奇怪在哪里，但到了早上这种感觉越来越强烈——当一个赤脚的男人带着一壶茶和几块饼干进入房间。这种事之前从未发生在我身上。他把托盘放在桌子上，鞠了一躬，什么也不说，轻轻地退了出去。他的举止中有种自然而然的礼貌，那游刃有余的机敏，那令人吃惊的体贴和庄重，让我立刻对他产生了钦佩和敬意。

一小时后，待我走出旅馆，发生了更令人窘迫的事。在街道的另一边，在一个窄小的广场上，人力车夫一大早就聚在那里——那些男人瘦瘦小小，弯着腰，细脚伶仃。他们一定是得知有位"老爷"（sahib）来到了旅馆。所谓老爷，必定阔绰，所以他们耐心地等待，随时准备提供服务。但是，一想到自己舒舒服服坐在人力车上，被一个饥饿、虚弱、一只脚已经踏入坟墓的人拉着，我内心就充满了极度的厌恶、愤怒和震惊。成为一个剥削者？一个吸血鬼？以这种方式压迫另一个人？绝不可能！我是在与此水火不容的精神环境中长大的，我被教育，即使像这样骨瘦如柴的人也是我的兄弟，我们同根同源，血肉相连。因此，当那些人力车夫恳求着扑向我，为了这单生意不惜吵闹推搡，我坚定地推开他们，喝退他们，表达抗议。他们惊呆了——我在说什么，我在做什么？毕竟他们要靠我过活。我是他们唯一的机会，仅存的希望——只是为了一碗饭。

我头也不回地走了,无动于衷,态度坚决,有点自鸣得意,因为我没有被操纵成为吸血鬼。

老德里!它那狭窄、弥漫灰尘、热得要命的街道,散发着热带地区令人窒息的发酵的气味。还有这群默默移动的人,出现又消失,他们的脸阴沉、潮湿、千篇一律、没有表情。孩子们也安静,不吵不闹。一个男人呆呆地盯着他自行车的残骸,车在街道中央散了架。一个女人在卖用绿叶包裹的东西——那是什么?叶子里包着什么?一个乞丐展示了如何把肚皮贴到后背——但这可能吗?人们走在路上得小心翼翼,留神脚下,因为许多摊贩直接在地上、人行道上、马路边上摆放他们的商品。有个人在报纸上摆了两排人牙和一些破旧的钳子,以此宣传他的牙科服务。他边上是个枯瘦的家伙,正在兜售书籍。我翻查完随意排列、布满灰尘的书堆,最后选了两本:海明威的《丧钟为谁而鸣》(对学英语很有用)和 J. A. 杜波依斯神父的《印度教礼仪、习俗和仪式》。杜波依斯神父于1792年作为传教士来到印度,在这里待了三十一年,他对印度教生活方式的研究成果,就是我刚刚买的这本书,这本书于1816年在英国出版,由英国东印度公司资助。

我回到旅馆,打开海明威的书,看到第一句话:"他趴在森林里褐色的、铺满松针的地上,交叉的双臂托着下巴,风在头顶上吹着松树的树梢。"我什么也看不懂。我有一本小小的英波袖珍词典,这是在华沙可以买到的唯一一种。我找到了"褐色"这个词,但找不到其他词。我继续读下一个句子:"山坡不太陡……"还是一个词也查不到。"旁边有一条小溪……"我越是试图理解这段文字,就越是沮丧和绝望。我感到被困住了。被语言围困了。那一刻,语言给我的印象是一种物质的东西,一种有形之物,一堵耸在路中间的墙,阻止我继续前进,阻断了世界,使它无法企及。这是难堪和羞辱的感觉。这也许可以解释,为什么在第一次遇到陌生的人和事物时,有些人会感到担心和不确定,充满不安全感。这一遭遇将带来什么?它将如何结束?最好不要冒这个险,留在熟悉的环境里!别惹是生非!

要不是因为已经买了"巴特里"号客轮的回程票,我恐怕已经逃离印度回国了,当年这艘船在格但斯克[1]和孟买之间航行。埃及总统贾迈勒·阿卜杜勒·纳赛尔刚刚将苏伊士运河收归国有,就遭到英国和法国的武装干预;战争爆发了,运河被封锁,"巴特里"号被困在地中海。归途被

---

1 格但斯克,波兰波美拉尼亚省的省会城市,该国北部沿海地区的最大城市和重要海港,位于波罗的海沿岸。

阻，我被迫滞留印度。

就这样被扔进深水里，我不想坐以待毙。我意识到只有语言能拯救我。我开始思考希罗多德在环游世界时是如何对付外语的。哈默写道，希罗多德只懂希腊语，但当时的希腊人散布全球，到处都有他们的殖民地、港口和工坊，《历史》的作者可以请他遇到的同胞帮助他，做他的翻译和向导。而且，希腊语是当时的通用语，欧洲、亚洲和非洲的许多人都讲这种语言，直到后来被拉丁语、法语和英语取代。

我开始死记硬背，夜以继日。我用冷毛巾敷太阳穴，感觉我的头要炸开了。我一刻不离海明威，但现在跳过了那些读不懂的描述性段落，只读对话，这样容易多了。

"你有多少人？"罗伯特·乔丹问道。
"七个，其中两个女人。"
"两个？"
"对。"

这些我都能读懂！还有这个也能懂：

"奥古斯丁是个非常好的人，"安塞尔莫说……
"你跟他熟？"
"对，早就认识了。"

我在城里兜兜转转，抄下招牌、店里的商品名称、在公交车站听到的词。在电影院里，我在黑暗中草草抄下银幕上的文字，还记下街头示威者打出的横幅上的口号。我不是通过图像、声音和气味理解印度，而是通过文字；此外，这些文字不是土生土长的印地语，而是一种外来的、异质的语言，这种语言已经在这里完全扎根，对我来说，它是打开这个国家不可缺少的钥匙，甚至几乎就等同于这个国家。我明白，每一个独特的地理世界都有自己的奥秘，只有通过学习当地的语言才能破译它。不然，即使一个人在其中度过了好几年，这个世界仍将难以探知，不可理解。我也注意到了命名和存在之间的关系，因为我一回到旅馆就意识到，在城里我只看到了我能够说出名字的东西：例如，我记得金合欢树，但不记得它旁边那棵我不知道叫什么的树。简而言之，我明白，我知道的词汇越多，在我面前展开的世界就越丰富、充实、多姿多彩，越能被我抓住。

来到德里后的那些日子里，我一直被这个念头折磨着：我没在做记者工作，没在为我以后要写的报道收集素材。毕竟我不是来旅游的。作为信使，我得报告见闻，讲述事件。但我两手空空，感到无能为力，甚至不知道该从哪里下手。说到底，我对印度一无所知，也不是主动要求来的。越过边境线——仅此而已。没别的了。但现在，由于苏伊士运河战争[1]我回不去，我只能向前走。我决定去旅行。

旅馆的前台接待员建议我去贝拿勒斯[2]。他们解释说，那是"圣地"！（我已经注意到印度的很多神圣之物：圣地、圣河、无数头圣牛。神秘主义渗透到生活的程度让人震惊，有无数座寺庙，每一步都有小教堂和各种小祭坛，有无数香火在燃烧，无数人的额头上点着宗教标记，无数人一动不动地打坐，全神贯注于某个超然时刻。）

我听从了接待员的建议，乘公共汽车前往贝拿勒斯。车子驶过贾穆纳河和恒河的河谷，驶过平坦、绿色的乡村，其间点缀着农民的白色身影，他们在稻田中涉水，用锄头挖地，或是头上顶着包袱、篮子或麻袋。但窗外的景色不断变化，眼前常常是一片广大的水域。这是秋汛的季节，河流变成宽阔的湖泊，变成好一片海。岸边有赤脚的灾民扎营。他们在水上涨前撤离，但仍住在水边，只离开必要的距离，一旦洪水后退就立即返回。在行将结束的日头那巨大热浪的辐射中，水蒸发了，乳白色的、静止的雾气笼

---

1 即第二次中东战争。
2 贝拿勒斯，著名历史古城瓦拉纳西旧称。释迦牟尼初转法轮的鹿野苑在此地附近。

罩在一切事物之上。

我们抵达贝拿勒斯时天色已晚，夜幕已经降临。这座城市似乎没有郊区，而郊区通常会让人来到市中心之前有所准备；在这里，人们突然就从黑暗、寂静和空旷的夜色进入灯火通明、拥挤喧闹的市中心。为什么这些人蜂拥而至，挤挤挨挨，而明明在旁边就有那么多的空地，能容得下每个人？下车后我四处走了走。我到了贝拿勒斯的城乡交界处。在黑暗中，一边是寂静无人的田野，另一边是城市的建筑，人口密集，熙熙攘攘，灯火辉煌，嘈杂的音乐声此起彼伏。我无法理解这种对拥挤生活的需求，对摩肩接踵的需求，对无休止的推搡的需求——尤其是那边不远处就有那么多空地。

当地人建议我夜里不要睡觉，这样我就可以在天还黑的时候到恒河岸边，在河边的石阶上等待黎明的到来。他们说："日出非常重要！"声音里回荡着对真正崇高事物的期待。

当人们开始聚集在河边时，天确实还很黑。单独的，成群的。整个家族。朝圣者的队伍。拄着拐杖的瘸子。瘦骨嶙峋的老人，一些被年轻人背着，还有一些——扭曲、疲惫——靠自己在柏油路上艰难地爬着。牛和山羊跟在人们后面，成群的消瘦病弱的狗亦是如此。我也加入了这场诡异的神秘剧。

走到河边的台阶并不容易，因为那前面是狭窄、憋闷、肮脏的小街，挤满了乞丐，他们没完没了地纠缠朝圣者，同时发出令人难以忍受的可怕而刺耳的哀鸣。最后，经过各种通道和拱廊，人们出现在直达河边的台阶顶端。虽然天还没亮，但成千上万的信徒已经在那里了。有些人兴致勃勃，挤着往前走，谁也不知道他们在往哪里挤，出于什么目的。另一些人以莲花式打坐，手臂伸向天际。台阶的最下面被那些进行净身仪式的人占据着——他们蹚进河里，有时会把自己完全浸入水中。我看到一家人正在为肥胖的祖母进行净身仪式。老奶奶不会游泳，一下就沉到了水底。家人冲了过去，把她带出水面。老奶奶大口大口地呼吸空气，但他们一松手，她就又沉下去了。我可以看到她鼓起的眼睛，惊恐的脸。她再次下沉，他们再次在浑浊的水中寻找她，再次把她拉上来，她已经奄奄一息了。整个仪式看起来就像酷刑，但她没有反抗地忍受着，或许还心怀狂喜。

此时的恒河辽阔宽广，水流缓慢，边上是一排排的木柴堆，上面燃烧着几十、几百具尸体。好奇的人可以花几卢比坐船去这个巨大的露天火葬场。赤着膊、满身烟灰的人在这里忙碌着，还有许多年轻的男孩。他们用长杆调整柴堆，以便气流更通畅，使火化更快进行；尸体的队伍没有尽头，得等待很久。敛尸工将仍在发光的灰烬耙开，推进河中。灰色的骨灰在水波上漂浮了一会儿，但很快，被水浸透，就沉入水中，消失不见了。

3

火车站和宫殿

如果说人们在贝拿勒斯能找到希望之源——在圣河中净化,并随之改善其精神状况,接近永恒的应许,那么加尔各答的锡亚尔达站产生的效果截然相反。我从贝拿勒斯乘火车来到加尔各答,变化不啻从相对而言的天堂到彻头彻尾的地狱。贝拿勒斯站的售票员打量了我一眼,问道:

"你的铺盖在哪儿?"

我能听明白他在说什么,但在他看来我似乎没明白,过会儿他重复了他的问题,这次更加急切:

"你的铺盖在哪儿?"

原来,即使是中等富裕的人——更不用说像欧洲人这样的"天之骄子"——坐火车旅行也要带上自己的铺盖。他们在仆人的陪同下到达车站,仆人头上顶着卷起来的床垫,以及毯子、床单、枕头,当然,还有其他行李。上车后（车厢内没有座位），仆人为主人整理好床铺，然后一言不发地消失了，就像消失在空气中一样。我是接受同志情谊和个人平等的教育长大的；一个人空着手，另一个人背着床垫、行李箱和一篮子食物走在后面，这种情况对我来说极度可憎，必须抗议和反对。但进入火车车厢后，我迅速重新评估了自己的立场，因为人们的声音从四面八方响起，他们显然很惊讶。

"你的铺盖在哪儿？"

我觉得自己很愚蠢，除了手提行李我什么都没带。但我怎么知道除了车票之外还需要带张床垫呢？即使我知道并买了张床垫，我自己也搬不了，还得请仆人。但是我在那之后拿仆人怎么办呢？又拿床垫怎么办呢？

我发现，这里的每项活动、每件杂务都分配给了不同的人，每个人都警惕地守护着自己的角色和位置——这个社会的平衡似乎取决于此。有人早晨端茶，有人擦鞋，有人洗衬衫，还有人打扫房间——诸如此类，没有尽头。千万不能要求熨衬衫的人帮我缝纽扣。我是在前面所说的那种环境下长大的，觉得纽扣自己缝缝就行了；但这样一来，我就会犯下可怕的错误，因为我剥夺了别人的生计，那人背负着一个大家庭，不得不靠给衬衫缝纽扣谋生。每个人都有自己的角色和任务、归属和用途，呆板却严丝合缝地精心编织在这个社会中，需要老到的经验、渊博的知识和敏锐的直觉来洞察和破译其构造的精妙之处。

我在火车上彻夜难眠,那节可以追溯到殖民时代的老旧车厢摇晃着,隆隆作响,把人甩来甩去,雨水从关不上的窗户扫进来,打在身上。当我们驶入锡亚尔达车站时,天色阴沉。在庞大终点站的每一寸土地上,在长长的站台上,在轨道尽头,在附近松软潮湿的田野里,成千上万消瘦的人坐着或是躺着,在滂沱大雨下,在泥泞里;现在是雨季,热带的倾盆大雨一刻也没有减弱。这些湿透了的瘦骨嶙峋的人,他们的贫穷让我震动,这些人不可胜数,更吓人的是他们一动不动。这片阴郁景观由毫无生气的人们组成,其中唯一的活跃元素是从天而降的雨水。当然,这些不幸的人彻头彻尾的逆来顺受也有一定的逻辑和合理性:他们不去躲避倾盆大雨,因为他们无处可去——这是他们的归宿——他们也没有费事去遮雨,因为他们没有任何东西可以遮挡。

他们是几年前结束的一场内战的难民,战争发生在印度教徒和穆斯林之间,它见证了独立的印度和巴基斯坦的诞生,并导致了数十万乃至数百万人死亡,还有数百万人成为难民。这些人流浪了很长时间,无人救助,听天由命,在锡亚尔达车站这种地方自生自灭,最终要么饿死要么病死。但不只他们如此。这些战后流民沿途还会遇到其他群体——被印度强悍又肆无忌惮的河流驱逐出家园的大批灾民。于是，数以百万计无家可归、茫然无措的人在路上拖着脚步，精疲力竭地倒下，往往再也站不起来了。其他人试图到达城市，指望在那里喝口水，也许还能讨到一把米。

光是走出火车车厢都很困难——月台上没地方可以落脚。通常，与众不同的肤色在这里会引起人们注意；但没有什么能让锡亚尔达火车站的居民分心，因为他们似乎已经在生命的彼岸把自己安顿好了。我旁边的一位老妇人正从她纱丽的褶层里掏出一点米。她把米倒进小碗里，开始踅摸，也许是找水，也许是找火，好用来煮粥。我注意到她附近有几个孩子盯着碗看。目不转睛地，一动不动，默默无言。这只持续了片刻，这一刻很漫长。孩子们没有扑到米饭上；大米是老妇人的财产，这些孩子被教会了比饥饿更强大的东西。

有个男人从拥挤的人群中挤过去。他挤开老妇人，碗从她手中跌落，米粒掉在月台上，撒进泥里，落进垃圾堆里。就在那一瞬间，孩子们扑倒在地，钻进那些还站着的人的腿间，在淤泥中挖来挖去，试图找到米粒。老妇人两手空空地站在那里，另一个男人推了她一把。老妇人、孩子们、火车站，所有的一切——都被热带大雨无休止的洪流浇透了。我也湿漉漉地站着，不敢迈出一步；何况我也不知道该去哪里。

我从加尔各答继续南下,来到海得拉巴。北方所见的种种悲苦,在南方荡然无存。南方看上去开朗、镇定、懒洋洋的,还带点乡土气息。当地某位王公[1]的仆人一定是把我错认成了别人,他们在车站隆重地迎接我,然后直接开车把我送到一座宫殿。一位彬彬有礼的长者欢迎我,让我坐在一张宽大的皮扶手椅上,他显然希望和我进行更长时间、更深入的交谈,那超出了我这种简陋英语的能力。我结结巴巴地说了些什么,觉得自己脸变红了,汗水从额头上流下来。长者慈祥地笑笑,给了我一些勇气。这情景简直像在做梦。仆人们把我带到宫殿侧翼的房间。作为王公的客人,我要住在这里。我想叫停整件事,但不知道怎么办才好——我找不到合适的词来解释其中有误会。也许仅仅因为我来自欧洲,就给王宫带来了某些声望?不知道。

我每天坚持不懈地狂热背单词。什么照耀天空?太阳。什么坠落大地?雨。什么摇撼树木?风。诸如此类……每天记二十到四十个单词。我读海明威,我试图理解杜波依斯神父的书中关于种姓制度的论述。开始其实并不难:有四个种姓嘛。首要的一级是婆罗门,他们是祭司、精神导师、思想者,是指引道路的人。接下来是第二级的刹帝利,

---

[1] 王公(Rajah),旧时印度的邦主、王公或贵族。

他们是战士和统治者，从政和打仗的人。第三级，是更低一级的吠舍：商人、工匠和农民。第四级，也是最后一个种姓，是首陀罗——劳工、农民、仆人、雇工。问题来了，因为事实证明这些种姓分为数百个次种姓，而这些次种姓又各自分为几十个次次种姓，直至无限。印度的一切都是无限的——无限的神和神话、信仰和语言、种族和文化；无论何事，无论何地，都有令人晕眩的无穷无尽。

与此同时，我本能地感觉到，我从周围所感知到的一切，只不过是外在的信号、图像、符号，它们底下那个广阔而多样的隐秘信仰的世界，我一无所知。我也想知道，我无法进入这个世界，究竟是因为缺乏关于它的理论和知识，还是有更深刻的原因，即，我的脑袋里完全渗透了理性主义和唯物主义，无法认同和掌握像印度教这样充满灵性和玄学的文化。

在这种状态下，再加上法国传教士书中的丰富细节令人不堪重负，我就放下书，进城去。

王公的宫殿——所有阳台（大概有一百个）都装上了玻璃，当玻璃窗打开时，一缕清新的微风吹过房间——周围环绕着郁郁葱葱、精心打理的花园，园丁们在花园里忙个不停，修剪，割草，耙地。再往后，在高墙之外，就是城市了。沿着狭窄且总是拥挤的小街小巷走到那里，路过无数五颜六色的商店，货摊和卖食物、衣服、鞋子和清洁用品的摊位。即使不下雨，街道也总是泥泞不堪，因为这里所有的垃圾都被倒在街道中间，只因街道不属于任何人。

到处都有喇叭，播放刺耳、响亮、连续不断的歌声。它来自当地的寺庙。都是一些小型建筑，通常不比周围那些一层或两层的楼房大，但数量众多。它们看起来都差不多：涂成白色，披挂着花环和亮闪闪的装饰品，像参加婚礼的新娘一样明亮而喜庆。这些小庙宇里面的氛围可谓吉祥喜悦。里面人满为患，人们窃窃私语，烧香，眼睛骨碌碌转，伸出手掌。有人（司事？助祭？）向信徒分发食物——蛋糕、杏仁糖或糖果。如果手伸得久一些，可以得到两份，甚至三份。信徒必须把他得到的东西吃掉，或者放到祭坛上。进入每座寺庙都是免费的：没有人会问你是谁，或者信仰什么。每个人各自敬奉，没有集体仪式，因此有种松弛、自由的气氛，甚至有点乱哄哄的。

这种敬拜场所到处都是，因为印度教里有无数神灵；没人能理出一份完整的清单。此外，神灵之间并不竞争，而是融洽和平地共处。一个人可以同时信仰一个或多个神，甚至可以根据地点、时间、心情或需求改变信仰。所有特定神灵的追随者在尘世最终的抱负，都是建起一处专用的圣所，建一座寺庙。请记住，这种开明的多神主义已经存续了数千年，我们可以想象这带来的实际影响。天长日久，有多少寺庙、礼堂、祭坛和雕像拔地而起，又有多少毁于洪水、火灾、台风、与穆斯林的战争。如果曾经建造的所有这些仍然存在，它们肯定能覆盖半个地球。

我在闲逛中偶遇了迦梨女神神庙。她是毁灭女神，代表着时间的破坏性作用。不知道参拜能否平息女神的怒火，毕竟凡人无法阻挡时间。迦梨女神高大，黝黑，伸出舌头，戴着骷髅头项链，张开手臂站立。她是一个女人，但最好不要跌进她的怀里。

通往寺庙的路要经过两排摊位，它们出售刺鼻的香水、五颜六色的粉末、画片、吊坠，以及各种俗气的小玩意。一群汗水淋淋、激动不已的人挤挨着缓缓移动，蜿蜒地走向女神雕像。圣所内弥漫着让人透不过气的供香、热气和黑暗的浓烈气息。在雕像前会进行象征性的交换——你交给祭司一块之前购买的小圆石，他又递回另一块。我想意思是你交出未开光的那一块，接受一块蒙福的。但我也不确定是否如此。

王公的宫殿里满是仆人。你看不到其他人，真的，就好像整个地方都交由他们绝对统治。数不清的管家、男仆、侍者、侍女、贴身侍从，专司泡茶和装饰蛋糕的、熨衣服的、送信的、灭蚊灭蜘蛛的，还有更多职责和角色说不清的人，他们不断地穿过房间和沙龙，沿着走廊和楼梯走过，清扫地毯和家具,拍打枕头,整理扶手椅,剪花浇花。

所有人都悄声走动,动作流畅,小心翼翼,给人一种略带畏惧的印象。但没有明显的紧张感,没有人跑来跑去或比手画脚。仿佛有一只孟加拉虎在这附近的某个地方转悠;人唯一能做的就是不要轻举妄动。即使是白天,在耀眼的阳光下,仆人也像没有特征的影子,一言不发地走来走去,始终如此以保持在外围,小心翼翼地不引起别人注意,更别说挡别人路了。

根据职责和等级,他们的着装也各不相同:从镶有宝石的金色头巾到简单的"缠腰布"(dhotis)——是这种等级制度底层的人缠的。有些人身着丝绸、绣花腰带和闪闪发光的肩饰,有些人则穿着普通的衬衫和白色卡夫坦长衫。他们有一个共同点:都是赤脚。即便那些身着刺绣和流苏、织锦和羊绒的人,脚上也什么鞋都不穿。

我注意到这个细节,是出于自己的经验。那是战争期间,德国占领的时候。我记得1942年的冬天快到了,我却没有鞋子。我的旧鞋坏了,妈妈没钱买新的。波兰人可以买到的鞋子售价四百兹罗提,厚帆布鞋面有黑色防水涂层,鞋底由浅色椴木制成。上哪儿找四百兹罗提去?

那时,我们住在华沙的克罗赫马尔纳大街,靠近犹太区的大门。我们住在斯库皮耶夫斯基一家的公寓里。斯库皮耶夫斯基先生有个小作坊,做一种绿色的洗浴肥皂。"我会给你一些肥皂寄售，"他说，"卖够四百，就够你买鞋了，你等战争结束了再还我。"那时的人们还相信战争很快就会结束。他建议我去华沙-奥特沃茨克铁路沿线，那里常有度假的旅客；他说，度假的人会想着买块肥皂来稍微纵容一下自己。我听了他的话。那年我十岁，我流下了一生中一半的眼泪，因为实际上没人愿意买小肥皂。我常常是走了一整天，什么也卖不出去。哪怕只是一块肥皂。有一次我卖了三个，开心地回到家，红光满面。

揿响门铃后，我会开始热切地祈祷：上帝，请他们买东西，至少让他们买一块！我实际上是在乞讨，试图引起怜悯。我会走进一间公寓说：女士，请从我这儿买一块肥皂吧。它只需要一兹罗提，冬天来了，我没有鞋子。这招有时管用，但不是万能的，因为还有许多其他孩子也想解决困难，通过偷东西、骗人、倒买倒卖。

冷飕飕的秋天来了，我的脚底被冻坏了，我疼得不得不停止卖货。我存了三百兹罗提，但斯库皮耶夫斯基先生慷慨地又给了我一百兹罗提。我和妈妈一起去买鞋。如果用法兰绒包住自己的腿，再在上面绑上报纸，即使最严寒的冬天也能挺过去。

如今，当我见到无数的印度人赤足行走，我觉得自己仿佛也属于这个群体，与这些人有着亲缘关系，有时候这感觉异常强烈，就好像我又回到了童年的故乡。

我回到德里，回国的机票随时都会到。我找到了我的旅馆，甚至住进了先前的房间。我考察这座城市，去博物馆，试着阅读《印度时报》，研究希罗多德。我不知道希罗多德是否来过印度；考虑到当时这段旅程的困难，似乎不太可能，尽管也不能完全排除这种可能性。毕竟，他知道那么多离希腊很远的地方！他确实描述了二十个省份，被称为"总督辖区"，属于当时地球上最强大的波斯帝国，而印度是其中人口最多的省份。印度……是已知世界迄今为止人口最多的，他断言，然后谈到了印度及其位置、社会和习俗，印度在亚洲最东的地方——据已知可靠信息，比其他任何民族都靠东——因为再往东就是沙地，不适合居住。有大量的印度部落，他们并不都说同一种语言。其中一部分，不是全部，是游牧的。有些人住在河流形成的湿地，吃从藤条做的船上捕获的生鱼……这些居住在湿地的印度人穿着灯芯草制成的衣服；他们先砍下这种植物，从河里收集起来，像编篮子那样编织起来，像胸甲那样穿上。

居住在这些湿地的印度人以东的另一个印度部落，叫"帕代伊人"（Padaei）……据说有以下习俗。如果他们的同胞生病了，病人最亲密的男性朋友（假设生病的是男人）就会杀死他，理由是如果他久病不愈，他的肉就变坏。他不承认自己生病了，但他们不予理睬，杀了他，还大摆宴席。当女人生病时，她最亲密的女性朋友也会遵循完全相同的程序。他们把年老的人当作牺牲献祭再分食，但这种情形很少见，因为所有未到老年就生病的人已经被他们杀死了。

然而，另一个印度部落有着不同的习俗：他们不杀任何活物，不种庄稼，也没有建造房屋的惯例。他们吃蔬菜，还有某种带籽的野生植物……他们采集、烹煮……然后食用。如果有人生病，他就要前往偏僻的地方躺下等死，人们任其自生自灭。

上述所有印度部落的人都在公共场所交媾，像群居动物那样。此外，他们几乎和埃塞俄比亚人一样黑。他们射进女性体内的精液和他们的皮肤一样黑，不像其他男人那样是白色的；埃塞俄比亚人的精液亦如此。

后来我去了马德拉斯和班加罗尔，去了孟买和昌迪加尔。随着时间的推移，我越来越确信我在做的事情是让人沮丧的、无法完成的，我不可能认识和理解我所处的这个国家。一个人如何描述这一切？在我看来，它没有边界，没有尽头。

我收到了一张从德里到华沙的返程机票，经停喀布尔和莫斯科。我在喀布尔降落时正赶上太阳落山。深粉色的，几乎是紫罗兰色的天空将最后的光投射到山谷周围深蓝色的群山上。白天即将结束，陷入彻底而深邃的寂静之中——这是属于一片风景、一块土地、一个世界的寂静，不论驴脖子上的铃铛，还是小步跑过机场营房的羊群发出的细碎的嗒嗒声，都不会打扰它。

警察因为我没签证扣留了我。但他们不能把我遣返，因为我来时乘坐的那架飞机已经飞走了，跑道上没其他飞机。他们开车进城之前交换了一下意见。只有两个人留下了，机场警卫和我。他身材高大，肩膀宽阔，留着深褐色的胡子，眼神温和，脸上挂着似有似无的腼腆微笑。他穿着一件长款军大衣，扛着一杆来自军品店的毛瑟步枪。

夜幕降临，立刻变冷了。我冻得打哆嗦。我是直接从热带地区飞过来的，身上只穿了一件衬衫。警卫带来了一些木柴、引火物和干草，并在一块水泥板上生了火。他把他的外套给了我，然后用一条深色的驼毛毯子把自己眼睛以下的部分都裹了起来。我们面对面坐着，谁都没说话。周围只有寂静。远处有一些蟋蟀醒了过来，后来，在更远的地方，一辆汽车的引擎发出轰鸣声。

早上，警察带着一位老人回来了，他是一个商人，在喀布尔为罗兹[1]的工厂采购棉花。别拉斯先生答应会设法办理签证；他来这里已经有一段时间了，有一些门路。事实

---

[1] 罗兹，波兰第三大城市，罗兹省首府。

上,他不仅搞定了签证,还邀请我去他的别墅玩,他很高兴能有人作伴。

喀布尔尘土之下还是尘土。风刮过城市所在的山谷,从附近的大漠带来沙云。一种浅棕色、浅灰色的颗粒物悬浮在空气中,覆盖着一切,四面八方无孔不入,只有在风减弱时才会落下来。然后空气会变得清澈,剔透。

每天晚上,街道上都仿佛在上演一出自发的、即兴表演的神秘剧。穿越那无孔不入的黑暗的,只有街边小摊上燃烧着的油灯和火把,微弱摇曳的火光照亮了摊贩直接摆在地上、马路上和门口的廉价商品。在这一排排灯火之间,人们静静地经过——弓着背、裹得严严实实的身影被寒气和风吹打着。

当来自莫斯科的飞机开始在华沙上空下降时,我的邻座浑身发抖,双手紧握着椅子的扶手,闭上了眼睛。他有一张灰色的、饱受摧残的脸,布满皱纹。一件有霉味的廉价西装松垮垮地挂在他瘦削的身上。我用眼角的余光偷偷看他。眼泪顺着他的脸颊流下来。片刻之后,我听到了压抑但明显无疑的抽泣声。

"对不起,"他对我说,"对不起。但我没想到我能回来。"

那是1956年12月。还有人从古拉格释放出来。

4

罗比诵念《奥义书》

印度是我第一次与他者的相遇,我因此发现了新世界。那同时也是关于谦逊的重要一课。是的,这个世界教人谦逊。这次旅行回来后,我为自己的无知感到难堪,我竟然什么也读不懂。那时我明白了现在看来显而易见的道理:一种不同的文化不会因为我简单的示好就向我揭示其奥秘;必须要为这样的相遇做好充分的准备。

对这堂课,以及它所指向的我应该完成的大量功课,我的最初反应却是跑回家,回到我熟悉的地方,回到我自己的语言,回到我已经熟悉的标志和符号所组成的世界。我想要忘记印度,它标志着我的失败:它的广袤和多元,它的贫穷和富裕,它的神秘和深不可测,这些都让我叹服,震惊,并最终打败了我。我再一次庆幸,如今只需在波兰各地跑跑,写写那里的人民,与他们交谈,倾听他们的心声。我们因共同的经历而彼此连接,一下子就能相互理解。

但我当然没忘记印度。波兰的冬天越是寒冷,我就越容易想到炎热的喀拉拉邦;夜幕降临得越快,克什米尔灿烂的日出景象就越生动。世界不再是同一种冰天雪地,它变成了很多个世界,变得斑驳陆离:严寒与酷暑、白雪与绿意同时存在。

但凡我有空(只有一点点,因为报社有很多事要做),有点闲钱(不幸的是,这很难),就搜罗有关印度的书籍。但我在大众书店和旧书店的考察往往无果而终。在一家二手书店里,我找到了保罗·多伊森出版于1907年的《印度哲学纲要》(*Outlines of Indian Philosophy*)。多伊森教授是德国著名的印度问题专家,也是尼采的朋友,他这样解释印度哲学的精髓:"这个世界都是mâyâ[1],是虚幻……一切皆幻,唯一例外就是自我,也即阿特曼[2]……[人]自身便能感觉到一切——正因其本身应有尽有,他便可以无欲于万物;他自身能感受一切——正因万物无损于他,他便无损于万物。

多伊森批评欧洲人。"欧洲人的懒惰,"他提出,"试图逃避对印度哲学的研究"——尽管也许"绝望"是更准确的

---

[1] 指印度教和佛教中的幻现之力、空幻境界。
[2] 阿特曼(Atman),梵语,本义为"呼吸",在印度哲学中代表人的灵魂,或与人的自我合一的宇宙精神。

缘由，因为经过四千年不间断的发展，印度哲学已经成为如此浩瀚、如此无限的体系，除了执着的蛮勇者和狂热者之外，所有人都会望而生畏。此外，印度教中深不可测的领域无边无际，其中蕴藏的丰富多样的内容充满了令人困惑、互相矛盾的鲜明对照。这里的一切都能以最自然的方式转变成其对立面，有形物质和神秘现象之间的界限是流动的、短暂的，你中有我，我中有你，或者简单地说，你即是我；存在化为虚无，又分解并化为宇宙，化为诸天中无所不在的事物，化为消失于无底的虚无深处的神圣道路。

印度教中有无数神、神话和信仰，数百种截然不同的思想流派、学术派别和宗教社团，很多种救赎法门、道德规范、净化习俗和禁欲规则。印度教的世界是如此之大，以致它有足够的空间容纳每个人和每件事，可以相互接受、包容、和睦相处。不可能数清印度教的所有典籍：仅其中一本《摩诃婆罗多》就有大约二十二万个十六音节的诗句，是《伊利亚特》和《奥德赛》加起来的八倍！

有一天我在一家旧书店发现了一本折了角、快要散架的书，是瑜伽士罗摩遮罗迦在1905年出版的《印度瑜伽呼吸科学：关于身体、精神、心理和灵性发展的东方呼吸哲学完全手册》。作者解释说，呼吸是人类最重要的活动，因为我们通过气息与世界交流。呼吸停止，生命就结束了。

因此我们呼吸的质量决定了我们生命的质量,决定了我们是否健康、强壮、明智。不幸的是,罗摩遮罗迦说,大多数人,尤其是西方人,不懂得如何呼吸,这就是为什么会有如此多的疾患、残障、病态和抑郁。

我对培养创造力的练习特别感兴趣,因为我自己缺乏这种能力。"平躺在地板或床上,"这位瑜伽士建议,"完全放松,双手轻轻放在腹腔神经丛上(在胃的凹陷处上方,肋骨开始分开的地方),有节奏地呼吸。在完全建立节奏后,每次吸气都会从普施的养分中吸收更多的'普拉纳'(prana),也就是生命能量,这些能量将被神经系统吸收并储存在腹腔神经丛中。每次呼气时,普拉纳,也就是生命能量,都会输送到全身……"

我差不多读完《印度瑜伽呼吸科学》时,到手了一本1923年出版的《孟加拉掠影》,作者是拉宾德拉纳特·泰戈尔。泰戈尔是作家、诗人、作曲家和画家。时人认为他可比肩歌德和卢梭。他在1913年获得诺贝尔文学奖。据他描述,还是个孩子的时候,小罗比——这是他的乳名——作为孟加拉婆罗门贵族的后裔,就以孝顺、读书用功和无比虔诚而为人称道。他回忆说,早上天还没亮的时候,父亲会把他叫醒背诵梵语变格。等天亮了,他继续写道,他父亲在祈祷后会让他喝完早上的牛奶。最后,在罗比的陪伴下,他的父亲会再次向神灵祝祷并颂念《奥义书》。

我试着想象这样的场景:天快亮了,父亲和还没睡醒的小罗比站在初升的太阳前,诵念《奥义书》。

《奥义书》是三千年前的哲思歌韵,现在仍然存于印度的精神生活中并充满活力。当我意识到这一点,并想到那个小男孩用《奥义书》中的篇章迎接晨星时,我怀疑我到底能不能理解这个国家,一个孩子们以吟诵哲学诗文开始新一天的国家。

罗比·泰戈尔是加尔各答的孩子,在他出生的那个庞大的城市里,我碰到过以下事件。有天我正坐在酒店房间里读希罗多德,听到窗外传来警报声。我跑了出去。救护车呼啸而过,人们跑进门口避难,一群警察从拐角处冲出来,用长棍抽打乱窜的行人。空气中能闻到汽油和燃烧物的气味。我想搞清楚发生了什么事。一个手里拿着石头飞奔而过的人喊道:"语言战争!"一边继续冲。语言战争!我不明白个中细节,但早些时候就知道,在这个国家,语言冲突可能会以暴力和血腥的形式出现:示威、街头打斗、谋杀,甚至自焚。

只有在印度,我才意识到我懂不懂英语其实毫无意义——这里只有精英才讲英语。他们占总人口不到百分之二。其余人讲的语言合计有几十种。从这个意义上说,我不懂英语让我感觉自己更接近也更亲近城里的普通人或我经过的村庄里的农民。我们在同一条船上——我和五亿印度民众。

这个想法给了我安慰，但也让我困扰——我想知道，为什么我会因为自己不懂英语而惭愧，却不会因为不懂印地语、孟加拉语、古吉拉特语、泰卢固语、乌尔都语、泰米尔语、旁遮普语，或者这个国家使用的任何其他语言而惭愧？是因为英语更容易见到读到吗？这其实是无稽之谈：在当时学英语就像学印地语或孟加拉语一样稀奇。那么这是我的欧洲中心主义吗？难道我认为一种欧洲语言比我做客的这个国家的语言更重要？认为英语更优越是对印度人尊严的冒犯，对他们来说，与母语的关系是件敏感而重要的事。他们时刻准备用生命捍卫自己的语言，为此不惜跳入火堆。这种热忱和决心源于这样的事实：在这里，身份认同取决于一个人所说的语言。例如，孟加拉人意味着母语为孟加拉语的人。语言是人的身份证，是人的面孔甚至灵魂。这就是为什么关于其他事情的冲突——例如社会和宗教问题——会以语言战争的形式出现。

在寻找有关印度的书籍时，我会打听是否有关于希罗多德的书。希罗多德开始引起我的兴趣——事实上，我完全迷上了他。我很感激在印度时有他陪伴，他的书陪我度过了那些心怀迷惘和困惑的时刻。从他的文字来看，他似乎是一个待人和善、对世界充满好奇的人。一个总是有很多问题的人，并随时准备跋涉数千公里去寻找其中任何一个问题的答案。

然而，当我沉浸在各种资料中时，我发现我们对希罗多德的生平知之甚少，即便我们已掌握的极少数事实也不完全可靠。拉宾德拉纳特·泰戈尔，或者与他同时代的马塞尔·普鲁斯特，都一丝不苟地剖析了自己童年的所有细节；但希罗多德，正如他那个时代的其他伟大人物——苏格拉底、伯里克利、索福克勒斯——几乎没告诉我们关于他自己的任何事情。他们觉得童年无关紧要？希罗多德只说过他来自哈利卡尔那索斯。哈利卡尔那索斯位于一个宁静的海湾上，海湾的形状像一个圆形剧场，那是地球上一处宜人的所在，亚洲西海岸与地中海交会于此。这是一片属于阳光、温暖和光明的土地，到处长满橄榄树，遍布葡萄园。你会本能地觉得，出生在这里的人，必然天性善良，思想开阔，身体健壮，总是爽朗快乐。

传记作者认为，希罗多德出生于公元前490年至公元前480年之间，有可能是485年。这是世界文化史上极为重要的几年。公元前480年左右，佛陀涅槃；一年后，孔子在鲁国去世。柏拉图将在五十年后出生。亚洲是世界的中心；即使就希腊人而言，他们社会中最具创造力的成员——伊奥尼亚人——也生活在亚洲。那时没欧洲什么事。它仅以神话里一个叫欧罗巴的美丽女孩为人所知,欧罗巴是腓尼基国王阿革诺尔的女儿,宙斯将她变成一头白牛,将她掠到克里特岛。

希罗多德父母的情况如何?他有兄弟姐妹吗?他家的住宅在哪儿?所有这一切都处于深深的不确定中。哈利卡尔那索斯[1]是一块效忠于波斯人的希腊殖民地,城中还有非希腊的原住民卡里亚人。希罗多德的父亲叫吕克瑟斯,这不是希腊名字,所以他可能是卡里亚人。他的母亲很可能是希腊人。因此,希罗多德是希腊-卡里亚人,一个混血儿。这些在不同文化中成长起来的人,交融着不同血统,他们的世界观由边境、距离、差异、多样性等因素决定。我们在其中遇到了最丰富的人类类型,从狂热、极端的宗派主义者,到缺乏热情、万事不关心的地方主义者,到热衷开放、乐于接受新事物的漫游者——世界公民。这取决于他们的血是怎样混在一起的,内里有什么灵魂。

希罗多德小时候是什么样子的?他是冲每个人微笑并主动伸出手,还是闷闷地躲在母亲的衣服后面?他是不是永远的爱哭鬼、哼哼唧唧,害得饱受折磨的母亲不时感叹:

---

[1] 哈利卡尔那索斯是颇为特殊的希腊移民城市,在大多数其他希腊城邦早已摆脱国王的时代,哈利卡尔那索斯仍保留了君主政体。与此同时,当他们的伊奥尼亚邻居反抗波斯统治时,哈利卡尔那索斯仍然效忠于波斯人并且是波斯帝国的一部分,直至亚历山大大帝在公元前333年占领了此地。

老天爷，我怎么生出这样的孩子！还是说性格开朗，到处给人带去欢乐？他是听话有礼貌，还是爱用问题折磨所有人：太阳是从哪里来的？为什么它那么高，谁也够不着呢？为什么它躲到了海面下？它不怕被淹死吗？

在学校呢？他和谁一起坐长条板凳？他们会罚他坐在某个不守规矩的男孩旁边吗？或者——但愿不会这样——坐在这样的女孩旁边？他学会怎样快速在泥板[1]上书写吗？他经常迟到吗？他会在课堂上局促不安吗？他会给同学传答案吗？他是个爱告状的学生吗？

还有玩具呢？生活在两千五百年前的希腊儿童玩什么？木雕的小车吗？他会在海边建造沙堡吗？会爬树吗？他童年经历的哪些事将被他铭记一生？对小罗比来说，最崇高的时刻是在他父亲身边做晨祷。对小马塞尔来说，是在黑暗的房间里等待他母亲过来拥抱他，道晚安。小希罗多德期待的是哪种经历？

他父亲是做什么的？哈利卡尔那索斯是个港口小城，位于亚洲、近东和希腊本土之间的贸易路线上。来自西西里岛和意大利的腓尼基商船、来自比雷埃夫斯和阿尔戈斯的希腊商船，以及来自利比亚和尼罗河三角洲的埃及商

---

[1] 原文为"泥板"（claytablets）。希罗多德使用的更有可能是蜡板（waxtablets），即表面上涂有一层蜡的木板，在古典时代和整个中世纪都被用作可重复使用并且便携的书写工具。

船,都停靠在这里。希罗多德的父亲是不是商人?也许正是他激发了儿子对世界的好奇心。他是否常常从家里消失数周或数月,留下他的妻子回答孩子的问题,"爸爸现在在……"从这里,他可以想象一系列地名并从中总结出经验——在遥远的某个地方,存在着一个无所不能的世界,它可能会把父亲永远从他身边带走,也可能(感谢众神!)把他再带回来。想要认识世界的诱惑就是这样诞生的吗?先是诱惑,然后心生决定?

从我们掌握的有限材料中,我们知道小希罗多德有一个名叫帕尼亚西斯的叔父,他是很多诗歌和史诗的作者。这位叔父会带他去散步,教他诗歌之美、修辞的奥秘、讲故事的艺术吗?因为《历史》是天赋的产物,也是作者技巧和高超技艺的典范。

希罗多德还是个年轻人的时候,由于他的父亲和叔父参加了反抗哈利卡尔那索斯僭主吕格达米斯的起义,他卷入了政治——这似乎是他一生中的第一次,也是唯一一次。僭主成功镇压了叛乱。反叛者在萨摩斯岛避难,那是个向西北方向划船两天才能抵达的多山岛屿。希罗多德在这里度过了数年,也许他就是从这里出发环游世界的。如果说他偶尔还会回到哈利卡尔那索斯,那也只是短暂的逗留。他为什么会出现在那里?探望他的母亲?我们不知道。人们有理由推测,他从此以后没有回过这里。

公元前五世纪中叶，希罗多德来到雅典。船在雅典的比雷埃夫斯港靠岸；从这里到雅典卫城有八公里，通常是骑马或步行抵达。雅典当时是世界大都市，地球上最重要的城市。希罗多德是外省人，不是雅典人，因此在某种程度上是外国人，虽然这些人的待遇比奴隶好，但还是不如雅典本地人。雅典社会对种族高度敏感，具有强烈的优越感，排他，甚至傲慢。

但希罗多德很快适应了他的新城市。这位三十来岁的男子性格开朗、友善，是位讨大家喜欢的家伙。他讲课，出现在聚会上、"文学之夜"上——他可能正是以此谋生。他与苏格拉底、索福克勒斯、伯里克利结交。这并不是什么难事。雅典当时有十万人口，地方不大，而且建筑密集，堪称杂乱无章。只有两个地方与众不同：一是雅典卫城，宗教崇拜的中心；一是"广场"（Agora），为集会、活动、商业、政治和社会生活的中心。人们从清晨就聚集在这里。广场上总是人头攒动，充满生机。我们肯定也会在这里找到希罗多德。但他并没有在雅典久留。大约在他来到雅典那会儿，当局通过了一项严厉的法律，据该法律，只有父母都出生在雅典周边的阿提卡地区的人，才享有政治权利。希罗多德无法获得雅典公民身份。他再次启程，最终在意大利南部的希腊殖民城邦图里伊获得永久定居权。

关于后来发生的事情，意见不一。有些人认为他没再离开过那里。其他人则声称他后来又来过希腊，有人在雅典看到了他。甚至还有人在马其顿看到了他。但事实上都没有确凿证据。他可能在六十岁时死去——但是死在哪儿？在什么情况下？他是不是在图里伊度过晚年，坐在一棵悬铃木的树荫下写他的书？又或者他视力不行了，只能口述给抄写员？他记笔记吗？还是只依靠记忆？那个时代的人记忆力很强。他很可能记得克洛伊索斯和巴比伦、大流士和斯基泰人、波斯人、温泉关和萨拉米斯的故事，以及《历史》里讲述的许多其他故事。

或许希罗多德死在一艘船上，当时它正穿过地中海驶向某处？又或许他正走在路上，中途坐在一块石头上休息，再也起不来了？希罗多德消失了，他在两千五百年前离开了我们，去世的具体年份我们无法确定，地点我们也不得而知。

报社。

实地考察。

大会。小会。谈话。

我空的时候就翻词典（市面上终于有了一本像样的英文词典）和各种关于印度的书籍（贾瓦哈拉尔·尼赫鲁气势十足的《发现印度》刚刚出版，还有圣雄甘地的著名自传，以及装帧精美的《五卷书：印度的智慧》[1]。斯大林去世后，审查制度放松了，多年来不见天日的一些书籍开始出现）。

每读到一本新书，我都觉得自己踏上了一段崭新的印度之旅，回忆起我去过的地方，从自以为熟知之处发现新的深度与面向，新的意义。这些旅程的维度远比我最初那段丰富。我还发现，通过阅读更多书籍、研究地图、观看绘画和照片，能进一步延长这些旅程，加深记忆与理解。更重要的是，这比真实的旅行更有优势——如此卧游的人可以随时停下来，平静地观察，回放之前的画面，如此等等。在真实的旅程中，既没有时间也没有机会做这些。

正当我越来越沉浸于印度的独特和丰富，觉得随着时间的推移这个国家将成为我全部心思的所在，1957年秋天的一天，我们的万事通秘书克雷霞·科尔塔把我叫出办公室，一副神秘而激动的样子，小声对我说：

"你要去中国了。"

---

[1] 《五卷书：印度的智慧》（*Panchatantra*），古印度的一部寓言故事集。

5

百花齐放

1957年秋

我是步行抵达中国的。是这样的,我经停阿姆斯特丹和东京,来到香港。在香港,一列当地火车把我带到一个小站,周围是一片开阔地带。有人告诉我,从那里可以进入中国内地。然而实际上,我刚一踏上月台,就有一位列车员和一位警察走过来,他们指着远处地平线上的一座桥。"中国!"警察说。

警察是身着英国警察制服的中国人。他带我走了一段柏油路,祝我一路顺风,就折回车站去了。我独自继续往前走,一手提着行李箱,一手提着装满书的袋子。烈日灼人,空气闷热,苍蝇嚣张地嗡嗡作响。

那桥很短,两边挡着菱形孔的金属格栅,下面流淌着半干涸的河。再往前是一扇高高的、饰满鲜花的大门,上面有中文的指示牌,最顶上是国徽——红底上有五颗金黄色的星星，四小一大。他们仔细检查了我的护照，在一个大本子上记下相关资料，让我继续往前走——朝着大约半公里开外就能看见的一列火车。群蝇乱舞，我顶着热浪走，汗流浃背，很吃力。

火车很空。车厢类似香港的车厢——成排的座位，没有单独的隔间。终于，火车开动了。一路上尽是阳光和绿意，窗户外面吹进来的空气温暖潮湿，是热带的气味。这都让我想起了印度，想起马德拉斯和本地治里。这些和次大陆相像的事物让我感到自在。我置身于亲切和喜爱的风景中。火车频繁停靠，越来越多的人在一些小站台上车。他们穿得都差不多，男人穿着深蓝色帆布夹克，扣子一直扣到下巴，女人穿着花裙子，剪裁千篇一律。他们都坐得笔直，面朝前方，一言不发。

在其中一个车站，火车满员后，三个身穿亮蓝色制服的人上来了，是一名年轻女子和她的两名男助手。女子用坚定洪亮的声音发表了一段相当长的演讲，然后其中一名男子给大家发了杯子，另一名男子从金属壶里倒出绿茶。乘客们吹着气让茶凉下来，小口啜饮着，响声很大。此外没有别的动静。谁也没有说话。我试图读懂乘客们的脸，但它们是凝固的，看上去没有任何表情。此外我也不想太仔细地观察他们，担心这会被认为粗鲁无礼，甚至引起怀疑。当然没人在观察我，尽管在这些工装夹克和花布裙子中,穿着一年前在罗马置备的扎眼意大利西装的我,显得那么格格不入。

经过三天行程,我终于抵达北京。天寒地冻,刮着干冷的风,城市和居民笼罩在灰色的沙尘中。车站灯光昏暗,《中国青年报》的两名记者正在等我。

"热烈欢迎您的到来,这是毛主席倡导的百花齐放政策取得的成果。毛主席教导我们要与他人合作,互相交流经验,所以我们编辑部与你们互换常驻记者。我们欢迎您成为《青年旗帜报》驻北京的常驻记者,我们也将在适当时候派记者前往华沙交流。"

我听着,冻得打哆嗦,因为我既没夹克也没大衣,四处都找不到暖和的地方。最后我们挤进了一辆"胜利"[1],开车去酒店。有个人已经在那里迎接我们了,《中国青年报》的记者把他介绍给我,他是李同志。他们解释道,他是派给我的专职翻译。我们彼此之间说俄语,从现在起,俄语就是我在中国使用的语言。

我曾经这样以为:我会在北京街头一望无际的砂土墙后面,租一间小平房。房间里会有一张桌子、两把椅子、

---

[1] "胜利"是当时苏联生产的一款中型轿车。

一张床、一个衣橱、一个书架、一台打字机和一部电话。我会去《中国青年报》的编辑部,了解新闻,阅读,到实地采访,收集资料,撰写和寄送稿件,同时好好学习中文。我会参观博物馆、图书馆和名胜古迹,会见教授和作家,会在乡村和城市、商店和学校遇到无数有趣的人;我会去大学,去市场,去工厂;会去佛寺和党委机关,以及许许多多其他值得了解和调查的地方。我告诉自己中国是一个大国,并且兴奋地筹划着:除了写报道和采访之外,我将有机会得到无数的感想和体验,等有一天离开这里,会满载新的见解、发现、知识。

满怀期待的我跟李同志上楼去我的房间,他进了我对面的房间。我去关门,才发现房门既没有把手也没有锁,而且,合页被动过位置,这样门就一直向走廊外敞开。我还注意到,李同志房间的门也同样半掩着,这样他能时刻看到我。

我假装什么都没注意到,开始取出我的书。我拿出包里最上面的希罗多德,然后是三卷《毛泽东选集》,庄子《南华经》,还有几本在香港买的书:《中国怎么了》,甘露德著;《中国现代史》,赖德烈著;《儒学简史》,柳无忌著;《亚洲的反叛》;《东亚思想》,莉莉·阿贝格著;还有中文课本和字典,我决定马上开始学习。

第二天早上，李同志带我去了《中国青年报》编辑部。这是我第一次看到白天的北京。四面八方都是掩藏在高墙之后的低矮平房的汪洋。围墙上方露出深灰色的屋顶，檐角像翅膀一样上翘。从远处看，它们就像一大群一动不动的黑鸟，等待着起飞的信号。

我在报社受到热烈的欢迎。总编辑是个高瘦的年轻人，他说很高兴我来了，因为这样我们就共同落实了毛主席的指示——百花齐放！

我说，我也很高兴来到这里，我知道有任务等着我，我也打算在空闲时间学习《毛泽东选集》，我带来了三卷本。

他们表示极大的满意和认可。整个谈话过程中，我们呷着绿茶，愉快交谈，还赞美了毛主席和他的"百花齐放"方针。

过了一会儿，我的东道主突然安静了下来，仿佛接到了什么命令。李同志站起来看着我——我意识到这次拜访结束了。每个人都微笑着伸出手，热情洋溢地告别。

整个拜访就是如此安排和进行的，过程中不会取得任何成果或进展——不触及任何具体问题，更别说讨论什么了。他们没有问我任何问题，也没有给我机会询问我的旅居和工作将如何安排。

但我想也许这就是当地的习俗。我当然不止一次地读到过，东方人的生活节奏比我们西方人习惯的要慢，凡事都需要时间,要保持镇定,富有耐心,必须学会等待,这样才能获得内心的平静。道家所谓道不重动而重静,不重动而重闲,一切急躁狂热在这里都不受欢迎,会被认为是缺乏教养的表现。

我也很清楚,面对浩瀚的中国,我只是一粒微尘,我和我的工作,比起这里每个人(包括《中国青年报》的工作人员)面临的历史使命,不值一提。我这点事只能等合适时机到来再说。何况,我有旅馆住,有饭吃,还有形影相随的李同志;当我在自己的房间时,他就坐在他的门边,留意我的一举一动。

我坐下来读毛泽东的著作。这种努力恰好应景:全城都张贴着"努力学习毛主席不朽思想"的横幅标语!我读了毛泽东于1935年12月在瓦窑堡党的活动分子会议上作的一次报告,他在报告中讨论了长征的影响,"长征是历史记录上的第一次,"他说,"十二个月光阴中间,天上每日几十架飞机侦察轰炸,地下几十万大军围追堵截,路上遇着了说不尽的艰难险阻,我们却开动了每人的两只脚,长驱二万余里,纵横十一个省。请问历史上曾有过我们这样的长征么?没有,从来没有的。"[1]正因为这次行军,毛泽东的

---

[1] 引自毛泽东1935年12月27日在陕北瓦窑堡党的活动分子会议上所作的报告。

军队"爬过了终年积雪的山脉,踏过沼泽地",才摆脱了蒋介石的围追堵截,后来得以发起大举反攻。

有时候看"毛选"看倦了,我就拿起庄子的书。道家的庄子蔑视世俗,标举圣贤惠施为楷模。"当传说中的中国统治者尧帝提出要把君位让给他[1],他清洗了被这种浊言玷污的耳朵,然后躲进了荒凉的箕山。"对于庄子而言——圣经《传道书》中也提出了这样的观点——外在世界的一切皆是虚空,是虚妄:"和外物接触便互相摩擦,驰骋追逐于其中,而不能止步,这不是很可悲的吗!终生劳劳碌碌而不见得有什么成就,疲惫困苦不知道究竟为的是什么,这不是很可哀的吗!这样的人生虽然不死,但又有什么意思呢!人的形体逐渐枯竭衰老,人的精神又困缚于其中随之销毁,这可不是莫大的悲哀吗?"[2]

庄子被怀疑和不确定所困扰:"言论并不像风的吹动,发言的人议论纷纷,只不过他们所说的却得不出个定准。这果真算是发了言呢?还是不曾发言呢?他们都自以为自己的发言不同于小鸟的叫声,到底有分别吗?还是

---

[1] 卡普希钦斯基原文如此。实际上,此典故中拒绝尧帝的不是惠施,而是上古隐士许由。
[2] 原文来自《庄子·内篇·齐物论》,现代汉语译文引自《庄子今注今译》,商务印书馆,2012年,陈鼓应注译。

没有分别？"¹

我想问问李同志，中国人会如何解读这些选段，但眼下正在进行学习毛主席语录的运动，我担心这些选段听起来太挑衅了。所以我挑了一些单纯的内容，关于一只蝴蝶："从前庄周梦见自己变成蝴蝶，翩翩飞舞的一只蝴蝶，遨游各处悠游自在，根本不知道自己原来是庄周。忽然醒过来，自己分明是庄周。不知道是庄周做梦化为蝴蝶呢，还是蝴蝶做梦化为庄周呢？庄周和蝴蝶必定是有所分别的。这种转变就叫做'物化'。"²

我请李同志给我解释一下这个故事的意思。他聆听，点头微笑，并仔细记了下来。他说他得请教别人，然后再给我答案。

他始终没有。

我读完了《毛泽东选集》的第一卷，开始读第二卷。

---

1 原文来自《庄子·内篇·齐物论》："夫言非吹也。言者有言，其所言者特未定也。果有言邪？其未尝有言邪？其以为异于鷇音，亦有辩乎，其无辩乎？"现代汉语译文引自《庄子今注今译》，商务印书馆，2012年，陈鼓应注译。
2 原文来自《庄子·内篇·齐物论》："昔者庄周梦为胡蝶，栩栩然胡蝶也。自喻适志与，不知周也。俄然觉，则蘧蘧然周也。不知周之梦为胡蝶与？胡蝶之梦为周与？周与胡蝶则必有分矣。此之谓物化。"现代汉语译文引自《庄子今注今译》，商务印书馆，2012年，陈鼓应注译。

时值二十世纪三十年代末，日军已占领中国大片土地，并进一步向内地推进。毛泽东和蒋介石这两个对手结成战略联盟以对抗日本侵略者。战争年复一年，侵略者烧杀掳掠，国家满目疮痍。在毛泽东看来，对付占优势的敌人最好的战术就是灵活的游击战，不断与对手周旋。他坚持这一主张，并一再写文章阐述。

我正在读毛泽东1938年春天在延安的讲话，他论述要与日本打持久战，这时李同志也在房间里讲完一通电话，他放下听筒，进来宣布，明天我们去长城。长城！人们从天涯海角赶来，只为看它一眼。它是世界奇迹，是独一无二、神话般的、在某种意义上深不可测的创举。在两千多年的时间里，中国人断断续续地建造了它。当佛陀和希罗多德尚在世时，他们就开始着手这项工程，而当列奥纳多·达·芬奇、提香和约翰·塞巴斯蒂安·巴赫在欧洲崭露头角时，他们仍在建造它。

人们对长城总长度的估算，从三千公里到一万公里不等。对长度有不同的说法，是因为长城不止一条——有好多条长城。它们是在不同的时间、不同的地点，使用了不同的材料来建造的。然而它们有一个共同点：最初的冲动。一个王朝一旦掌权，就立马修筑长城。筑墙的想法让中国的统治者着迷。如果工事停摆，那也只是因为缺乏资金——一旦财务状况好转，工程就会继续。

中国人建造长城是为了抵御北方游牧部落入侵，这些部落不肯安分，极力扩张。它们成群逐队，结成千军万马，从蒙古大草原、阿尔泰山脉和戈壁沙漠中出现，袭击中国人，不断威胁他们的国家，用屠杀和奴役散播恐怖。

但长城只是一种隐喻，一个象征和标志，是这个千年城墙之国的纹章和盾牌。长城划定了帝国的北部边界；但在交战诸侯国之间，地区之间，甚至邻里之间也竖起了墙。这些建筑物保卫着城市和村庄、通道和桥梁。守卫宫殿、政府建筑、寺庙和市场。军营、警局和监狱。高墙也能围住私人住宅，将邻居与邻居、家庭与家庭隔开。我们假设中国人几百年甚至几千年来都在不间断地建造城墙，考虑到整个中国历史上人口都如此庞大，民众的奉献和敬业，他们堪称楷模的纪律性和蚂蚁般的坚强意志，那么我们就会计算出，用于建造城墙的时间数以亿计，而这些时间本可以用来学习知识、获得职业技能、开垦荒地、饲养健壮的牛羊。

长城是一座巨大的城墙堡垒，穿过无人居住的山区和荒野，绵延数千公里，足可让人引以为傲——正如我提到过的，它是世界奇迹之一。但长城也指向了人性的弱点。长久以来，地球上的居民似乎没能真正地进行沟通和协商，并共同决定如何最有效地运用巨大的人类能量和智慧。

在这些情况下，团结起来的想法只是一种妄想：人们面对潜在麻烦的本能反应就是建造一堵墙。把自己关在里面，挡住外界。因为无论从外面、从那边来了什么，都只能是威胁，是不幸的预示。

而这堵墙不仅仅是为了抵御外侮。同时它也防控内忧。墙内有通道，有城门，看好它们，就可以控制谁能进出。守卫可以盘问，可以检查有效证件，可以记下名字，观察表情，记录备案。因此，一堵墙既是盾牌，也可能是桎梏。

墙最糟的一面是把那么多人变成了它的捍卫者，并产生一种心态，即用墙度量一切：把世界想象成一分为二的，邪恶和低劣者在外面，良善和优越者在里面。墙的守卫者不需要在物理上靠近它；他可以离墙很远，他只要心里有墙，信仰墙所规定的逻辑原则就足够了。

长城位于北京市以北，驱车需要一小时。我们先得穿过城区。寒风凛冽。行人和骑自行车的人弓着背，在大风中挣扎。到处都是自行车的车流。当交通灯变红时，车流静止，就好像水闸突然关闭，等绿灯亮起时再度流动。只有风能打乱这种单调生硬的节奏：如果风刮得太猛，车流就会波涛起伏，一些骑自行车的人因此歪斜摔倒，其他人也不得不停住，下车。队伍瞬间乱成一团。但是，大风一平息，一切又回到各自的位置，尽职地向前移动。

市中心的人行道上人头攒动，不时能看到一队队身穿校服的学童。他们挥舞着小红旗，两人一组并排走着，走在队伍最前头的不是举着红旗，就是举着毛主席伯伯的画像。孩子们热情高涨地喊着口号，唱着歌。"他们在喊什么？"我问李同志。"他们要学习毛主席的思想。"他回答说。在每个角落都能看到警察，他们常常指挥这些队伍先行。

整个城市都是黄色和海军蓝。沿街建筑的围墙是黄色，所有人穿的衣服都是深蓝色。"这些制服是革命的成果，"李同志解释道，"旧社会的人没衣服穿，冻死街头。"男人的发型都像刚入伍的新兵一样，女性无论女孩还是老太太，都留着齐耳短发，前额梳刘海。得仔细观察才能将一个人与另一个人区分开来——这挺尴尬，因为盯着人看被认为是不礼貌的。

要是谁背了个包，那么他的包和别人的也一样。如果碰到大型聚会，每个人都得把帽子和包放在衣帽间，会发生什么情况？他们怎样把自己的财物与成千上万其他人的区别开？我不知道——但看起来他们就是能做出区分。这证明真正的差异确实不仅存在于显著的事物中，而且存在于最小的细节中——例如缝纽扣的方式。

我们穿过一座废弃的碉楼登上长城。长城上竖立着巨大的城垛和炮台，宽度足够十个人并排走。从我们的位置看，长城蜿蜒曲折没有尽头，每一端都消失在群山和森林之中。四周荒芜寂静，风撕扯着我们。我感受着这一切，触摸着几百年前人们疲惫不堪地堆砌在这里的砖石。修长城是为了什么？它有什么意义？有什么用途？

时间一天天过去，一个我无法真正理解的世界将我包围其中。我本该写稿——但是写什么？报刊全是中文，我什么都看不懂。起初我请李同志帮忙翻译，但他翻译的每一篇文章，开头的文字都是一样的。报上真是这么写的吗？我与外界唯一的联系就是李同志。可每次我提出想会面、想谈话、想旅行的要求，他都含糊其词，然后就没有下文了。我也不能一个人出门。而且我能去哪儿呢？找谁呢？我不熟悉这个城市，我不认识任何人，我也没有电话。

最要命的是，我不懂这种语言。是的，我的确试过学习中文，从一开始就试过。我试图从象形符号和表意符号的丛林中开辟一条道路，结果却遇到了死胡同，每个字都有令人抓狂的多重含义。不久前我还在某处读到，《道德经》（道家的圣典）的英译本有八十多种，无一不出色可靠——而且无一相同！我已经双腿发软了。不，我觉得我应付不了，我做不到。方块字在我眼前闪烁，跳动，变换形状和位置、关系和因果，比例和形式；它们叠加又分开，形成行和列,交换位置,明明是念"ao"的字作了偏旁部首,天知道怎么会让这个字读作"ou",或者我冷不丁就把"eng"的拼音与"ong"搞混了——这可是个可怕的错误。

6

中式思维

我手头有大把时间，大部分都用来阅读我在香港买的有关中国的书。这些书都很吸引人，以致我会暂时忘记希罗多德和希腊人。

我仍然相信自己会长期在这里工作，因此想尽可能多地了解这个国家和这里的人民。我没意识到，大部分报道中国新闻的记者都驻扎在香港、东京或汉城，他们要么是华裔，要么至少中文熟练，像我这样的能去北京，多少令人难以置信，简直是不可能。

我始终能感受到长城的存在；不是几天前我在北边的群山之间看到的那座长城，而是对我来说更难应付、更难以逾越的语言的长城。我是多么渴望能认得一些汉字，能掌握它，松口气，感到自在。全都是徒劳。一切都那么模糊，那么晦涩，神秘难解。

这实际上与我在印度的感受没有区别。在那里，我也无法破译密集交错的印度字母。如果我以后去更远的地方，难道不会遇到类似的障碍吗？

这个语言符号系统的巴别塔到底是从哪里来的？一种特别的符号系统是如何产生的？在某个原点，在最开始的时候，它必然始于某个符号、某个字。有人为了记住某件事而做了记号。或者是为了与他人交流，或者对某物或某地施咒。

但是，为什么不同的人要使用这么多完全不同的符号来描述同一个对象呢？在世界各地，一个人、一座山或一棵树看起来都差不多，但在每种符号系统中，对应的却是不同的字符、图像或字母。最初的那个人想要描述一朵花，为什么在这种文化中画的是一条直线，在另一种文化中画的是一个圆圈，而在又一种文化中画的却是两条线加一个圆锥形？这些最早的涂鸦者是自行做出这些决定，还是和别人共同决定的？他们事先商量过吗？晚上会围着篝火讨论吗？是在家族会议上获得许可吗？还是在部族聚会上？他们会征求长辈的意见吗？还是问巫师？占一卦？

如果能知道这些问题的答案就好了，因为这以后，开弓就没有回头箭。事情获得了自身的驱动。从第一个最简单的决定开始——向左画一撇，向右画一捺——所有其他的都会随之而来，越来越精妙繁复，因为根据这个符号系统可怕的进化逻辑，它会随着时间的推移变得愈发复杂，让门外汉越来越难看懂，以至最终完全无法辨认——这种情况已经发生过不止一次了。

对我来说，尽管印度人和中国人书写系统的难度不相上下，但两国民众的行事方式截然不同。印度人是放松的，中国人紧绷而警觉。一群印度人在一起时是松散的，杂乱的，不紧不慢；一群中国人会在你觉察之前迅速组成纪律严明的队伍。你会觉得，在一群中国人之上站着一位指挥官，一个更高的权威，而在众多印度教徒之上则是阿勒奥珀格斯山，山上盘旋着无数无所求的神灵。如果一群印度人遇到有趣的事情，他们会停下来围观并开始讨论。同样情况下，中国人则会保持队形继续往前走，温驯地朝着既定的目标，目不斜视。印度人显然更注重仪式、心灵和宗教。在印度，精神世界及其象征永远触手可及，可以感知。满街都是信众。朝圣者前往寺庙，前往众神所在之地；群众聚集在圣山脚下，在圣河中沐浴，在圣火堆上火化死者。中国人给人的感觉则不那么张扬，他们小心谨慎，不露声色。相比敬拜神灵，他们更关心礼节是否得体；他们不是抬着圣像游行，而是标语。

我发现他们的脸也不一样。印度人的脸饱含惊奇；额头上的红点，脸颊上的彩色图案，露出深褐色牙齿的微笑。

中国人的脸不会带来这样的惊喜。它平和且经久不变。似乎没什么可以扰乱它平静的表面。这张脸隐藏着一些我们一无所知，也永远不得而知的东西。

有一次李同志带我去了上海。和北京多么不同啊！我被这座城市的巨大规模，被它建筑的多样性所震惊——整片整片的社区都是以法式、意式或美式风格建造的。随处可见绵延数公里的林荫道、大街、步道和拱廊。能感觉到城市发展的规模和能量、大都市的喧嚣，到处都是汽车、人力车，路上有数不清的行人。商店林立，偶尔还会看到酒吧。这里比北京暖和多了，微风和煦——可以感觉到离海很近。

有一天，我们开车路过一个日本人居住的街区时，我看到一座佛寺敦实的柱子。"这座寺庙是开着的吗？"我问李同志。"在上海这里，当然开着。"他的回答中夹杂着讽刺和轻蔑，仿佛这里并不是地道的中国。

佛教直到公元后才开始在中国繁荣。此前大约五百年间，两种平行的精神潮流、两种学派、两种取向统御着这片土地：儒家和道家。圣人孔子生活在公元前551年至公元前479年之间。孔子和道教的创始人老子谁出生得更早，历史学家们没有达成共识。许多学者甚至认为老子根本不存在，说他留下的唯一一本小书《道德经》，只是一些片段、格言和谚语的集合，由不知名的抄写者收集而成。

如果我们承认老子确实存在并且比孔子年长，那么我们也可以相信这个被一再讲述的故事，即年轻的孔子旅行到智者老子居住的地方，向他请教该如何安顿身心。这位老人回答说："戒除傲慢和欲望，戒除奉承的习惯和过度的野心。这些都有害。我能告诉你的就只有这些。"[1]

但如果孔子比老子年长，那么他就可能向他年轻的同胞传授这三个了不起的观点。其一："未能事人，焉能事鬼？"其二："以德报怨，何以报德？"其三："未知生，焉知死？"

孔子和老子（如果确有其人）的哲学思想出现在周代末年，大约在战国时代，当时中国四分五裂，诸侯国之间展开激烈的战争，导致人口大幅减少。一个暂时逃脱屠杀的人，仍然会被不确定和朝不保夕的恐惧所困扰，他不得不问自己：人该如何生存？这是中国思想试图回答的问题。这恐怕是世界上已知的最实用的哲学。与印度的思想相反，它很少冒险进入超验领域，而是试图为普通人提供建议，让他能够忍受自己的处境。而他之所以被困于此，只因为他降生在这个残酷的世界，不管他本人是否愿意。

---

[1] 原文来自《史记·老子韩非列传》："去子之骄气与多欲，态色与淫志，是皆无益于子之身。吾所以告子，若是而已。"

正是在这一点上,孔子和老子(如果真有其人)的道路发生了分歧,或者更准确地说,是在"我该如何生存"这一最根本的世俗问题上,他俩给出了不同的答案。孔子认为生而为人,就有很多不得不做之事。最重要的是服从官方和孝顺父母。还要尊重祖先和传统;严格遵守礼仪规则;忠于现存秩序;抗拒变革。儒生对执政者忠诚而驯服。孔子说,如果你忠顺、尽责地服从他们的要求,你就能安身立命。

老子(如果真有其人)推崇不同的态度。道家的创始人建议让自己远离一切。没有什么是永恒的,这位祖师说,所以不要执着于任何东西。一切存在最终都会消亡;因此要超越它,保持你的距离,不要试图建功立业,不要追求或占有任何事物。无为而为:柔弱无为是你的力量所依;天真无知是你的智慧所在。如果你想安身立命,就得把自己变得无用,对任何人都派不上用场。远离众生,成为隐士,心满意足于一碗饭、一口水。最重要的是合乎于道。但道是什么?无法解释,因为道的本质是模糊不可言说的:"道可道,非常道。"圣人说。道是道路,不是方向,奉行道就是守道直行。

儒家的哲学关乎权力、仕途、体系、秩序,关乎时时遵守行为规范;道家则弃绝这样的游戏,转而满足于自身的渺小,知道自己不过是无情世界中一颗不起眼的尘埃。

然而，在传递给普通人的信息中，儒家和道家有一个共同点：教人谦逊。有趣的是，大约在同一时间，同样在亚洲，出现了另外两种学说，佛学和伊奥尼亚哲学，它们向普通的凡人提供了相同的建议：要谦虚。

儒家宫廷画中描绘的场景是这样的：安坐的皇帝被簇拥着，周围是笔直站立的官员、宫廷司仪、鲜衣怒马的将军、谦恭俯首的仆人。在道家画中，我们看到的是远处淡淡的风景，隐约可辨的山峦、银色的雾幔、桑园，以及前景中一片纤细雅致的竹叶，在看不见的微风中摇摆。

和李同志一起漫步在上海的街头，观察行人，我会考考自己，这些人是儒家还是道家，还是佛教徒？

但这是一种毫无意义的好奇心。因为中国哲学的强大之处在于其弹性和兼容并包，即不同的思潮、观点和立场融合成一个整体，同时又不损害各独立学派精髓的完整性。在中国几千年的历史进程中，盛行过许多不同的哲学思想（很难称它们为欧洲意义上的宗教，因为其中没有上帝的概念）——要么儒家占优势，要么道教，要么佛教，这三家最为重要；三者之间不时会产生冲突或紧张；偶尔会有皇帝独尊其中一家，有时皇帝会推动它们的共存，有时会煽动它们之间的竞争和对抗。但迟早会有这样或那样的相互妥协、渗透、调和。如此多的元素落入了这个文明古国的幽深渊薮，被它所吸收，随后显现出明确无误的中国式的形态与特色。

这种综合转化也发生在每个中国人的灵魂中。这取决于形势、背景和环境,有时儒家会在他身上占了上风,有时是道家,因为在他的世界里,没有什么是一劳永逸地固定下来的,没有什么是盖上图章、刻上石头,从此一成不变的。为了生存,他可以做个顺民。外表谦恭温顺,内心却超然,孤傲,独立。

我们回到北京,回到酒店。我继续读我的书。我开始研究九世纪大诗人韩愈的生平。作为孔子的信徒,韩愈曾反对佛教在中国传播,理由是它是外来的印度思想体系。他撰写批评文章和言辞激烈的檄文。这位大诗人的排外激怒了身为佛教徒的统治者,韩愈因此获判死刑,但在朝臣劝解下,改判为流放到今天的广东省,当时那一带遍布鳄鱼。

我还没来得及弄清楚接下来发生了什么,《中国青年报》编辑部来人了,同时带来了对外贸易部的一位先生,他转交给我一封来自华沙《青年旗帜报》同事的信件。信中说,由于我们部门公开反对取消报纸的《不过如此》("Po prostu")专栏,中央决定解散整个编辑部,现在报社由三名特派员接管。一些记者辞职以示抗议,而另一些则犹豫不决,还在观望。我的朋友们想知道我准备怎么办。

外贸部的先生走了，我想都没想就通知李同志，我接到紧急回国的命令。我现在就收拾行李。李同志的脸上没有表情。我们对视了片刻，然后下楼去餐厅吃晚饭。

我离开中国的心情，就像离开印度一样，带着失落，甚至悲伤；但与此同时，这次离开也带有某种决心。我必须走了，因为一个全新的、迄今为止依然陌生的世界正在将我拉入它的轨道，它完全吸引了我，让我沉溺，难以自拔。我被一种深刻的迷恋攫取，产生了强烈的学习渴望，那种让我自己完全沉浸其中，被它融化，与这个陌生的宇宙融为一体的渴望。这种感觉如此熟悉，就好像我在那里出生、长大，在那里开始生活一样。我想学中文，我想看书，我想深入了解一点一滴。

这是一种疾病，一种危险的弱点，因为我也意识到这些文明是如此深邃、丰富、复杂和多样，哪怕想要了解其中的一鳞半爪，都需要为此付出毕生精力。这里的文化和建筑一样，有无数房间、走廊、阳台和阁楼，鳞次栉比，进入其中就像进入迂回曲折的迷宫，一旦走进其中一间，就找不到出口，也没有退路，无法回头。无论是成为汉学家、印度学者、阿拉伯学者，还是希伯来学者，都是孤高难进、耗费精力的追求，再也无暇旁顾。

虽然我有屈服于这种诱惑的冲动，但我仍然被这些世界之外的事物所吸引——尚未遇见的人、尚未走过的路、尚未见过的天空。跨越国境，看看国境之外有什么，这种渴望仍在不断搅动我的心绪。

我回到了华沙。我很快就搞清楚了，为什么我在中国期间的处境那么尴尬，那么无所事事。之所以派我去中国，是因为两次解冻：1956年的波兰十月事件和中国的"百花齐放"。而在我抵达中国之前，华沙和北京就已发生剧变。波兰共产党领导人瓦迪斯瓦夫·哥穆尔卡发起了一场反对自由派的运动，而中国则发动了"大跃进"。

实际上，我原本应当在抵达北京的第二天就离开这里。但我供职的报纸什么也没说——它正身处恐惧之中，在为自己的生存而战，忘记了我。又或许编辑们是为我着想——可能他们认为我在中国会更安全？但无论是否如此，我现在认为，中国驻华沙大使馆早已通知《中国青年报》的编辑们，《青年旗帜报》的这位记者是一家命悬一线的报纸的代表，这份报纸被撤销只是时间问题。与此同时，正是中国传统的待客之道、中国人喜欢给人留面子的习惯，以及他们根深蒂固的以礼待人的教养，才使我没有被立即驱逐。相反，他们安排了各种情境，认为通过透露种种信息，就能让我自己猜到早先商定的合作模式不会再继续。那样我就会主动说：我要走了。

7

世界旅途上的记忆

一回去我就从报社辞职,在波兰通讯社找了份工作。因为我从中国过来,我的新老板米哈乌·霍夫曼认为我熟悉远东事务,就把这个条线划归我负责。具体来说,就是印度以东的亚洲地区,以及太平洋上的无数岛屿。

我们对所有的事情都略知一二,但我对我要报道的那些国家一无所知,因此我熬夜攻读缅甸和马来西亚丛林中的游击战、苏门答腊岛和苏拉威西岛的暴乱、菲律宾莫罗部落的冲突。世界在我眼里再度变得无法理解,就别提熟悉脉络了。更烦心的是,我的工作使我没多少时间能够专注于此。从早到晚,来自不同国家的消息传到办公室,我必须阅读、翻译、缩编,然后发送到报纸和广播电台。

就这样,每天都有来自仰光、新加坡、河内、马尼拉、万隆等地的消息,因此我在亚洲各国的旅行——先是印度和阿富汗，然后是日本和中国——没有中断。我在办公桌的玻璃板下面压了张战前的亚洲大陆地图，我的手指常常在上面徘徊，寻找金边或泗水，所罗门群岛或费劲儿才能找到的拉瓦格，这些地方要么刚发生了一场想推翻某个重要人物的政变，要么有橡胶种植园的工人大罢工。我的思绪时而在这里，时而在那里，想象着那些现场。

有时，晚上的办公室空无一人，走廊变得安静，当我想从那些罢工和武装冲突、政变和爆炸的电报中喘口气——这些事让那些远在天边的国家陷入混乱——我就打开抽屉，翻阅希罗多德的《历史》。

希罗多德在一开头就解释了他为什么要写这本书：

> 这里展示的，是哈利卡尔那索斯人希罗多德探究的结果。旨在防止人类功业的痕迹被时间抹除，保留希腊人和非希腊人取得的卓绝成就，特别是记下希腊人与非希腊人之间互相争斗的原因。

这段话是整本书的关键。

首先，希罗多德在这段话里告诉我们，他进行了"探究"（我更愿意使用"调查"一词）。今天我们知道他为此奉献了一生，并且在当时的确算是长长的一生。他为什么年纪轻轻就做出这样的决定？有人鼓励他做这些调查吗？委托他做此事？还是某位君主、长老会议，或某个神谕授命于他？谁需要这些情报？要拿它们干吗？

又或许他做事都是出于自愿，被一种无法抑制的冲动所驱使，对知识充满热情？也许他天生有一颗好奇的心，一颗不断产生无数问题，让他无法安宁、夜不能寐的心？若他被这种绝对隐秘的狂热所控制——这种事情人们并不陌生——年复一年，他又是如何找到时间来坚持的？

希罗多德承认他痴迷于记忆，也对记忆感到恐惧。他觉得记忆是有缺陷的，脆弱、短暂——甚至虚幻。无论记忆能容纳什么，存储什么，最终都会蒸发，消失得无影无踪。与他同时代的人，当时生活在地球上的每个人，都被同样的恐惧所支配。没有记忆，人就无法生存，因为记忆使人超拔于野兽，决定了人类灵魂的轮廓；但它同时又是那么不可靠，难以把握，具有欺骗性。这正是使人对自己如此缺乏信心的原因。等等，那不就是……？来吧，你能想起来的，那是什么时候……？啊，那人不就是谁谁……？再好好想想，它是怎么……？我们不知道，而在这句"我们不知道"之外就是无知的广阔领域；换言之——这是不存在之事物的领域。

今天的人不再像从前那样痴迷于记忆，因为他就生活在大量记忆的堆积之中。一切唾手可得——百科全书、教科书、词典、纲要、搜索引擎。图书馆和博物馆、旧书店和档案馆。音频和影像档案。在公寓、仓库、地下室和阁楼中,保存着无穷无尽的文字、声音和图像资料。老师会告诉孩子他需要知道的一切;教授会为大学生答疑解惑。

当然,在希罗多德的时代,这些机构、设备或技术都不存在,或者说几乎不存在。人所知的就他的脑袋里能存下的这些。一些享有特权的人开始学习在莎草纸卷轴和泥板上写字。其他人呢?文化向来是贵族的事业。一旦背离这个准则,就会消亡。

在希罗多德的世界,人是唯一实在的记忆存储库。为了找出被记住的东西,必须找到这个人。如果他住得很远,就得长途跋涉去寻访。一旦找到,需要促膝长谈,聆听,记忆,记录下来。新闻报道由此开始;它正是在这样的环境中诞生的。

因此希罗多德周游世界,广泛接触各种人,倾听他们的故事。他们谈论自己是谁,讲述自己的历史。但是他们怎么知道自己是谁,从哪里来?他们回答说,都是从别人那里听来的——首先来自他们的祖辈。是上代人将自己的知识传给了这代人,正如这个人现在正把知识传给其他人一样。知识以各种故事的形式出现。人们围坐在炉火边讲故事。后来,故事逐渐成为传说和神话,但在它们第一次被讲述和听到的那一刻，讲述者和听众都相信它们是最神圣的真理，是不容置疑的事实。

人们倾听，炉火在燃烧，有人添了更多的柴火，火焰重燃的温暖让思想活跃起来，唤醒了想象力。如果附近某处没有噼啪作响的火，或者黑暗的房子没有被油灯或蜡烛照亮，几乎无法想象该如何编织故事。火光吸引人，凝聚和刺激注意力。火光是共同体的象征，代表着历史，连接着记忆。生活在希罗多德之前的赫拉克利特认为，火是万物本源，是最本质的实体。他说，就像火一样，一切都在永恒的运动中，一切都会熄灭，只为再次燃烧。一切都在流动，又在流动中变化。记忆亦如此。一些记忆的形象消失了，但新的形象出现了。新事物不会与旧事物一模一样，它们是各不相同的东西。正如人不能两次踏入同一条河流，新形象也不可能与之前的形象完全相同。

一旦逝去就无法逆转，这个道理希罗多德了然于心，他想要站在这种破坏力的对面：防止人类功业的痕迹被时间抹除。

这是何等无畏，何等舍我其谁的使命感啊：*防止人类功业的痕迹被时间抹除。人类功业！*但是他怎么知道"人类功业"这样的东西存在呢？他的前辈荷马，描述的是单一、特定战争的历史，也就是特洛伊战争，之后是孤独的漫游者奥德修斯的冒险经历。但什么是人类功业？这个词本身就代表了一种新的思维方式、新的概念、新的视野。凭借这句话,希罗多德向我们展示了他绝非一名坐井观天的外省抄写员,心里只装着自己所在的那个希腊小城邦。不,从一开始,《历史》的作者就以一种放眼全球的愿景和涵盖世界维度的想象力登上舞台——简而言之,作为第一位全球主义者。

当然,希罗多德面前的世界地图,或者说他想象中的世界地图,与我们今天面对的有所不同。他的世界比我们的小得多。其中心是沿爱琴海周围的山区和(当时的)森林覆盖的大地。位于爱琴海西岸之地构成希腊,位于东岸之地构成波斯。所以我们马上就抓住了问题的重点——希罗多德在此出生、成长,自从他开眼看世界,最初的一个观察就是世界是分裂的,被分成东方和西方,这两边长期处于纷争、冲突、战争的状态。

对他以及对任何善于思考的人来说,见此情形立即会提出的一个问题是:"为什么会这样?"这正是希罗多德在其不朽之作最开始写到的:这里展示的,是哈利卡尔那索斯人希罗多德探究的结果……特别是……互相争斗的原因……

正如他所说,这个问题自古以来就反复出现,几千年来一直困扰着人类:为什么人们会互相发动战争?战争的起源是什么?人们希望通过发动战争达到什么目的?他们被什么驱使？他们是怎么想的？目标是什么？一连串无止无休的问题。希罗多德毕生孜孜不倦地致力于寻找答案。问题众多，其中有一些相当笼统和抽象，他选择了那些最具体的问题进行调查，即发生在当下的事件，或者记忆仍然鲜活的事件，纵使稍微褪色，仍可了解一二。换言之，他将关注和追问集中在以下主题上：希腊（即欧洲）为什么要与波斯（即亚洲）开战？这两个世界——西方（欧洲）和东方（亚洲）——为什么要互相争斗到你死我活？从来如此吗？将永远如此吗？

他被这个主题深深吸引；事实上，他满心满眼都是这件事，对它的探究也永不知足。不难想象，他这种人，一旦被一个令他无法平静的想法缠上了会怎样。整个人好像被激活了，没法安静地待着，再也停不下脚步。无论他出现在哪里，都有种激动和焦灼的气氛。那些不喜欢出门远行，甚至不喜欢走出自家后院的人——他们在任何时候、任何地方都是社会的大多数，而希罗多德这种骨子里不愿流连于任何人任何事的类型，会被他们视为怪胎、狂热分子，甚至是疯子。

希罗多德会不会被同时代的人这样看待？他对此只字不提。他会留意这种事吗？他忙于旅行，忙于准备旅行，然后忙于筛选和组织他带回家的素材。毕竟，一段旅程既不会在我们出发的那一刻开始，也不会在我们回到家门口就结束。它开始得更早,而且真的永远不会结束,哪怕我们的身体已经很久不在路上,记忆的胶片还会在大脑里继续播放。实际上,旅行就像传染病,并且这种疾病基本无药可救。

我们不知道希罗多德是以什么身份出门的。作为商人(黎凡特人众所周知的职业)?可能不会,因为他对价格、商品和市场不感兴趣。作为外交官?那个职业当时还不存在。作为间谍?但为哪个国家效力呢?作为游客?不,游客旅行是为了休养,希罗多德则在路上努力工作——他是记者、人类学家、人种志学家、历史学家。他同时也是典型的漫游者,或者说,朝圣者——后来在中世纪的欧洲,像他这样的人被这么称呼。但他的漫游并不是那种传奇的历险故事,从一个地方浪游到另一个地方,无忧无虑。希罗多德的旅行宗旨明确——他希望通过旅行来了解世界及其居民,收集他日后会觉得有必要讲述的见闻。他尤其希望描述的是希腊人和非希腊人那些值得赞叹的丰功伟绩。

这是他的初衷。但是,随着每一次新的远行,世界都会向他扩展,成倍地增长,呈现更宏大的规模。原来,在埃及之外还有利比亚[1],利比亚之外还有埃塞俄比亚的土地,

---

[1] 利比亚,古代指埃及以西的北非地区,范围较今北非国家利比亚大许多。

也就是阿非利加[1]；往东，穿越广袤的波斯（至少需要三个月日夜兼程的步行），到达世人仰望而又难以接近的巴比伦，再往前就是印度人的家乡，无人知晓它的边界在哪里。地中海确实向西延伸很远，一直到阿比拉和赫拉克勒斯之柱，人们说，在那之外，还有另一片海；往北还有更多的大海和草原，还有无数斯基泰人居住的森林。

米利都（小亚细亚的一座美丽城市）的阿那克西曼德[2]生活的年代早于希罗多德，他绘制了第一幅世界地图。他认为，地球的形状像圆柱体。它被诸天环绕，悬浮在空中，与所有天体的距离相等。那个时期出现了各种各样的其他地图。最常见的是地球被描绘成一个扁平的椭圆形盾牌，四周被宇宙之河俄刻阿诺斯的水包围。俄刻阿诺斯不仅是整个世界的边界，还是地球上所有其他河流的水源。

这个世界的中心是爱琴海及其海岸和岛屿。希罗多德从那里筹划他的远行。他越往天涯海角走，就越频繁地遇到新事物。他是第一个发现世界文化多元本质的人。他第一个提出，需要接受和理解每种文化，而要理解它，就先

---

1 阿非利加，该词狭义上最初与利比亚（Libya）相当，再扩展为指地中海以南的北非地区，最后用以指代整个非洲。
2 阿那克西曼德（Anaximander，约610 BC－545 BC），古希腊米利都学派唯物主义哲学家和天文学家，认为世界是由一种被称为"无限"的物质形成，生命起源于水。其著作已失传。

得认识它。文化差异从哪里来？首先来自风俗。告诉我你的着装、你如何行事、你的习惯、你崇拜的神——我就能告诉你，你是谁。人不只创造了文化，栖息于文化，并且，走到哪里就把它带到哪里——人就是文化。

希罗多德对世界如数家珍，但也并非无所不知。他从未听说过中国或日本，不知道澳大利亚或大洋洲，也不知道美洲的存在，更别说美洲的大发展了。说实话，他对西欧和北欧也知之甚少。希罗多德的世界是地中海-近东地区；这是个阳光明媚的世界，有海洋和湖泊、高山和绿谷、橄榄和葡萄酒、羔羊和麦田——一个每隔几年就会血流成河的明亮的世外桃源。

8

克洛伊索斯的幸与不幸

希罗多德是非常审慎地推进自己的计划的,他要寻找对他来说最重要的问题的答案,即东西方冲突起源于何处,以及为何存在这种敌意。他从不说自己知道答案。相反,他一直躲在暗处,让其他人讲。比如听"博学的波斯人"讲。希罗多德说,这些博学的波斯人坚持认为,挑动东西方世界冲突的既非希腊人也非波斯人,而是另有其人——四处流动的腓尼基商人。正是他们首先开始了绑架妇女的勾当,进而引发了这场全球动荡。

腓尼基人的确在希腊的阿尔戈斯港绑架了国王的女儿伊娥,然后用船将她带到埃及。接着几名希腊人登陆腓尼基的提尔城,绑架了国王的女儿欧罗巴。还有其他希腊人从科尔基斯国王那里绑架了他的女儿美狄亚。以牙还牙,特洛伊的帕里斯掳走了希腊国王墨涅拉奥斯的妻子海伦,并将她带到特洛伊。为了复仇,希腊人入侵特洛伊。大战爆发,这段历史因荷马的记载而不朽。

希罗多德转述波斯智者的评论:波斯人认为劫持妇女是无耻之徒的行为,但因此震怒并寻求报复是愚蠢的;他们说,明智的做法是不去理会,因为很明显,这些妇女一定是心甘情愿被绑架,否则这种事不会发生。他引用希腊公主伊娥的故事为例,腓尼基人说他们不需要绑架她到埃及。据他们说,她在阿尔戈斯与船长睡过觉,后来发现自己怀孕,无法面对父母,因此心甘情愿地跟随腓尼基人远航,以免败露。

希罗多德对这个世界的精彩描述,为什么要从波斯智者的讲述,从以牙还牙绑架年轻女性这种小事开始?因为他尊重故事流通的规律:要想故事卖得好,必须有趣,必须加点调料,加点让人兴奋、让人脊背发凉的东西。绑架妇女的叙述满足了上述要求。

希罗多德生活在两个时代的交叉点:有文字记载的历史刚刚开始,但口头传统仍占主导地位。因此,希罗多德生活和工作的节奏可能是这样的:他完成了一次长途旅行,归途中,在经过的希腊城市组织类似文学之夜的活动,讲述他在旅途中收集到的经验、留下的印象和观察的结果。很可能他就是靠这种集会谋生,并以此为下一次旅行筹措资金,所以对他来说,拥有足够大的礼堂、吸引足够多的观众很重要。因此，从一些能吸引听众注意力、激发他们好奇心的内容开始——也就是有点耸人听闻的东西——对他是有利的。意在打动听众，使其着迷、惊叹的故事情节贯穿了他整个作品；如果没有这样的刺激，他的听众会无聊地早早散去，留下他囊中空空。

但关于绑架妇女的叙述，可不只是廉价的轰动效应，刺激、挑逗的故事情节。希罗多德早在刚开始他的考察时，就试图建立他的历史第一法则。他的野心源于他在旅途中收集了大量来自不同时代和地方的材料，他希望明确和界定一些规则，以厘清这些看似杂乱无章的事实。真有可能实现这样的原则吗？有，希罗多德回答。这个原则是对"谁……首先犯下侵犯罪行"这一问题的回应。把这个问题放在心上，就更容易解开历史的纷乱曲折和错综复杂，更容易向我们自己解释是什么样的力量和事件驱动了历史的发展。

确立这个原则并对其保持自觉，是非常重要的，因为在希罗多德的世界（包括今天的各种社会），以牙还牙这个永恒的复仇法则，是（且一直是）有效存在的。复仇不仅是权利——还是最神圣的义务。不履行此职责的人将受到家庭、宗族和社会的诅咒。复仇的重担不仅压在受屈的部落的成员身上，众神也必须服从，甚至客观和永恒的命运也概莫能外。

复仇能起到什么样的作用？对复仇的恐惧，对无从逃避的复仇的恐惧，理应足以阻止任何人做出损害他人的可耻行径。它理应起到刹车的作用，发出理性的遏制之声。但如果威慑无效，有人犯了罪，那么肇事者就启动了报复链，后果可能延续几代人甚至几个世纪。

复仇机制中有种令人沮丧的宿命论。有些事不可避免且无法挽回。不幸会突然降临到你身上，你无法理解为什么。这是怎么了？很简单：你因为十代之前某个祖辈的罪行遭到报复，你甚至都不知道还有这个人。

希罗多德的第二条法则不仅适用于历史，也适用于人类生活，即人类的幸福永远不会在同一个地方停留太久。我们这位希腊人通过描述吕底亚国王克洛伊索斯戏剧性的、令人动容的命运来证明这个定理。克洛伊索斯的经历类似于《圣经》中的约伯，他可能是约伯的原型。

他的王国吕底亚是一个强大的亚洲国家，位于希腊和波斯之间。克洛伊索斯在他的宫殿里积累了巨大的财富，他以堆积成山的金银财宝闻名于世，并乐于向访客炫耀。故事发生在公元前六世纪中叶，也就是希罗多德诞生前几十年。

当时在世的每一个有学问的希腊人，包括雅典的梭伦（他是诗人、雅典民主制度的创造者，以智慧著称），都会造访吕底亚的首都萨第斯。克洛伊索斯亲自接待了梭伦,命令仆人带他参观财宝,他确信这些财宝会让客人震惊,就问他:"所以我真的想请教,在你见过的所有人当中,最幸福的那个是谁?"之所以这么问,是因为他觉得自己就是所有人中最幸福的。

但梭伦丝毫没有奉承他,反而推举几位英勇而死的雅典人为最幸福的人,并补充道:"克洛伊索斯,你问我人及其命运,而我很清楚,神是多么爱嫉妒,多么容易让众生迷惑。任何一个活得久的人,都必然会看到和忍受许多身不由己的事。我把七十岁定为人的寿命极限。七十年等于25200天[1]……没有哪两天会发生一模一样的事。因此,克洛伊索斯,人的命运完全是无法预料的……

"至于你,我知道你极为富有,统治诸邦,但在你幸福地结束了一生之前,我无法说出你要我说的……直至[一个人]死前,他都算不上幸福的人,只能说是幸运的人。

"……要考虑任何事情的最后结果……看看结果如何,因为神经常为人带来幸福的幻影,随后彻底摧毁他。"

事实上,梭伦离开后,众神的惩罚就残酷地降临在克洛伊索斯身上,很可能正是因为他自认为是世界上最幸福

---

[1] 希罗多德《历史》原文为:"在这七十年间,如果不算闰月,共有25200天。"希罗多德把包含闰月的阳历一年定为375天,但希腊在引入闰月制以后,月份为29天和30天相间,由此不算闰月应为24780天。

的人。克洛伊索斯有两个儿子，一个是魁梧的阿提斯，另一个是聋哑人。阿提斯是他父亲的掌上明珠，备受呵护。可尽管如此，克洛伊索斯的一位名叫阿德拉斯托斯的客人，在一次狩猎中意外杀死了阿提斯。阿德拉斯托斯知道自己闯祸后崩溃了。在阿提斯的葬礼上，他一直等到大家都离开，坟墓周围安静下来，他觉得自己在一生中承受的不幸比所有人都多，他在墓前自杀了。

丧子之后，克洛伊索斯在极度悲痛中度过了两年。在此期间，居鲁士大帝在邻国波斯掌权，在他的统治下波斯人的势力日渐增强。克洛伊索斯担心，如果居鲁士的国家继续壮大，有一天可能会威胁到吕底亚，因此他决定先发制人。

按照当时的习俗，富人和权贵在做出重大决定前要先问神谕。希腊有很多神庙，其中最重要的位于德尔菲，坐落在一座高耸的山上。要想从神谕中获得对自己有利的预言，就得用礼物取悦德尔菲的神。为此，克洛伊索斯准备了大量的献祭品：杀死了三千头牛，熔化了沉甸甸的金条，用白银锻造了无数礼品。他下令燃起大火，焚烧镶金裹银的卧榻、紫色斗篷和长袍。他还告诉所有吕底亚人，每个人都要尽其所能地献祭。我们不难想象，无数谦逊顺从的吕底亚人，沿路来到大柴堆燃烧之处，把迄今为止对他们来说最珍贵的东西，把金饰、各种圣器和家用器皿、节日礼服，甚至最喜欢的日常服饰，都抛向火里。

神谕通常很谨慎，模棱两可，晦涩难懂。它们的文本经过精心编排，一旦神谕不灵验（这种情况常发生），它还能巧妙地打个圆场，挽回面子。然而，想要揭开未来面纱的愿望是如此生生不息，以致人们仍然带着一种已经持续了几千年的固执，贪婪地聆听占卜者的话语，兴奋得脸颊通红。正如你所看到的，克洛伊索斯也被这种欲望虏获。他派使节前往不同的希腊神庙，焦急地等待他们回来。德尔菲神谕的回答是：如果出征波斯，你将摧毁一个伟大的国家。渴望这场战争的克洛伊索斯被侵略的欲望蒙蔽了双眼，将预言理解为：如果出征波斯，你将摧毁它。毕竟，波斯确实是一个伟大的国家，在这方面克洛伊索斯是正确的。

于是他率兵出击，但他输掉了战争，结果正如神谕所说——他毁掉了自己的伟大国家，自身也沦为奴隶。波斯人把俘虏带到居鲁士那里，居鲁士搭起了一个巨大的火葬柴堆，把（戴着枷锁的）克洛伊索斯和十四个吕底亚男孩押上柴堆顶端。也许居鲁士打算把他们奉献给某个神灵，也许他想履行他许过的愿，也许他听说克洛伊索斯是个虔诚敬神的人，所以他让他上柴堆，想看看是否有神能救他，使他不被活活烧死……柴堆上的克洛伊索斯身陷绝境，他想起了梭伦的警告，没有一个还活着的人称得上是幸福的人,此话有如神启。念及此,他叹息,呻吟,他打破长久的沉默,重复念了三遍"梭伦"这个名字。

当时,居鲁士正站在柴堆附近,他命翻译问克洛伊索斯,他在呼唤谁,这是什么意思。克洛伊索斯开始解释。就在他讲这个故事时,已经点燃的柴堆开始从外部燃烧起来。居鲁士动了恻隐之心,也害怕遭到报应,就改变主意,下令赶紧把火扑灭,把克洛伊索斯和陪葬的男孩们带下来。但火势已经无法控制了。

克洛伊索斯明白居鲁士已有怜悯之意。尽管所有人都在努力扑灭大火,但火势却控制不住,看到此景,他开始呼唤阿波罗……他泪流满面祈求神,突然间,晴朗无风的天空变得乌云密布;暴风骤起,大雨瓢泼,大火被扑灭了。

……等[居鲁士]把克洛伊索斯从柴堆上放下来,他就问他,是谁怂恿他入侵他的国家,与他为敌,而非与他为友。"主人,"克洛伊索斯答道,"是我做的。这给你带来了好运,给我带来了损害。但罪责在希腊的神,神鼓励我向你开战。毕竟,没有人蠢到喜欢战争而不喜欢和平;在和平时期儿子埋葬他们的父亲,在战争中父亲埋葬他们的儿子。但我想,神希望这样的事发生。"

居鲁士命人给他松绑,让他坐在自己身旁。克洛伊索斯给他留下了深刻的印象,他和他所有随从都钦佩此人的风度。但克洛伊索斯沉默不语，陷入了沉思。

就这样，战败的克洛伊索斯和胜利的居鲁士，当时亚洲最强大的两位统治者，他们并排坐在一起，看着烧剩的柴堆。就在刚才，他们中的一个还要在上面献祭另一个。我们不难想象，一小时前还在恐怖的折磨中等死的克洛伊索斯，仍未从惊吓中平息，当居鲁士问能为他做些什么时，他开始抱怨众神。"主人，"克洛伊索斯回答说，"请允许我将身上这些镣铐送给希腊那位神灵，没有什么能带给我更大满足。我敬奉他超过所有神，我要问问他，欺骗向他献祭的人是不是他的一贯行径。"

多么渎神！更渎神的是，克洛伊索斯在得到居鲁士的许可后，派了一些吕底亚人前往德尔菲。他让他们把枷锁放在神殿的门口，质问神明，他用神谕怂恿克洛伊索斯攻打波斯人，难道不感到羞耻……他们还得问问，希腊众神是否一贯如此忘恩负义。

德尔菲的皮提亚[1]回答了这个问题，其中一句话将成为希罗多德的第三条法则：

> "即使是神，也无法逃脱他注定的命运。克洛伊索斯为他四代以前祖辈的罪行遭到惩罚，那人是赫拉

---

[1] 皮提亚，德尔菲神庙中宣示阿波罗神谕的女祭司。

克勒斯的贴身卫士,他屈服于一个女人的诡计,杀死了他的主人,并获得了根本不属于他的王位。事实上,阿波罗希望萨第斯的陷落发生在克洛伊索斯的儿子辈,而非克洛伊索斯在世时,但命运是无法改变的……"

这就是皮提亚给吕底亚人的答复。他们……将答复转告克洛伊索斯。他听了后承认,错在他而不在神。

9

战斗结束了

我以为我已经听完了克洛伊索斯的全部故事,在我看来他实际上是个富有人情味的人——比如,他看到全世界都羡慕他的财宝(金山银山堆满他的宝库),会流露出天真和不加掩饰的骄傲,还有,他对德尔菲神谕毫不动摇的信仰;他对儿子的死感到无限的绝望,这一悲剧正是他自己间接导致的;他在国家惨败之后陷入崩溃;他在柴堆上殉难时心灰意冷;他敢于反抗神谕;最后,他不得不付出惨痛的代价,为他压根就不认识的祖辈赎罪。是的,我以为我已经永远告别了这个被惩罚与被羞辱的人,但突然间他再次出现在希罗多德的书中,再次陪伴着居鲁士国王,后者率领波斯军队,开始征服野蛮好战的马萨格泰人,这个民族生活在中亚腹地的阿姆河畔。

这些事发生在公元前六世纪。波斯人所向披靡——他们正在征服世界。若干年、若干世纪之后，一个又一个超级大国将前赴后继，做出同样的尝试，但论起胆识和规模，波斯人在那个混沌渺远时代的雄心壮志，至今都可谓无与伦比。他们已经征服了伊奥尼亚人和埃奥利亚人；占领了米利都、哈利卡尔那索斯，以及希腊在西亚的许多其他殖民地；夺取了米底王国和巴比伦——简而言之，四面八方凡可以夺取的，无不在波斯治下。如今居鲁士要远征的这个部落，位于当时已知和想象世界的尽头。也许他觉得，如果他打败了马萨格泰人，占领了他们的土地和牧群，他就会更接近他终极的胜利时刻，宣布"世界是我的"！

但正是这种占有一切的欲望，之前导致了克洛伊索斯的垮台，现在又将带来居鲁士的覆亡。对人类无节制的贪欲的惩罚，总会在他距梦想仅一步之遥的时刻降临——这是无比残酷的讽刺，一击致命。因此，对世界的极度失望，对那报复心重的命运的深深怨恨，以及令人沮丧的屈辱感和无力感，这一切带来的，是冤冤相报的循环。

然而，此时居鲁士启程前往亚洲腹地，鞭指北方——征服马萨格泰人。这次远征并没有让他的同时代人感到惊讶，因为所有人都看到了他是如何无差别地攻击各个民族的……有许多重要因素在诱引他推进这一行动。最主要的两个原因，一是他出生时的神迹，一是战争中常伴他左右的好运，从某种意义上说，任何民族都难逃居鲁士的征服。

关于马萨格泰人，我们所知道的是他们生活在中亚一望无际的大草原，以及阿姆河（也叫"阿拉克赛斯河"）的岛屿上。他们夏季从地里挖出各种根茎食用，从树上摘取成熟的果实，储存起来备冬。我们了解到，马萨格泰人会服用类似迷幻剂的东西，因此算是当今瘾君子的先驱：他们还发现了一种树木，在聚会时会使用其果实。他们点燃篝火，团团围坐，把果实抛到火上，然后闻果实燃烧后冒出的烟雾香气。那种果实相当于希腊的葡萄酒：他们被香气醺醉了，就把更多的果实扔到火上，因此醉意更浓，最后他们站起来跳舞，放声歌唱。

那时的马萨格泰女王名为托米丽司。一场殊死相搏的血腥悲剧将在她和居鲁士之间上演，克洛伊索斯亦将参与其中。起初居鲁士使了诡计：他假装向托米丽司求婚。但马萨格泰女王很快意识到，波斯国王在乎的不是她，而是她的王国。居鲁士眼看无法按原计划实现目标，决定在阿姆河对岸，也就是他的军队刚刚抵达的河岸，向马萨格泰人宣战。

从波斯首都苏萨到阿姆河岸的路很长——或者更准确地说，没有现成的路。必须翻山越岭，穿越炙热的卡拉库姆沙漠，然后行进在无穷无尽的大草原上。

这让人想起拿破仑向莫斯科发动的疯狂进攻。波斯人和法国人心怀同样的激情：攫取、征服、占有。这两个国家都失败了，因为他们违背了希腊的一项基本法则，即适度法则：永远不要贪多，不要妄图占有一切。但是当他们决意冒险时，他们会变得过于盲目；征服的欲望蒙蔽了他们的判断力，剥夺了他们的理性。话虽如此，如果理性统治世界，历史还会存在吗？

不过，就目前而言，居鲁士的远征军仍在行军中。这一定是由大队人马和武器装备组成的漫无尽头的队伍。疲惫的士兵不断从悬崖上掉下来，然后许多人在沙漠中渴死，再往后一些部众离落在广袤的大草原。那个年代没有地图，没有罗盘，没有望远镜，没有路标。他们必须靠沿途所遇部落的帮助才能开展侦察，四处打听，寻找向导，甚至可能请教占卜的。但情况再糟，大军都在向前推进——一路不顾劳顿，艰难跋涉，当然，作为波斯人，也免不了时常被鞭笞着前进的情况。

在这条苦难之路上，只有居鲁士一人享受着所有舒适。现在，伟大的国王开始了他的军事远征，带着精心准备的必需品，有家乡的粮食和牲畜，还有考阿斯皮斯河的水（苏萨城位于该河之滨），因为国王只喝考阿斯皮斯河的水。无论国王在何地征战，都有一队骡子拉的四轮马车跟随，马车上装着银坛，里面是烧开的考阿斯皮斯河水。

我对这水很感兴趣。提前烧开的水。存放在银坛中以保持冰爽。人们必须带着这些坛坛罐罐穿越沙漠。

我们知道,运水是靠无数辆骡子拉的四轮马车。浩浩荡荡的水车和口干舌燥的士兵有什么关系?毫不相干:士兵渴死了,水车继续前行。水车不会停,因为里面装的水不是给士兵的;这是专门为居鲁士煮开的水。国王毕竟不喝其他的水,如果这水用完的话,他也会渴死的。这种事可能发生吗?另一件事也让我感兴趣。这支队伍里其实有两位国王——伟大的统治者居鲁士和被废黜的克洛伊索斯,就在昨天,后者才勉强从燃烧的柴堆上逃过一死,这是前面那位国王为他安排的命运。现在他俩关系如何?希罗多德认为他们的情谊是由衷的。但希罗多德并没有参加这次远征,当时他甚至还没出生。居鲁士和克洛伊索斯是否乘坐同一辆马车,车身是否装配着镀金车轮、镀金车架和镀金车轴?此情此景,克洛伊索斯会不会叹息?两位高贵的人会聊天吗?因为彼此语言不通,他俩聊天必须通过翻译。但聊什么呢?他们就这样赶着路,日复一日,周复一周;迟早他们会穷尽所有能聊的话题。而且如果他们中的一个,或两个,都是安静的类型,生性寡言内向,又怎么办呢?

我想知道居鲁士喝水的流程。他叫来仆从。这些持水者必须是非常值得信赖的家臣,他们得立下不容违背的誓言,否则怎么阻止他们偷偷啜饮这无价的液体呢?接着,收到命令后他们取来了银壶。居鲁士是一个人享用,还是会说:"克洛伊索斯,你也来点儿?"希罗多德未提及此事,但这是一个值得思考的重要时刻——没有水,人就无法在沙漠中生存;离开了水,人很快就会渴死。

但这两个国王也不一定会一起行军,那么怎样喝水就不成问题。也许克洛伊索斯有他自己的桶装水,是普通的水,不一定是考阿斯皮斯河特供。但这些都只是猜测,因为希罗多德在远征大军抵达宽阔平静的阿姆河之前,没有再提到克洛伊索斯。

居鲁士眼见娶托米丽司的诡计失败,就向她宣战。首先他下令在河上建造浮桥,以助军队到达对岸。在这项工程进行期间,女王派了一位使者给居鲁士传讯,言简意赅:"放弃你对此事的热忱……且收心,安心治理你自己的人民,别涉足我的国土。但我知道你不会接受这个建议,因为你最不想要的就是和平。如果你打定主意和马萨格泰人硬碰硬,不必劳民伤财架起浮桥;我们将从河边撤退三天的路程,然后你们可渡河进入我们的领地。或者,如果你更愿意在你的河岸那边与我们会面,请你也等距撤回。"

居鲁士听到这个建议后,就召集长老们开会,征求意见。所有长老一致建议撤退,提议在他们自己这边,在河的波斯一侧与托米丽司的部队交战。但有一个反对的声音——来自克洛伊索斯。"你首先要意识到,"他从一句充满哲思的话开始说服居鲁士,"人间事是在车轮上循环转动的,当车轮转动,它不会让同一个民族永远繁荣昌盛。"

总之,克洛伊索斯直截了当地警告居鲁士,好运可能会离他而去,局面可能会变得非常糟糕。他建议渡河到对岸,宰羊烹肉,摆上美酒佳肴,为马萨格泰人设下盛宴。因为他听说马萨格泰人不习惯像波斯人那样的奢华生活,很少享乐。见到盛宴,马萨格泰人必会大吃大喝,酩酊入睡,待那时再动手把他们一举擒获。居鲁士接受了克洛伊索斯的建议,托米丽司从河边撤退,波斯军队进入马萨格泰人的领地。

山雨欲来,一场大战之前往往如此。克洛伊索斯早先的意见,那些关于命运如轮转的话语让居鲁士陷入沉思,这位统治波斯二十九年的国王,作为经验丰富的统治者,开始意识到事态的严重。他不再自信,不再像以前那样踌躇满志。他当晚做了一个噩梦,天亮后,由于担心儿子冈比西斯的安危,便命令克洛伊索斯把他送回波斯。[1]此外,反对他的密谋和诡计日益增多。

但他是军队的统帅,必须决策;每个人都在等他的命

---

[1] 此处疑有误。居鲁士做梦应是在派克洛伊索斯护送冈比西斯回国之后,也就是渡河之后的第一天夜里。

令，等他指引方向。居鲁士的决策，则是按部就班执行克洛伊索斯的建议。他没有意识到自己正在一步步走向毁灭。（克洛伊索斯是不是有意误导居鲁士？是不是为了一雪前耻而设下圈套？我们不知道，因为希罗多德对此保持沉默。）

居鲁士首先派出他战斗力最弱的那部分士兵——各个营地的懒汉、闲杂人员、老弱病残，形形色色，正如古拉格劳改营过去常用的那个词，"没用的人"（dokhodiagi）。他实际上是让他们送死，他如愿以偿，因为这些人后来在与马萨格泰人精英部队对决时，仅有一人从砍刀下生还。马萨格泰人歼灭了这些留守营盘的波斯士兵后，看到已经摆好的宴席，就坐下开始享用。吃饱喝足后，他们睡着了。此时波斯人扑了上来。许多马萨格泰人被杀，更多人被俘，包括托米丽司女王的儿子斯巴伽皮塞斯，他是军队的指挥官。

托米丽司得知她儿子和军队的遭遇后，派遣了一名使者去见居鲁士，捎去这些消息："马萨格泰人三分之一的军队死在你手中，把儿子还给我，你就能从这个国家全身而退，不必为你的暴行付出代价。你若不听从忠告，我对马萨格泰的太阳神发誓，不论你多么嗜血，我都让你把鲜血喝个够。"

这些话措辞强烈、充满不祥，然而居鲁士丝毫不在意。他陶醉在自己的胜利中，为计谋成功而得意扬扬，觉得报复了拒绝他的人。此时，女王还不知道自己遭受了多么深重的不幸，那就是：当托米丽司女王之子斯巴伽皮塞斯酒醒后，看到自己身处绝境，他恳求居鲁士给他松绑。居鲁士准许了他的请求，但斯巴伽皮塞斯刚一被松开，双手重获自由，他就自杀了。一场死亡与鲜血的祭祀拉开帷幕。

托米丽司看到居鲁士无视她的劝告，便集结军队与他交战。希罗多德写道：有史以来，在非希腊人之间进行的所有战争中，我认为这场至为惨烈……最初，双方军队互相射箭。等箭都用完了，他们就拿起长矛和匕首搏杀。最后，他们徒手格斗。虽然一开始势均力敌，但马萨格泰人逐渐占了上风。波斯军队大部分将士战死。居鲁士亦在其中。

接下来发生的就像希腊悲剧的场景。平原上布满两军阵亡者的尸体。托米丽司走上战场，手里拿着空酒袋。她从一具阵亡者的尸体走向另一具，从仍新鲜的伤口中收集血液，装满酒袋。女王身上肯定沾满了人血，血在她身上滴答淌着。天气炎热，所以她肯定会用沾满血的手擦脸。她的脸上也沾满了血迹。她四下张望，寻找居鲁士的尸体。她找到了。她割下居鲁士的头，浸在酒袋里，怒不可遏地冲着他的尸体说："我虽然活到战争胜利，可我也被你摧毁了，因为你用诡计掳走了我的儿子。但我警告过你，我会让你把鲜血喝个够的，你喝吧！"

9 战斗结束了

这场战争就这样结束了。

居鲁士就这样死了。

舞台上空无一人,唯一站着的是绝望、满心仇恨的托米丽司。

希罗多德没有发表评论,只是出于报道者的责任感,补充了一些希腊人不熟悉的马萨格泰人风俗:如果马萨格泰男子想与女子交媾,就把箭筒挂在她的马车外面,与其交欢不会受到干涉。这个民族对生命的唯一强制要求如下所述。当一个人年纪很大时,他的所有族人都会聚集到一起,把他杀死献祭,同时献祭的还有一些牲畜,之后他们把肉炖了吃掉。在他们看来,没有比这更幸运的死法了。如果一个人病死,则不会被吃掉,而是被埋到土里。他们认为,一个人如果没有活到被杀死献祭的时刻,是不幸的。

10

诸神的起源

我把希罗多德收进办公桌的抽屉,也把托米丽司留在了横尸遍野的战场上,她已克敌制胜却心如死灰,纵然胜利但只有失败可言——她是亚洲大草原上无畏而耀眼的安提戈涅。我开始翻阅最新一批电报,来自路透社和法新社驻中国、印尼、新加坡和越南的记者。据他们报道,平隆附近的越南游击队与吴庭艳部队再次发生小规模冲突(冲突结果和伤亡人数不详)。同时,中国开始对知识分子进行再教育,一些会读会写的人下放到农村,在那里拉犁挖渠,真正深入无产阶级农民的生活。印度尼西亚总统苏加诺作为新的班查西拉[1]政治思想的理论家之一,要求荷兰人离开印尼,他们的前殖民地。人们没法从这些简短的新闻报道

---

[1] 班查西拉(Pancasila),又称印尼"建国五原则"。

中学到什么；它们都缺乏背景介绍和所谓的地方色彩。

没错，亚洲正风云激荡，负责给各个办公室分发电讯的女士不断往我办公桌上堆新材料。但随着时间的推移，另一片大陆开始引起我的注意：非洲。与亚洲一样，非洲也动荡不安：风波不断，叛乱、政变和骚乱频发。但是因为非洲离欧洲更近（仅有地中海一海之隔），人们可以更直接地听到这片大陆的巨响，仿佛来自隔壁。

非洲对世界历史的巨大作用，极大地改变了数百年来全球的先进落后格局。它为新世界提供劳动力，使其能积聚足够的财富和权力，最终超越旧世界。后来，献出了数代最好、最强壮和最具适应能力的人民后，这片大陆人口日渐稀少、精疲力竭，轻而易举落入欧洲殖民者囊中。然而，现在它正在从昏睡中苏醒，蓄势待发争取独立。

我开始倾心于非洲还有一个原因，从一开始，亚洲就让我望而生畏。印度、中国和草原文明对我而言是庞然大物，接近其中任何一个都得付出毕生精力，更别指望彻底了解它们了。比起来，非洲给我的印象更加零散，各不相同，因其多样性而犹如一片片缩微景象，因此更容易掌握和接近。

几个世纪以来，人们一直被笼罩在这片大陆上的某种神秘光环所吸引，觉得非洲一定有独特的东西，还藏在某处,就像黑暗中一闪一闪却几乎无法触碰的氧化焰。许多人都雄心勃勃,想在这里检验他们的才干,发现并揭示其中心那令人困惑狂乱的所在。

希罗多德为此着迷。他写道,拜谒过阿蒙神庙的昔兰尼人告诉他,他们曾与阿蒙人的国王埃铁阿尔科斯交谈(阿蒙人住在利比亚沙漠的锡瓦绿洲)。国王告诉他们,在他们之前曾有一些纳萨摩涅斯人来访,纳萨摩涅斯人是个利比亚部落,居住在瑟提斯湾周围以及瑟提斯以东不远的区域。国王接待这些纳萨摩涅斯人时,问起利比亚荒漠区域的情况。于是,他们讲述了部落中一些意气风发的酋长之子的故事。他们成年后制定了许多大胆的计划,包括抽签选择他们中的五人穿越利比亚沙漠探险,看看是否能抵达比前人更远的世界。利比亚人——分为许许多多的部落——已经沿着利比亚整个北部海岸线散布开来……然后是远离大海和海岸线的内陆地区:利比亚的这一带野兽出没。从这个遍布野兽的区域深入内陆,利比亚是一片荒漠,水源极度匮乏,完全没有人或动物居住。所以年轻人要出门远行,必须携带充足的食物和饮用水;他们走过有人居住的区域,到达野兽出没的地方。接下来一路向西穿过沙漠。他们经过了大片沙地,周围除了沙漠什么也没有,就这么走了很多天,终于看到一片长着树的平原。他们走近树木,想采摘树上的果实,就在这时,他们遭到了一群比常人身量矮小的小个子的袭击。战斗结束后,酋长的儿子抓走了一些矮人当向导,但他们彼此根本听不懂对方的语言。他们穿过广阔的沼泽,来到沼泽的另一边,那里有个小镇,居民的身高和带他们来的向导差不多,皮肤是黑色的。一条大河从小镇旁流过,河水自西向东流,河里有鳄鱼。

这是希罗多德《历史》第二卷的一个片段——记述了他的埃及之行。在这段长达数十页的描述中,我们可以清楚地看到这位希腊人的叙事技艺。

希罗多德是怎么工作的呢?

他是一位娴熟的记者:他四处游荡,用心观察,与人交谈,倾听别人的讲述,以便将来可以记录所见所闻,或者只是为了让记忆更牢靠。

他是如何旅行呢?如果走陆路,他应该会骑马、驴、骡子,或者,最多的是徒步。

他是一个人出门,还是有奴隶随行?我们不确定,但在那个年代,但凡有些钱的人,旅行都会带个奴隶。奴隶扛着行李、装水的葫芦、食物、书写工具——莎草纸、泥板、笔、刻刀、墨水。旅途的艰辛模糊了阶级差异,奴隶更像个旅伴:能振作精神、提供保护,还能帮着问路、勘查。我们可以想象希罗多德和他的奴隶之间的关系:希罗多德是个为求知而求知的浪漫主义者,是个对不切实际和大体无用的知识孜孜不倦的学生，而他的奴隶，在路上得管好那些平凡乏味的日常事务。他俩的关系类似堂吉诃德和桑丘，是这对西班牙人的古希腊祖先。

旅行者除了奴隶，还会雇用向导和翻译。因此希罗多德的团队除了他自己，至少还有三个人。此外，目的地相同的漫游者也会加入他的旅行队伍。

埃及天气炎热，早上出发是最好的。旅行者因此会在黎明时分起床，吃早餐（麦饼、无花果、羊奶酪、稀释了的葡萄酒——是的，当时仍然可以饮酒，伊斯兰教再过一千年也还没控制这里），然后启程。

希罗多德旅行的目标是什么？收集一个国家及其民众的最新信息，了解它的风俗，或检测已知信息的可靠性。希罗多德并不满足于别人告诉他的，他试图验证每件事，交叉核查他听到的各种版本，然后形成自己的版本。

当他到达埃及时，埃及国王普萨美提克一世已去世一百五十年。希罗多德发现（也许是在希腊时别人告诉他的），普萨美提克一世一直特别关注地球上最古老的种族是哪一支。埃及人相信是他们自己，然而普萨美提克一世身为国王，仍对此存疑。他命令一个牧羊人把两个婴儿带到无人居住的山区抚养。他们说出第一句话时所使用的语言将证明，说这种语言的是地球上最古老的民族。当孩子们两岁时，饿了，他们哭着说："贝科斯！"这在弗里吉亚语中意为"面包"。因此普萨美提克一世宣布，地球上最古老的种族是弗里吉亚人，在他们之后才有了埃及人，这番澄清，使他在历史上占据一席之地。普萨美提克一世的调查引起了希罗多德的兴趣，因为这证明，这位埃及统治者明白那条不可改变的历史法则，即凡妄自尊大者终将威信扫地：不要贪得无厌，不要争先恐后，保持节制，保持谦逊；否则，命运的惩戒之手将降临到你身上，它会惩罚自夸者和所有妄图凌驾于众人之上的人。普萨美提克一世不想埃及人遭此不幸，因此将他们从历史的第一排挪到第二排：弗里吉亚人排第一，而你只能排它后面。

这是我在孟斐斯与赫菲斯托斯的祭司交谈时听说的……我在那里获得的信息促使我前往底比斯和赫利奥波利斯，以查明他们的说法是否与我在孟斐斯听到的一致。因此，希罗多德旅行是为了调查、比对和澄清。他听了祭司们对埃及的描述，它的大小和地理情况，然后评论道：我的观点是，他们对这个国家的看法是可靠的。他对任何事都有自己的见解，并通过别人的讲述进一步证实。

希罗多德对宽广而神秘的尼罗河格外着迷。它的源头在哪里？它的水从哪里来？它从哪里带来淤泥，得以滋养这个广袤国家富饶的三角洲？至于尼罗河发源地的问题，与我交谈过的埃及人、利比亚人或希腊人，都没能给一个明确的答案……所以他决定自己寻找尼罗河的发源地，尽可能地深入上埃及地区。我走得足够远,都到了象岛,我用自己的眼睛观察,不停向别人求证……

过了象岛之后,地势渐渐升高,因此从这一河段起,人们得用绳子拴住船只两边,就像把牛套到车上一样,拉拽着前进。万一绳子断了,船就会被水流冲往下游。这种地势的行程持续了四天,尼罗河这段的河道无比曲折。再经过两个月的行程,沿尼罗河航行,你会来到一个名为麦罗埃的大城市……

但是从那里起,就没有任何可靠的信息了:这片土地因为酷热而无人居住。

他撇开尼罗河及其神秘源头、季节性涨落的谜团,开始仔细观察埃及人,观察他们的生活方式、性格和习俗。他指出,埃及居民的风俗习惯几乎与所有地方都不同。他细致、严谨地记录道:

例如,去市场做买卖的是妇女,而男人则留在家里织布……再如,男人把重物顶在头顶,而妇女把重物扛在肩上。妇女站着小便,而男人则蹲着小便。他们大小便在室内进行,但吃饭则是在外面的街上;他们说,这样做的理由是但凡令人尴尬但必须得做的事应该私下进行,而不令人尴尬的事都该公开进行。没有女祭司;不论是神还是女神,都是由男人来侍奉的。儿子可以不赡养父母,女儿即使不情愿也得赡养他们。

在世界上其他地方，祭司都蓄长发，但在埃及他们剃发……在世界上其他地方，人跟畜类分开生活，但在埃及，畜类跟人生活在一起……他们用脚揉面团，用手和泥巴……其他地方的人，除非受到埃及人的影响，否则生殖器保持自然状态，但埃及人施行割礼。

诸如此类，埃及人习俗和行为的清单可以开很长很长，其独特性和差异之大，让外来者大开眼界。希罗多德说：看，这些埃及人跟我们希腊人如此不同，但我们却相处得如此融洽（当时埃及有许多希腊殖民地，其居民与当地居民友好相处）。是的，希罗多德从不为差异所震惊，从不谴责差异；相反，他试图了解、理解和描述差异。差异是什么？它的作用是通过某些矛盾来强化更大的同一性，证明其活力和丰富。

与此同时，他回到了他的强烈激情所在，他所迷恋的：批评他的同胞们的骄傲，他们的自负，他们与生俱来的优越感（"野蛮人"这个词来自希腊语，词源是"barbaros"，指那些不会说希腊语，只会说一些混乱不清、难以理解的语言的人，也因此是个下等、低劣的人）。正是希腊人后来向其他欧洲人逐渐灌输了这种傲慢的倾向，希罗多德自始至终都在和这种观念作斗争。他在把希腊人和埃及人并列时就是这样做的——就仿佛他是特意去埃及收集材料以证明他的理念，即做事要适度，做人要谦虚，尊重常识。

他从基本的、超验的问题开始：希腊人从哪里找到他们的神？诸神从哪里来？希腊人问：你这是什么意思，他们从哪里来？他们从来就是我们的神！哦不，希罗多德说出了亵渎的话：我们的神来自埃及人！

希罗多德是多么幸运，他在一个还没有大众传媒，只有少数人能听到或读到他观点的世界宣布这个发现。如果他的观点被广泛传播，我们这位希腊人会立即被石头砸死，或者被烧死！但由于希罗多德生活在前媒体时代，他可以安全无虞地说，埃及人是世界上最早举行大众节日集会和宗教游行的民族，希腊人从埃及人那里学习了这些。那么伟大的希腊英雄赫拉克勒斯呢？……希腊人从埃及人那里取得了赫拉克勒斯的名字，而不是反过来……我有大量证据可以证实……仅列一项：希腊的赫拉克勒斯的双亲，是安菲特律翁和阿尔克墨涅，他们的血统都可以追溯至埃及……事实上，赫拉克勒斯是一位非常古老的埃及神。正如他们所说，在阿玛西斯国王统治之前一万七千年，八神变为十二神，赫拉克勒斯就是十二神之一。

我为了搞清楚这些事情，专程乘船去了腓尼基的提尔城，因为听说那里有一座供奉赫拉克勒斯的神庙，我看到那座神庙布置得很豪华，摆满献祭品……我和那里的祭司交谈，问他们神庙是多久以前修建的，我发现他们也不同意希腊人的说法……

在这些调查中引人瞩目的是其世俗主义；事实上，其中完全没有神圣和崇高，也没有通常出现在这种话语中的庄严措辞。在他书写的这段历史中，众神并非高不可攀，不是绝对权威、超越世俗的力量；讨论的过程就事论事，围绕着"是谁发明了神"这一简单问题展开——到底是希腊人还是埃及人？

11

宣礼塔上的风景

希罗多德和他的同胞争论的,不是神是否存在(我们这位希腊人不会设想一个没有更高存在的世界),而是谁从谁那里借用了神的名字和概念。一般希腊人声称,他们的神是他们本土世界的一部分,并从中衍生出来,而希罗多德则试图证明,希腊的整个万神殿,或者至少是其中很大一部分,都源自埃及诸神。

为了证明他的论点,他提出了对他来说无可辩驳的论据:时间顺序、重要程度和历经时长。他设问,哪种文化更古老,是希腊文化还是埃及文化?他旋即回答:不久前,作家赫卡泰厄斯[1]在底比斯追溯自己的血统,认为其家族历史

---

[1] 赫卡泰厄斯(Hecataeus),古希腊纪事家和地理学家,出身伊奥尼亚米利都城邦的贵族家庭,曾游历地中海沿岸各地。著有《大地巡游记》《谱系志》等。

上溯至第十六代的祖辈是一位神祇。宙斯的祭司为他展示的，埃及的祭司也同样展示给了我（但我没有去追溯我的家族血统）：他们引领我进入神庙，给我看那里的木制雕像，清点数目，直至数到我提及的数字"341"。（我要说明：赫卡泰厄斯是希腊人，而此处雕像是埃及人的，每个雕像代表一代人。[1]）看呐，希腊人，希罗多德似乎在说，我们的家谱仅能上溯十五代，而埃及人的家谱至少可以上溯到第341代。那么到底是谁向谁借来了神？难道不是我们从比我们古老得多的埃及人那里借的？为了让他的同胞更清晰地记住，是历史时间区分了两个民族，他进一步阐述：现在，人类的三百代意味着一万年，因为每一百年会有三代人。他还引述了埃及祭司的观点，在这一时期没有神以人的形式出现。所以，希罗多德总结道，我们希腊人自认为希腊诸神属于自己，其实他们早已在埃及存在了万年之久！

如果认同希罗多德的观点，就意味着不仅诸神，而且整个希腊文化都是从埃及（非洲）来到希腊（欧洲），那么就值得讨论欧洲文化的非欧洲起源了。这个问题关乎意识

---

[1] 据《历史》，当赫卡泰厄斯回溯自己的身世并宣布在他之前第十六代的祖先是神祇时，祭司们也根据他们的计算方法回溯了自己的家谱，他们不承认任何一个人是神祇生出来的。他们说，每一尊木像都代表一位皮罗米斯（piromis），都是由另一个皮罗米斯所生。在希腊语中，皮罗米斯的意思是"君子"。

形态，也让人在情感上难以接受，关于它的争论已经持续了两千五百年，与其现在踏入这样危险的雷区，我们不如留意这点：在希罗多德的世界，各种文化和文明并存，它们之间的关系非常多样，变动不居；我们知道文明之间会有冲突，但也有一些文明间保持交流，互惠互利，在政治上相互充实。此外，有些文明时战时和，时和时战。总之，对希罗多德而言，世界的多元文化是一种活生生的、脉动的组织，它不会一成不变，而总是不断自我更新、改头换面，生发新的格局。

我第一次见到尼罗河是在1960年。那是个傍晚，飞机正在接近开罗。从高处看，此刻的尼罗河就像一根闪闪发光的黑色树干，不断分叉分枝，街灯组成的花环和璀璨的玫瑰花结[1]，是这座繁荣大都市的诸多广场。此时的开罗是第三世界国家解放运动的中心。许多住在这里的人今后将成为各个新生国家的总统，这座城市是各种反殖民主义的非洲和亚洲政党的聚集地。

开罗也是阿拉伯联合共和国的首都，该邦联两年前由埃及和叙利亚联合成立，总统是四十二岁的埃及人贾迈

---

1 玫瑰花结，欧洲传统纹饰图案，从圆形中心向外辐射，形似玫瑰的花瓣。该图案经常用于装饰地毯边缘。

勒·阿卜杜勒·纳赛尔——一个高大、威严、充满领袖魅力的人物。1952年，时年三十四岁的纳赛尔领导军事政变，推翻了法鲁克国王；四年后他成为总统。长期以来，他都得应付国内强大的反对派：一方面是共产党和他抗争，另一方面还有穆斯林兄弟会，这是个由原理主义者组成的严密组织。为了对付他们，纳赛尔供养了各种各样不计其数的警察部队。

我一早就起床，因为从酒店赶往市中心路程很远。我住在扎马雷克区一家酒店，扎马雷克位于尼罗河上的一个岛屿，是个富人区，过去主要是外国人聚居，但现在也有富裕的埃及人。想到我一离开酒店，就会有人翻查我的行李箱，而我在里面藏了个捷克皮尔森啤酒的空瓶，我觉得明智的做法是把酒瓶拿出来，然后在路上扔掉（彼时，热忱的穆斯林纳赛尔正在开展反酒精运动）。我把酒瓶藏在一个灰色纸袋里，带着它走到街上。尽管还是早上，天气已经闷热难耐。

我一路寻找垃圾桶。但就在我东张西望的时候，我发现有个警卫坐在我刚出来的那个入口通道的凳子上，正盯着我看。他在关注我的举动。呃，我想，我可不能当着他的面扔酒瓶，不然过会儿他就会翻垃圾桶，找到瓶子，然后向酒店警察告发我。我又走了一点路，发现了一个空箱子。正准备扔掉酒瓶时,我注意到两个穿着吉拉巴[1]长袍的人。他俩一边站着聊天,一边看着我。不,我不能把酒瓶扔在这里:他们肯定会看到它,而且这个箱子不是用来装垃圾的。我继续往前走,直到发现另一个垃圾桶,可坐在附近一栋建筑入口处的一位阿拉伯人正专心地望着我。不,不,我对自己说,不能冒这个险,他眼里对你都是怀疑。于是我抓牢纸袋和酒瓶,若无其事地往前走。

再往前是个十字路口,路中间站着一个拿着棍棒、戴着哨子的警察,另一边的街角有个男人坐在凳子上打量我。我注意到他只有一只眼睛,但这只眼睛那么执着、那么急切地盯着我,我开始感到不自在,甚至害怕他会给我下命令,逼我给他看我到底拿着什么。我加快脚步好走出他的视野,动作利索起来,因为我看到前方远处有个垃圾桶,它像海市蜃楼般忽隐忽现。不幸的是,离它不远处的小树树荫下坐着一位老人,正盯着我看。

终于走到街道转弯的地方了,但转弯之后一切都和之前一样。我怎么也丢不掉酒瓶,因为无论我想往哪里丢,都有眼睛盯着我。路上行驶着汽车,驴子拉着满载货物的大车,一小群骆驼像踩着高跷般直挺挺地从我身边经过,但这一切仿佛都发生在画的后景,与我行走的地方不在同

---

1 吉拉巴(Djellabas),一种带风帽的长袍。

一个维度，在我的维度里，我被陌生人的视线无死角包围，他们站着，走着，聊天，很多时候是坐着，总之一直盯着我。我越来越紧张，出的汗越来越多，连手里的纸袋都湿了。我担心酒瓶会从里面滑出来，在人行道上摔碎，引发街上更多的关注。我完全不知道下一步如何是好，索性回到酒店，把酒瓶塞回了行李箱。

直到晚上，我又带着酒瓶出门。晚上扔起来容易些。我把酒瓶扔进了垃圾桶，回到房间，如释重负地躺下睡着了。

后来，我在城里晃荡，开始更仔细地观察大街小巷。到处都是眼线。这边是大楼看门人，那边是警卫，远处是沙滩椅上一动不动的人，更远处是无所事事站着的人，四下张望。这里大多数人都没做什么特别的事，但多条视线汇聚在一起，就形成了一个纵横交错、连贯的全景观察网，覆盖了整条街道，发生任何事情都会被注意到。有动静了就报告。

这是个有趣的话题：过多的人在为强权服务。在一个发达、稳定而有序的社会，社区权责清晰明确，这是大多数第三世界城市所不具备的。他们的社区有很多闲杂人员，身份不明，居无定所。不管在什么时候，无论发生什么，这些既没人在意也派不上什么用场的人，随时能聚在一起，越聚越多，进而成为乌合之众，他们对一切事情指手画脚，他们手头有大把时间，并且乐于参与，成就自己。

所有独裁政权都会利用这种闲置的岩浆。他们甚至不需要供养一支昂贵的全职警察队伍。找到这些想要证明自己的闲人就足够了。让他们觉得自己对社会有用，有人注意到了他们，指望着他们做事，那就有奔头了。

这种关系的好处是相互的。为独裁政权服务的游民会觉得自己代表了当局，觉得自己是个人物，举足轻重，而且因为他过去时常昧着良心小偷小摸、打架斗殴、坑蒙拐骗，现在他被豁免了，登堂入室。与此同时，独裁政权在他身上得到了一个廉价的——实际上是免费的——然而却热心的、无所不在的爪牙。有时甚至很难称这种人为爪牙；他只是个想要被认可的人，他努力吸引大家的注意力，提醒当局他的存在，始终渴望提供服务。

有一次，我正走出酒店时，上述群体中的一员拦住我，要我跟他走，说他会带我去参观一座古老的清真寺（我猜此人是其中一员，因为他总是站在同一个地方，审视着他负责的辖区）。我生性轻信，甚至认为多疑是一种性格缺陷，而非不理智的表现；现在，一名密探提议我跟他去清真寺参观，而不是命令我去警察局报到，这让我松了一口气，我简直满心喜悦，就毫不犹豫地同意了。他彬彬有礼，穿着整洁的西装，讲着还凑合的英语。他说他的名字叫艾哈迈德。"我叫雷沙德，"我回答，"但叫我理查德对你来说会更容易。"我们先是步行。然后坐了很长时间的公共汽车。之后在一个老旧的社区下了车，我们穿过狭长的小街，走过蜿蜒的小巷，挤过窄窄的通道，然后是小房子、死胡同、倾斜的灰褐色黏土墙、翘着的铁皮屋顶。没个向导，任谁走进来也没法走出去。不时会看见一扇门，但所有的门都关着，紧紧闩住。偶尔会有妇女像团黑影般匆匆走过，有时会出现一群孩子，但小家伙们很快又消失，因为他们被艾哈迈德的吼叫吓坏了。

我们来到一扇巨大的金属门前，艾哈迈德敲了开门暗号。里面传来凉鞋趿拉的声音，接着是钥匙和锁的响亮刮擦声。出来一个看不出年龄、相貌也没什么特色的看门人，他和艾哈迈德交谈了几句，就领我们穿过一个封闭的小院子，来到宣礼塔的门口，进塔的门槛已略微陷入地下。门是开着的，两人都示意我进去。里面弥漫着蒙蒙的暮光，我只能认出楼梯蜿蜒的轮廓，它沿着尖塔内墙盘桓，形状类似工厂的大烟囱。高处有个地方闪着光，从我们站的地方看，它就像一颗黯淡而渺远的星星——那是天空。

"我们走！"艾哈迈德用半哄骗半命令的声音宣布，之前他曾告诉我，从宣礼塔的塔顶可以俯瞰整个开罗。从一开始就感觉不太容易。台阶很窄，而且因为上面满是沙子和松散的灰泥,还很滑。但最糟糕的是,没有扶手,没有把手,也没有绳子,就是说,没有任何东西可以抓。

哦,好吧——我们上。我们不断地爬啊爬啊。

最重要的是不要往下看。别往下看也别往上看,盯着正前方最近的点,眼睛保持与正前方的台阶齐平。别胡思乱想,那只会让人恐惧。这时候要是有什么瑜伽修行法该多好,什么涅槃和坦陀罗,业力或地母神[1],总之,能让人不去思考、不去感受,不必惦记存在的方法。

那好吧。继续爬。

这里幽暗而逼仄。脚下的台阶陡峭曲折。如果清真寺尚在使用,宣礼师会从塔顶召唤信徒祈祷,每日五次。他会拖长了声音,以单调的节奏呼唤,有时非常悦耳——庄严,动人,美妙。但没有任何迹象表明这些年有人使用过这座宣礼塔。这是个废弃的地方,散发着阴湿和陈年灰尘的气味。

不知道是因为力气使完了,还是莫名其妙的焦虑,我开始感到疲倦,而且显然放慢了速度,因为艾哈迈德开始催我继续往上爬。

"上!上!"他跟在我身后,挡住了我逃跑的所有可能,使得我既没办法转身也没办法后退。我没法越过他原

---

[1] 地母神(Mokosh),斯拉夫神话中的大地母神。

路折回——深渊就在那儿,在边上。好吧,就这样,我鼓励自己,除了继续爬,别无选择。

我们爬啊爬。

我们已经沿着这个没有栏杆、没有扶手的危险楼梯爬了这么远,我们中任何一个的突然动作,都会导致俩人一起从几层楼高处跌下来。我们因为不可触碰彼此而连接在一起,谁只要碰到对方,另一个人就会跟着掉下去。

这种势均力敌很快就转变为敌强我弱。在楼梯尽头,也就是塔的最高处,有个又小又窄的外阳台环绕着宣礼塔,那是宣礼师歇脚的地方。通常,它会被砖墙或金属栅栏包围。这里有金属栅栏的痕迹,但经历过许多个世纪后它已经生锈脱落了;墙外没有任何保护。

"把你的钱交出来。"

我的钱在裤子口袋里,我担心哪怕是伸手进去掏钱这种小动作,也会让我摔得粉身碎骨。

"给我钱!"

我抬头望向天空,这样就能避免往下看,我小心翼翼地把手伸进口袋里,然后非常缓慢地掏出钱包。他一言不发地接过,转身开始往下爬。

现在最艰巨的任务,是从外阳台回到楼梯的台阶,两者之间距离不到一米,我却得一寸一寸痛苦地挪。然后是下台阶的折磨,我的腿已经不属于我了,它们就像被钉在墙上一样，异常沉重、几乎瘫痪。

看门人为我打开了大门，作为这种小巷里最在行的向导，一些孩子把我送到了出租车上。

我在扎马雷克又住了几天，每天沿着和以前一样的路线走到开罗市中心。每天都能碰到艾哈迈德。他总是站在同一个地方，负责他的辖区。

每次他见到我都面无表情，仿佛我们从未见过。

而看到他时，我也是同样地面无表情，仿佛我们从未见过。

12

阿姆斯特朗的音乐会

喀土穆，阿巴，1960年

从喀土穆机场出来，我告诉出租车司机：去维多利亚酒店。但他一言不发，不由分说地把我带到了"大酒店"（the Grand）。

"从来如此，"我后来在这里遇到的一位利比亚人告诉我，"如果有白人来到苏丹，他肯定会被当作英国人，如果他是英国人，那么他理所当然要住大酒店。那是个聚会的好地方。大家晚上都会来这里。"

司机用一只手从后备厢里提出了我的行李，另一只手在空中画了个半圆，他示意我看过去，骄傲地说："青尼罗河[1]！"我望向从我们脚下流过的河流，河水呈灰绿色，河面很宽，水流湍急。旅馆的露台长而阴凉，面向河流，河

---

[1] 青尼罗河，尼罗河两大源流之一。发源于埃塞俄比亚境内，流入苏丹，在喀土穆与白尼罗河汇合。

边是一条宽阔的林荫大道，大道两旁是古老的无花果树，枝繁叶茂。

门房带我去的房间，吊扇呼呼作响，但它扇起的风可不凉，所以只是在搅动热气。这是一个火炉。我决定进城。我没意识到自己在做什么：只消走几百米，我就发现失策了！从天空散发出来的热气重重地压在柏油路上。我觉得头晕眼花，呼吸急促。我不能再往前走了，但也没回头的体力。我开始慌了：如果不赶紧躲到阴凉处，我敢说太阳会杀了我。我发疯似的四处张望，却发现整个街区只有我一个活物。四面八方毫无生气，门窗紧闭，万物静止。没有人，没有一个动物。天呐，我该怎么办？太阳像铁匠的锤子般敲打着我的头；我能感觉到它的重击。我离酒店太远了，附近又没有建筑物，没有通道，没有遮阳篷，根本无处可躲。终于我发现了一棵杧果树。这是视野范围内离我最近的遮蔽物，我躲了进去。

我在小树下面，躺到地上，遁入树荫。此时此刻，树荫完全成了有形的实体，我的身体贪婪地享受阴影，就像干裂的嘴唇痛饮水一样。

到了下午，影子拉长，开始重叠，逐渐变暗直至变成黑色——到晚上了。于是人们活了过来，他们的生存意志又回来了；他们互相打招呼，交谈，显然很高兴自己设法捱过了日常的灾难，从地狱里又活过了一天。城市喧腾起来，汽车出现在街上，商店和酒吧里挤满了人。

我在喀土穆等两名捷克记者，我们会一起前往刚果。这个国家内战的烈火正熊熊燃烧。我越来越焦躁，因为还没有同伴的消息，他们按说该从开罗飞过来了。白天是不可能在城里走动的，但待在房间里也非常热。露台是凉快一点，但我再也受不了了，在那里每隔几分钟就会有人走到我跟前问：你是谁？你从哪里来？你叫什么？你为什么来这里？想搞点生意做吗？想买个种植园吗？如果听到否定的回答，他们就会继续问：那你接下来会去哪里？你一个人吗？你有家人吗？你有几个孩子？你做什么？你以前来过苏丹吗？你喜欢喀土穆吗？喜欢尼罗河吗？喜欢你的酒店吗？喜欢你的房间吗？

他们的问题没有尽头。最初几天，我还礼貌地回答。如果他们是出于善意的好奇心，而此举也合乎当地习俗呢？但转念一想，问的人也可能是警察，最好别招惹他们。

提问者通常只出现一次，第二天换新一拨人提问；看起来，我就像接力赛中的接力棒，被不断地传递。

但他们中间也有两个人总是结伴出现，越来越频繁。他们极其友好。我猜，他们可能是手头有大把时间的大学生，这是因为执政的军政府首脑阿布德将军关闭了大学——他觉得大学是滋生不满情绪和反抗意识的温床。

有一天，他们警惕地四下张望，低声问我，能不能给他们几英镑。他们有法子买到大麻，我们可以出城去沙漠里吸。我该怎么回应？我从没吸过大麻，很好奇吸了会怎样。另一方面，万一这俩人是警察局派来的，想陷害我，或者是来勒索钱财，或者把我驱逐出境可怎么办？这将开启一段刺激的旅程。我心里忐忑，但选择了大麻并付了钱。

他们在傍晚时分开着一辆破旧的敞篷"路虎"来了。这辆车的前大灯只有一盏，但亮得如同防空反射镜。车灯的光束分开了热带的黑暗，密不透风的黑墙给汽车让道，旋即再次关闭。黑暗如此浓稠，如果不是因为路面坑坑洼洼，你简直会觉得车辆是静止不动的。

我们行驶了大约一小时，起初是在柏油路上，路的边缘很薄，颤颤巍巍，很快就只剩沙漠公路可走，沿途偶尔会出现巨石，它们仿佛用青铜铸成。我们在其中一块巨石处急转弯，继续行驶了一会儿，然后急刹车。大家站在陡坡的顶端，月亮照在尼罗河上，银光闪闪。沙漠、河流、月亮，是理想中的极简风景。在这一刻，一切已经足够了。

其中一位苏丹人从他包里拿出一小瓶已经开瓶的白马酒，足够我们每个人喝几口。然后他小心翼翼地卷了粗粗的两根大麻，一根给他的朋友，一根给我。借着火柴的光亮，我突然发现，他那黑黢黢的脸和亮闪闪的眼睛从黑夜中浮现时，正看着我，好像在思考什么。也许他给我的是毒药，我想，但我不知道我是否真的这么想，甚至是否想过任何事，因为我已经在另一个世界了，一个失重的世界，在这个世界里，一切都如梦幻，一切都在不停转动，温柔，起起伏伏。前方没有任何阻碍，没有任何惊扰。一片宁静。舒适的触感。一个梦。

其中最不寻常的体验还是失重状态。不是我们在宇航员身上看到的那种局促、笨拙的失重，而是灵巧、娴熟、尽在掌控。

我不记得我到底是如何从地面升起的，但我清晰记得我飘过天空，天空是黑暗的，但是那种明亮的黑暗，甚至发着光，我在斑斓的圆圈中间翱翔，这些圆圈分成更多圆圈，就像轻盈转动的呼啦圈，旋转着，充盈了四面八方。

就这么游弋着，我感到无比的喜悦，我从肉身的负担中解放了，从它每一步的阻力中解放，从它顽强的、无止无休的反作用力中解放。谁能想到呢，但事实证明，你的身体不必非得是你的敌人，而是可以成为你的朋友，哪怕只有片刻，哪怕只是在如此特殊的情况下。

我看见了"路虎"的引擎盖，能用眼角余光看见破碎的侧视镜。地平线是深粉色的，沙漠的沙子是石墨灰色。

拂晓前的尼罗河是浅蓝色的。我坐在敞篷车里，冻得瑟瑟发抖。此刻的沙漠像西伯利亚一样冷；寒冷刺穿骨头。

等我们再次回到城里时，太阳已经升起，瞬间又热了起来。头疼得要命。我唯一想做的就是睡觉。只是睡觉。一动不动，天塌下来也不管。

过了两天，这两位苏丹人来酒店问我感觉如何。我感觉如何？哦，朋友们，你们想知道我的感受吗？是的，你还行吗？路易斯·阿姆斯特朗要来了，明天在体育场开音乐会。

我立刻来了精神。

体育场离城区很远，又小又浅，最多只能容纳五千名观众。即便如此，上座率也只有一半。场地中央架着一个舞台，灯光微弱，但因为我们坐得靠前，可以清楚看到阿姆斯特朗和他的小乐队。晚上又闷又热，当阿姆斯特朗穿着夹克打着领结走出来时，他已经被汗水浸湿了。他冲大家打招呼，举起他拿着金色小号的手，用噼啪作响的廉价麦克风说，他很高兴能在喀土穆演奏，高兴并且荣幸之至，之后他爆发出富有感染力的笑声，圆润而放松。他期待大家跟着一起笑，观众却挺冷漠，或许是因为不知该怎么回应。当鼓声和贝斯响起，阿姆斯特朗唱了首足够应景的歌——《南边的沉睡时光》("Sleepy Time Down South")。

第一次听到阿姆斯特朗的声音，其实很难描述：里面有些东西让人觉得自己与它相熟已久，当他开始歌唱时，每个人都会以最真诚的信念确认自己的鉴赏力，并礼赞：是的，那就是他，那就是"书包嘴"[1]！

没错，就是他，书包嘴。他唱"你好多莉，多莉，我是路易斯"，他唱《多么美好的世界》和《月亮河》，他唱"我亲吻你的嘴唇，你销魂的嘴唇，瞬间火花四溅"。但观众们继续静静地坐着。没有掌声。是因为他们听不懂歌词吗？还是对穆斯林来说公开表达的情欲过多？

阿姆斯特朗在每支歌曲后，甚至在弹奏和演唱期间，都会用一块大白手帕擦汗。手帕固定由一个人为他更换，这人陪阿姆斯特朗巡演非洲的唯一职责，似乎就是递手帕。后来我看到他有一整袋手帕，大概有几十张。

音乐会结束后，人群迅速散去，消失在夜色中。我震惊了。我听说阿姆斯特朗办音乐会总会让人情绪高涨。但在喀土穆的体育场里却没有狂热的迹象，尽管书包嘴演奏了许多起源于非洲黑奴的歌曲，来自美国南方，来自亚拉巴马州和路易斯安那州，他自己也是从那里来的。但那时他们的非洲和这个非洲属于不同的世界，缺乏共同语言，无法交流，更不用说共情了。

---

[1] 书包嘴（Satchmo），路易斯·阿姆斯特朗的绰号"书包嘴大叔"。

苏丹人开车送我回酒店。我们坐在露台上喝了些柠檬水。没过多久，阿姆斯特朗也坐车来到这里。他如释重负地坐在桌旁，或者更准确地说，他瘫在了椅子里。他长得粗壮结实，肩膀很宽却是溜肩。服务员给他端来了橙汁。他一口喝掉，然后又一杯，再一杯。他精疲力竭，低头坐着，一言不发。那时的他已经六十岁了，当时我还不知道，他患有心脏病。演出时的阿姆斯特朗和演出结束后的他，是完全不同的两个人：前者性情开朗，快乐活泼，声音洪亮，能从他的小号中奏出惊人的音域；后者神情沉重，身体疲惫而虚弱，脸上满是皱纹，黯然失色。

任何人想离开喀土穆的安全屏障进入沙漠，都必须牢记前方危机四伏。沙尘暴会不断改变地貌景观，并且移动方位点，旅行者如果因为大自然的喜怒无常迷了路，就必死无疑。沙漠神秘莫测，让人恐惧。人永远不能孤身前往沙漠，因为水井之间的距离非常远，仅靠一个人根本无法携带足够的水。

在希罗多德穿越埃及的旅程中，他发现四面都是撒哈拉沙漠，就明智地始终沿着尼罗河走。沙漠就像明媚的火，而火是野兽，可以吞噬一切：埃及人将火视为有生命之物（它会吞噬它所掌握的一切，直至餍足，然后与它吞噬的生物一起灭亡）……他举了一个例子，波斯国王冈比西斯带兵出征，计划先征服埃及，再征服埃塞俄比亚，其间他派遣了一部分军队攻打阿蒙人，这是个定居在撒哈拉绿洲的民族。这部分军队从底比斯出发，在沙漠中行军七天后抵达一座名为"幸福岛"（Oäsis）的城市，在这里他们消失得无影无踪：……关于此事，此后仅有的消息要么来自阿蒙人，要么来自别人转述的阿蒙人的话。没有人知道到底发生了什么，因为他们既没有抵达阿蒙人那里，也没有返回。然而，阿蒙人对他们失踪的解释是这样的。他们说，在军队离开幸福岛、穿过沙漠向他们进攻的路上，也就是幸福岛和阿蒙人国土之间某处，一场致命的南风，夹着大量的流沙落在他们身上，在他们吃午饭时将他们掩埋。

捷克记者杜尚和雅尔达终于到了。我们立即动身前往刚果。我们在刚果的第一站是个路边的小村庄，叫"阿坝"。它掩映在生机勃勃的绿墙之下——蓦然出现在眼前的热带丛林，仿佛一座陡峭的山从平原腾空而起。

阿坝有个加油站，还有几家商店。它们被腐朽的木制拱廊遮蔽着，拱廊下躺着几个懒洋洋的、不想动弹的人。当我们下车询问刚果国内的情况，以及我们能在哪儿用英镑兑换当地的法郎时，他们一下就活跃了起来。

他们是希腊人，在此建立了殖民地，类似希罗多德时代已经分散在世界各地的数百个希腊殖民地。这种定居方式显然在他们中间存留至今。

我的包里有本希罗多德的《历史》,离开时,我把书给一位正在道别的希腊人看。他看到封面上的书名就笑了,但我不确定这是在表达自豪,还是因为他不知道这是谁而感到尴尬。

13

佐庇鲁斯的脸

我们把车停在了保利斯小镇（位于刚果东部省份）的郊区。汽油用完了，只能指望哪天有人路过时能给我们分些，灌满一小壶都行。在那之前，我们只好在一所由比利时传教士办的学校里等着，只有这里有可能等到汽油。学校负责人是身形瘦长的皮埃尔神父，他神情憔悴，身体羸弱。由于刚果正处于内战之中，传教士在指导孩子们军训。他们四人一组列队操练，肩上扛着又粗又长的棍子，唱军歌，喊口号。他们的表情很是严肃，动作规整有力，这种士兵游戏是多么庄重和激动人心啊。

我在学校营房尽头的一间空教室里有一张小床。这里很安静，军训的声音几乎听不到。门外是个开满鲜花的花坛，盛放着热带地区壮硕的大丽花和剑兰、矢车菊，还有其他明艳的植物，我都头一回见，还不知道它们的名字。

我也被战争的情绪感染了，但不是此地的战争，而是另一个遥远时空的战争：波斯国王大流士正在攻打反叛的巴比伦，希罗多德描述了这场战役。我坐在阳台的阴凉处，一边驱赶着苍蝇蚊子，一边读着书。

大流士是个二十岁出头的年轻人，刚刚成为当时世界上最强大帝国的国王。在这个疆域广阔的帝国，不断有人起而反抗，为自由而战。所有这些起义和叛乱都被波斯人毫不留情地镇压了下去。但这次出现了前所未有的威胁，一个可能会严重影响波斯命运的真正威胁：此前被吞并的巴比伦帝国的首都巴比伦城，正在发生兵变。波斯帝国在十九年之前，也就是公元前538年，居鲁士国王在位时期，曾将其征服。

巴比伦人渴望独立并不奇怪。巴比伦位于东方与西方、南方与北方的贸易路线交会处，是当时世界上最大、最具活力的城市。它是世界文化和学术的中心，尤其以数学、天文学、几何学和建筑享有盛誉。一个世纪过去之后，希腊人的雅典才能与之比肩。

那时，巴比伦人正在酝酿一场反波斯起义并宣布独立。他们的时机很好。他们知道，波斯王朝刚刚经历了漫长的无政府状态，其间权力一直由祭司阶层的穆护[1]掌握。一群

---

1 穆护，拜火教的祭司，在古波斯语中被称为magush，希腊语中被称为magos，拉丁语中被称为magus，复数形式为magi，意为"哲人""贤人""知晓神之奥秘的人"。

波斯精英新近发动了宫廷政变，推翻了这些穆护，从自己人中选出了新国王——大流士。希罗多德指出，巴比伦人做了充分的准备。显而易见，他写道，他们在整个穆护统治时期……都在为波斯人来围攻做准备，但不知何故没有人注意到他们的行动。

在希罗多德的书中可以看到下面这段话：巴比伦人的叛乱一公开，他们是这样做的。巴比伦的男人把城里所有女子聚集到一起，绞死她们，只留下男人的母亲和男人家里一位女性，留谁由男人决定。留下那位女性是为了当厨子，勒死其他女性则可以节省物资。

我不知道希罗多德是否意识到他在写什么。他想过这意味着什么吗？因为当时，在公元前六世纪的巴比伦，至少有二三十万居民。也就是说，数以万计的女性被判处绞刑——妻子、女儿、姐妹、祖母、表亲、情人。

关于这次屠杀，我们的希腊人没有写更多。这是谁的决定？人民代表？市政府？保卫巴比伦委员会？人们是否讨论过此事？有人抗议吗？谁制定了处决方式？为什么要勒死这些女人？还有别的处决提议吗？比如，用长矛刺穿？用剑击倒？架上柴堆焚烧？或者扔进流经这座城市的幼发拉底河？

还有更多的问题。男人在会议上得知处决的决定，那些一直在家中等他们回来的女人，难道没从他们脸上看出什么？难道他们没有表现出犹疑？羞耻？痛苦？狂怒？小姑娘当然不会怀疑。但年长的呢？本能不会告诉她们些什么吗？所有男人都遵照约定保持沉默了吗？难道所有男人都没有良心吗？没有男人会歇斯底里吗？没人嘶喊着跑过大街小巷？

然后呢？然后他们把女子全部集中起来，绞死了。一定有个集合地，每个人都必须去那里报到并被决定生死。能活的人站一边。其他人呢？是否由某些市政卫兵动手，把送过来的女孩和妇女逐个勒死？还是在法官的监督下，丈夫和父亲必须亲手将妻女勒死？现场是沉默的吗？还是一片哀号，恳求留下婴儿、女儿、姐妹的性命？如何处理成千上万的尸体？因为只有体面地埋葬死者，生者才能得到安宁；不然，死者的幽灵会在夜间返回，折磨幸存者。从那一天起，巴比伦的夜晚是否让这里的人感到恐惧？他们会不会在恐慌中惊醒？他们会做噩梦吗？他们无法入睡吗？他们是否感到被恶魔扼住了喉咙？

这么做是为了节约物资。是的，巴比伦人正在为长期围城做准备。他们了解巴比伦的价值，这是一座富饶繁华的大都市，空中花园和镀金庙宇之城，他们知道大流士不会轻易退却，会尽最大努力制服他们，如果刀剑无法完成使命，那么就围城饿死他们。

波斯国王一刻也没有浪费。叛乱的消息一传到他那里，他就集结全部兵力，向他们进军。他一抵达巴比伦就开始将这座城市团团包围，但居民们丝毫不在意。他们常常爬上城墙的塔楼，趾高气扬地走在上面，讥笑大流士和他的军队。有一次，有人甚至喊道："波斯人，你们为何按兵不动？怎么还不撤回家？只有等骡子生下小骡子时，巴比伦才会落入你们手中。"（众所周知，骡子无法生育。）

他们嘲笑大流士和他的军队。

让我们想象一下这个场景。世界上最强悍的军队兵临巴比伦城下。它在城外安营扎寨，城市周围是巨大的黏土砖墙。巴比伦城墙高达数米，宽阔，四驾马车可以在城墙上从容行驶。有八座主城门，还有深深的护城河作为额外防护。面对如此固若金汤的防御工事，大流士的军队束手无策。等火药发明并在世界上这个地区使用，还要再过一千二百多年。机械发明则要再等两千年。当时甚至没有攻城器械，波斯人还没有攻城槌和投石机。所以巴比伦人觉得自己安全无虞，不可战胜，可以肆无忌惮。难怪他们敢站在城墙上嘲弄大流士和他的军队。嘲弄世界上最强悍的军队！

双方离得如此之近，以致攻守双方都能听到彼此的话，守城的咒骂着攻城的。如果大流士碰巧骑马路过靠近城墙的地方，可以听到冲着他来的最难听的诅咒和羞辱。这是相当丢脸的,何况围城已经持续了这么久:一年又七个月过去了,大流士和他的部下因无法攻下巴比伦而泄气。

然后事情开始发生变化。在围城的第二十个月,佐庇鲁斯遇到了一件不可思议的事……:他的一头驮骡生小骡了。

年轻的佐庇鲁斯是波斯贵族麦加拜祖斯之子,属于波斯帝国的少数精英。他听到骡子生产的消息很是兴奋。从中他看到了众神的意旨,这一征兆表明巴比伦确实能被征服。他前去参见大流士,讲述了一切,并问他攻占巴比伦对他来说价值几何。

大流士回答,至关重要。可波斯人围城已近两年,他们试过了无数方法,各种计策和花招,竟未能撼动巴比伦城墙哪怕一丁点儿。大流士垂头丧气,不知如何是好:灰头土脸地撤退,会丢掉帝国最重要的总督府;继续攻城,征服这座城市的希望渺茫。

大流士忧心忡忡,现在进退两难,他已无计可施。看到国王如此沮丧,佐庇鲁斯想到一个计策,能让他成为单枪匹马攻下巴比伦的人,他会因此成就自己。他考虑再三,遂拿起一把刀,割下自己的鼻子和耳朵,剃了光头(罪犯的发型),接着又鞭打自己。他再次见到大流士,向他展示了自己残缺不全的身体,伤痕累累,血流不止。大流士看到佐庇鲁斯的伤势大为震惊。他叫嚷着从王座上跳起来,询问何以至此，是谁毁了他的容。

佐庇鲁斯鼻子豁了个口，那受损的骨头一定痛得要命，他的上唇、脸颊和脸上其他部位肿得畸形，眼睛里还渗着血，然而他硬撑着回答：

"我主，没人把我怎么样；毕竟，除了您，没人能让我沦落到这种地步。是我自己要这么做的，因为我无法忍受亚述人嘲笑波斯人。"

对此大流士说：

"不，这不会起到什么作用。你觉得给自己造成如此大的伤害，就能有助我们攻克巴比伦，这是在粉饰你的荒唐。残害自己就能加速对手投降的想法是愚蠢的。你一定是疯了，才会这么自残。"

在佐庇鲁斯的陈述中，希罗多德向我们展示了数千年前就在这种文化中显露的思想倾向，即尊严受辱的人，蒙羞之后能通过自毁摆脱羞辱的煎熬。逻辑是这样的：我已经耻辱加身，因此生无可恋，即便选择死也好过带着耻辱的烙印生活。佐庇鲁斯想要把自己从这种感觉中解放出来。他通过毁容做到这点，巴比伦人嘲笑波斯人，他就把相貌变得让人震惊，变得恐怖。

值得注意的是，佐庇鲁斯并不认为巴比伦人的侮辱是具体针对他。他没有说，他们羞辱了我；他说的是，他们羞辱了我们——我们所有波斯人。然而，他并不觉得激励所有波斯人参战将有助于摆脱这种耻辱困境,他选择了一种奇特的、个人的自我毁灭(或者说自残)行为,这对他来说是一种解脱。

虽然大流士谴责了佐庇鲁斯的行为,认为他不负责任并且鲁莽,但他很快就会利用这点,将其作为终极手段来拯救国家,来避免帝国和君权的威严受损。

他接受了佐庇鲁斯的计策,方案如下:佐庇鲁斯将前往巴比伦,假装他是被大流士迫害和折磨成这样,才不得不逃。还有什么比他的伤口更能证明这点!他确信他会说服巴比伦人,会赢得他们的信任,他们会把军队的指挥权交给他。然后他就放波斯人进入巴比伦。

一天,巴比伦人从他们的城墙上注意到一个衣衫褴褛、浑身是血的人踉跄着走向他们的城楼。那个可怜的人不停地回头看,确定自己身后没有追兵。塔楼上负责瞭望的人发现了他,跑下来,打开其中一扇门,问他是谁,来干什么。他回答说他是佐庇鲁斯,前来投奔他们。看门人把他带到巴比伦议会,他站出来向他们诉说自己的苦难。他咒骂大流士毁了他的容……他说:"……他这样残害我,一定不能逃脱制裁。"

议会相信了这些话,并给他划拨了一支军队,帮他实施复仇计划。这正是佐庇鲁斯想要的。正如预先计划的那样，在佐庇鲁斯假装叛逃巴比伦后的第十天，大流士派出他最弱的一千名士兵前往被围城市的一个城门。巴比伦人冲出城门，将波斯人杀得片甲不存。七天后，又如大流士和佐庇鲁斯的预先安排，波斯国王派遣了另一队弱旅前往巴比伦城门，此行有两千人，而巴比伦人在佐庇鲁斯的指挥下，再次将这些士兵消灭殆尽。佐庇鲁斯在巴比伦人中的名气越来越响：他们认为他是英雄，所向披靡。二十天过去了，按照计划，大流士又派出了四千名士兵。巴比伦人再度歼灭了他们，然后满怀感激地任命佐庇鲁斯为巴比伦全军的指挥官和城墙守备官。

佐庇鲁斯拥有了所有城门的钥匙。到了约定的日子，大流士从四面八方攻打巴比伦，佐庇鲁斯打开城门。这座城被征服了。如今巴比伦人已在他的控制之下，大流士便下令摧毁城墙，拆除所有城门……他还将大约三千名巴比伦精英钉死在了木桩上。

希罗多德再次以最漫不经心的方式描述了这些灾难性事件。我们且跳过摧毁城墙的步骤，尽管这一定是个无比艰巨的任务。但是，把三千人钉在木桩上？该怎么完成？当巴比伦人站成一排等待时，木桩已经固定好了吗？每个人都眼睁睁看着前面的人被刺穿了吗？他们会被绑起来以防逃跑吗？还是说他们已经吓得不能动弹？巴比伦是世界学术的中心，是最杰出的数学家和天文学家之城。这些科学家也被钉在木桩上了吗？如果这样，那么这种惩罚又会在多少代人，甚至多少个世纪中，阻碍人类知识的增长？

与此同时，大流士也在思考这座大都市及其居民的未来。他把这座城市还给剩下的巴比伦人，让他们继续住在那里。如前所述，巴比伦人勒死了他们的妻子，以确保自己有足够的食物；因此，为了确保他们有足够的女性生育后代，大流士命令附近所有民族都得送一批妇女到巴比伦，给每个巴比伦人一个妻子的配额，结果总共聚集了五万名女性。今天的巴比伦人就是这些女性的后裔。

作为奖赏，他让佐庇鲁斯终身统治巴比伦。但据说大流士多次表示，他宁愿不要二十座巴比伦的城池，也更想看到一个毫发无损的佐庇鲁斯。

14

野兔

> 他们的利箭上弦,引弓待发;
> 他们的马蹄坚如岩石,车轮快如旋风。
>
> ——以赛亚书5:28

波斯国王完成了一次征服,又马不停蹄开始了新的:大流士攻克巴比伦后,又亲自指挥出征斯基泰人。

我们思忖一下巴比伦与斯基泰领土之间的距离。在希罗多德的时代,从巴比伦抵达斯基泰人的领土,怎么也得穿越半个已知世界。当年一支军队行军五六百公里就需要一个月的时间,而我们在此谈论的是几倍于此的距离。因此行军必然持续了数月。

即使骁勇如大流士也得为这项事业付出代价。他乘坐的是国王马车,但不难想象,在那个年代,即使是这种交通工具,也一定会颠簸摇晃得很厉害。马车没有配备弹簧和悬架,更别提轮胎和橡胶圈了。此外,在漫长的旅程中,根本就没有现成的路。

因此得有足够远大的抱负,才能忍受长途奔袭带来的疲惫和疼痛，克服所有不适。对大流士来说，远征能扩大他的帝国版图，增强他对世界的统治。思考那个时代的人怎么理解"世界"是很有趣的。当时还没有准确的地图，也没有地图册或地球仪。托勒密再过四个世纪才会出生，墨卡托[1]则要再过两千年。鸟瞰我们的星球是无法想象的（当时会有"鸟瞰"这样的概念吗？）。

我们是吉利迦迈人。我们的邻居是阿斯贝斯泰人。而你，阿斯贝斯泰人，你们与谁接壤？我们吉利迦迈人？我们和奥斯齐塞人接壤。奥斯齐塞人和纳萨摩涅斯人接壤。你呢，纳萨摩涅斯人？南边和伽拉曼斯特人接壤，西边和马凯人。那这些马凯人与谁接壤？马凯人靠着金达涅斯人。你呢？我们与吞食魔果的人接壤。他们呢？和奥塞耶斯人。比那里更远的地方住着什么人呢？阿蒙尼亚人。比他们更远呢？阿特兰提斯。比阿特兰提斯更远呢？没人知道，甚至不会有人去想这个问题。[2]

因此，他们不会通过看地图（毕竟不存在）来确定俄

---

[1] 墨卡托（Gerhard Mercator，1512—1594），文艺复兴时代的地图学家。
[2] 本段提及的吉利迦迈人（Giligamae）、阿斯贝斯泰人（Asbystae）、奥斯齐塞人（Auschisae）、纳萨摩涅斯人（Nasamones）、伽拉曼斯特人（Garamantes）、金达涅斯人（Gindanes），均为利比亚部落；马凯人（Macae）、奥塞耶斯人（Ausees）是利比亚滨海部落；阿蒙尼亚人（Ammonians）即前文提及的阿蒙人，来自埃及和埃塞俄比亚人建立的殖民地；阿特兰提斯（Atlantes）是海，在"赫拉克勒斯之柱以外"。

罗斯与中国毗邻，就像学校（当时也不存在）里教的那样。为了确定这一事实，人们不得不问询数十来个西伯利亚部落（但首先他得向东走），直至最后遇到那些与中国部落接壤的部落。但是当大流士启程征服斯基泰人时，他对他们多少有些了解，并且大概知道该去哪里找他们。

伟大的统治者忙于征服世界，他们有点像狂热的收藏家，行事有条不紊。他告诉自己：我已经有了伊奥尼亚人，有了卡里亚人和吕底亚人。还缺哪里的人？我缺特拉齐斯人，格泰人，还缺斯基泰人[1]。想到这些，占有那些还未被掌控的国家的欲望开始在他心头燃烧。这些国家此时仍然是自由和独立的，他们还不明白，一旦引起大帝的注意，就已经引火烧身。也就是说剩下的只是时间问题。何况导致此类灾难发生的，往往不是莽撞和不负责任的冲动。通常，万王之王就像一个潜伏的掠食者，他先把猎物放在视野之内，接着会耐心地等待有利时机到来。

但在人类社会，不可否认的是，侵略需要借口。重要的是得把这个借口包装成普适的必要措施或神圣职责。可供选择的范围并不大：要么是我们必须自卫，要么是我们

---

[1] 特拉齐斯人（Trachinians）的领土在德摩比利以东沿海地带；格泰人（Getae）是色雷斯人的一支；斯基泰人（Scythians）曾活跃于欧亚大陆的草原地区，包括今天的乌克兰、俄罗斯南部、哈萨克斯坦北部等地。

有义务帮助别人,要么是我们在替天行道。最合适的借口能把所有三个动机串起来。攻击者因此得以享有"救世主"的荣耀,被神眷顾。

那么大流士的借口是?

几个世纪前,斯基泰人占领了米底人(与波斯人一样,属于伊朗人的另一支)的领土,统治了他们二十八年。大流士决定为这段已被遗忘的历史报仇。我们这里有另一条希罗多德法则:侵犯他人者总要负责任,因为他做的坏事,必须受到惩罚,无论事情过去了多少年。大流士因此讨伐斯基泰人。

但何为斯基泰人,却很难定义。

他们不知从何而来,存在了一千多年后就消失了,留给世人精美的金属手工艺品和墓葬。他们组织起来,后来甚至形成了东欧和亚洲大草原上的部落联盟。他们的精英是王族斯基泰人[1],是骑马的战士,不安分且贪婪,他们的大本营在黑海以北、多瑙河和伏尔加河之间的土地。

斯基泰人还是个骇人的神话。他们是外国和神秘民族的代名词,他们野蛮而残忍,神出鬼没,烧杀掳掠。

---

1 相对于农耕斯基泰人和游牧斯基泰人而言。

很难近距离看到斯基泰人的土地、他们的家园和他们的牧群，因为一切都被一层雪白的纱遮蔽：根据斯基泰人的说法，在他们的北方，有大量这样的羽毛，导致什么都看不清，谁也走不过来。他们说，地上和空气中有太多的羽毛，因此人们无法用肉眼来观察。希罗多德这样评论：根据斯基泰人的说法，那些漫天飞舞的羽毛，阻止人们深入大陆、亲身查看。我认为，该地区北部一直在下雪（当然，夏季比冬季少），正是冬季的严酷使得该大陆北部无法居住。当然，雪看起来确实像羽毛，任何近距离看过大片雪花的人都可以证实这点；所以我认为斯基泰人和他们的邻居是把雪花比喻为羽毛了。

大流士向这片土地进发，拿破仑将在二十四个世纪后效仿。有人反对：希斯塔斯佩斯之子阿塔班努斯[1]请求他取消远征斯基泰人，理由是太难抵达那里。但大流士充耳不闻，在进行了大量准备工作后，他亲率大军出发，军队由他统治的所有部落和人民组成。希罗多德提供了当时的天文数字：军队总人数是七十万，其中包括骑兵军但不包括舰队，此外还有六百艘船已经集结完毕。

他下令在博斯普鲁斯海峡上造一座桥。大流士坐在王座上，看着他的军队通过大桥。他建造的下一座桥在多瑙

---

[1] 大流士一世的兄弟。

河上。一旦他的部队通过,他就下令拆除桥梁。但他手下一位叫科埃斯的将领请求他不要这么做:

"国王陛下,"他说,"您即将进攻的国家,农耕情况未知,也没有定居点。请您留下这座桥……这样,如果我们找到斯基泰人并完成目标,我们可以循此路返回;如果我们找不到他们,至少我们有路可退。我相信斯基泰人永远不可能在交战中打败我们,但我担心,万一事与愿违的情形发生,比如我们四处搜索,但就是找不到他们呢?"

这位科埃斯说出了先知般的预言。

大流士同意保留大桥,继续赶路。

与此同时,斯基泰人得知一支大军正在向他们逼近,他们传话给邻国的国王想商议此事,发现国王们已经在举行会议。在座的有布迪尼亚人的国王,那是个人口众多的大部落,族人有着犀利的灰色眼睛和鲜红的头发。有阿伽赛尔西人的国王,在他们那里,男女杂交,这样他们的男子都是互为兄弟的,相互之间也会和睦相处。还有塔乌利人的国王,如果他们在战争中抓到俘虏,每个人都会割下俘虏的头颅并带回家,然后把头颅插在一根长杆上,在他家屋顶高高地竖起来,通常是竖在烟囱上方。他们相信,这些挂起来的头颅可以保护全家。

斯基泰代表团向聚集一堂的国王们发表讲话,告知他们波斯大军来势汹汹,并呼吁:"你们绝对不能袖手旁观,看着我们被摧毁。我们应该制订统一的计划，共同抵御入侵。"为了说服他们联合起来共同御敌，斯基泰人强调，波斯人要征服的不仅是斯基泰人，而且是所有民族。波斯人一旦踏足我们这片大陆，就会长驱直入，征服他前进道路上的每个民族。

希罗多德说，国王们听了斯基泰人的陈述，但意见不一。有些人认为他们确实应该同舟共济，无条件地帮助斯基泰人，但也有些人想继续观望，觉得实际上波斯人只想向斯基泰人寻仇，不会涉及其他民族。

面对此刻的一盘散沙，知晓对手强大实力的斯基泰人决定撤退，避免正面交战。他们计划在骑马撤退时，填死沿途所有水井和泉水，毁掉所有生长在地里的作物。此外，他们会兵分两路，始终与波斯人保持一天的行军距离，不断撤退，不断改变方向让他们迷路，不断诱敌深入该国内部。

方案已定，他们开始着手实施。

首先，他们下令让所有妇女儿童的马车继续向北行驶，所有的牲畜也和马车一起送走……到了北方，万一遭遇来自炎热南方的波斯人侵犯，严寒和大雪将庇佑他们。

当大流士的队伍最终抵达时，斯基泰人并没有公开和他们对抗。他们的战术，他们的武器，就是诡诈、闪避、伏击。他们人在哪儿？他们像野兔一样狡猾、敏捷并且难以捉摸，他们冷不丁出现在草原上，又迅速消失。

大流士眼看着斯基泰人的骑兵神出鬼没，看到他们迅捷的先锋队现身，随即又消失在地平线上。他收到有关他们在北方某处出现的报告。他率领大军前往，抵达时，所有人都意识到他们进入了一片荒原。这片空旷土地位于布迪尼亚人的领土以北，穿越它需要七日行程，此地杳无人烟。希罗多德对此作了详细的描述：为了迫使难以劝说的邻居们参战，斯基泰人曲折迂回，把大流士的追击部队引向拒绝参战部落的土地。一旦波斯人来犯，他们便别无选择，必须与斯基泰人一起对抗大流士。

波斯国王日益感到无助，最终向斯基泰国王派了名使者，要求他的军队要么现身打仗，要么承认他的统治。斯基泰国王回答说：他们并非在逃跑，只是因为既没有城市也没有农田，没有什么需要保卫。他觉得没有必要打仗。但既然波斯人自称是他们的主人，还要求他们承认自己是奴隶，那么斯基泰人保证大流士将付出高昂的代价。

一提到奴役就激怒了斯基泰诸王。他们热爱自由，热爱大草原，热爱无拘无束。他们被大流士对待他们的方式激怒了，大流士这是在羞辱人，因此他们决定改变战术。他们一面迂回诱敌，一面在波斯人开伙和喂马时攻击他们。

大流士的军队发现他们的处境日益艰难。此时在大草原，我们可以观察到两种军事风格、两种建制的碰撞：正规军严密死板，铁板一块，而小型战术单元灵活机动，不断变化。后者也是一支部队，一支影子部队，来去无踪，令人捉摸不定。

"出来！"大流士在旷野中兀自呐喊。但回应他的只有寂静，来自一片陌生土地的寂静，无法抵达，无边无际。他强悍的军队明明站在这片土地上，却无计可施，他们有对手时才能发挥战斗力，然而对手不想现身。

斯基泰人明白，大流士也知道自己已经进退维谷，他们派了位使节送去礼物，是一只鸟、一只老鼠、一只青蛙和五支箭。

每个人都有自己特定的思维模式，用以判断和解释现实，他通常会出于本能，不假思索地用固有模式思考各种境遇。然而，外部环境常常不符合或者说不适应既有模式，此时我们会误读陌生信息，并做出错误的解读。在这种情况下，我们就是在一个不真实的世界里行动，到处都是死胡同和误导人的线索。

这就是波斯人现在的处境。

收到礼物后，波斯人众说纷纭。大流士认为，斯基泰人给了他土和水，这是他们投降的信物。他的理由如下：老鼠生活在土里，它和人吃同样的食物，青蛙栖居在水里，鸟和马很像，他们送来的箭是献上军事力量的象征。这是大流士的观点，但戈布里亚斯……质疑了大流士的观点，并提出了另一种解读。他这样解释这些礼物:"听着,波斯人:如果你们不变成鸟飞上天,或者变成老鼠钻进地下,或者变成青蛙跳进湖中,那么你们永远也回不了家,因为你们会被这些箭射中。"以上就是波斯人对这些礼物寓意的理解。

与此同时,斯基泰人……集结了他们的步兵和骑兵,准备进攻波斯人。场面一定很壮观。从发掘的斯基泰人墓葬看,他们会给死者穿戴整齐,连同死者的马匹、武器、工具和珠宝一起埋葬。他们的衣服上装饰着金和铜,他们的马匹配有镶嵌金属纹饰的马具,他们手执剑和斧,扛着精心雕琢、装饰华丽的弓箭和箭囊。

两军对峙。一边是波斯人,世界上最强大的军队,另一边是斯基泰人,数量有限,为保卫家园而战,雪幕挡住了大流士的视线,将这片土地遮蔽了起来。

这是一个充满张力的时刻,我心想——就在这时,一个男孩过来,说皮埃尔神父邀请我去院子另一头,饭菜已上桌,摆在绿叶成荫的杧果树下。

"马上!稍等!"我嚷道。我擦了擦兴奋得出汗的额头,继续读下去:

双方都排好阵列,蓄势待发,就在这时,一只野兔窜过两军之间的空地,所有斯基泰人都发现了这只兔子,他们追了上去。看到斯基泰人乱了阵形,大喊大叫,大流士询问为什么敌方如此激动。当他听到他们在追一只野兔时，他告诉亲信："这些斯基泰人确实轻视我们。我现在觉得戈布里亚斯对礼物意义的阐释是对的，我们需要制订策略好平安回家。"

野兔的历史作用？学者们认为，正是斯基泰人阻止了大流士进一步进军欧洲。如果这一切没有发生，世界史的进程可能会完全不同。导致大流士最终撤退的是斯基泰人，他们在波斯军队的眼皮子底下若无其事地追逐一只野兔，可见他们无视波斯人，对他们嗤之以鼻，不屑一顾。而这种蔑视，这种屈辱，对波斯国王来说，可是比输掉一场大战更大的打击。

夜幕降临。

大流士命令点燃篝火，这是个习惯，每天如此。他把那些营地食客、闲人、病人，也就是没有战斗力的士兵留在营地。他还命令把驴拴起来，这样它们叫起来时，敌人会觉得波斯营地的一切如常。而他本人则率领军队在夜幕的掩护下撤退。

15

在死去的国王和被遗忘的众神之间

为了和大流士多待一会儿,我打乱了旅行发生的顺序,现在从1960年的刚果快进到1979年的伊朗。这个国家正发生剧烈的伊斯兰革命,领导人是阿亚图拉·霍梅尼,他是个须发已白的老人,神情严肃,性情坚忍。

时间无情推进,我们不过是奴仆和牺牲品,但我们偶尔还是难以抵挡驾驭时间的诱惑:从一个时代跳到另一个时代,站在时间之外,随意并置、组合、拆分,全然不顾时间客观的节点、阶段,甚至时代——哪怕只是暂时如此,哪怕明明知道这都是梦幻泡影。

那为什么大流士如此有吸引力?读希罗多德对那些东方统治者的描述,我们会看到,虽然他们行事残忍冷酷,但偶尔也有不一样的作为,这种"不一样"可能是有益的事,甚至是善事。大流士就如此。一方面,他嗜杀成性。

比如他率领军队攻击斯基泰人时：此时，一个名叫奥约巴佐斯的波斯人，因为他的三个儿子都参加了远征，恳求大流士留下其中一个。大流士友好地回答，他会把三个人都留下，仿佛这个要求合情合理。奥约巴佐斯听到国王免除了儿子们的兵役，高兴坏了。但大流士命令负责此事的人把奥约巴佐斯的三个儿子全部杀掉。这样他确实把他们都留在了苏萨，只不过是在割断他们的喉咙后留下。

然而另一方面，大流士是一位优秀的管理者，他修筑道路，疏通邮政，铸造货币，发展贸易。首先也是最重要的，几乎从他戴上王冠的那一刻起，他就下令开始建造一座宏伟的城市，波斯波利斯，其名望与荣光足可媲美麦加和耶路撒冷。

我在德黑兰见证了伊朗国王统治的最后几周。这座巨大的城市散布在一大片沙地上，平时就嘈杂喧嚣，现在完全陷入混乱。每天无休止的示威活动导致交通瘫痪。这里的男子都长了一头黑发，女子都戴着头巾，他们走在一公里甚至几公里长的队伍中，反复喊口号，叫喊，有节奏地挥舞着他们举起的拳头。装甲卡车不时驶入街道和广场，向示威群众开火。他们开火是来真的，随着死伤者倒下，惊慌失措的人群要么四散逃跑，要么躲进建筑物的门洞。

狙击手从屋顶开火。一个人被子弹击中，像是被绊倒了一样，正要向前倒下，被走在他身边的人抓住了，他们把他抬到人行道旁，同时队伍继续行进，拳头继续有节奏地举起。有时，身着白衣的女孩和男孩走在队伍最前面，额上缠着白色头带。他们是殉道者，准备迎接自己的死亡。他们的头带上也是这样写的。有几次，在队伍开始挪动之前，我走到他们跟前，试图读懂他们的表情。可什么都看不出。无论如何都看不出。我都不知道该怎么描述，找不到准确的词汇。

下午，示威活动停止，商人们开始营业。这里有很多二手书商，他们在街上摊开自己收来的书。我买了两本关于波斯波利斯的集子。国王很为这座城市骄傲。他在那里举行盛大的仪式和节日庆典，邀请了来自世界各地的客人。至于我，我无论如何都想去那里，因为它是由大流士开始建造的。

幸而斋月到了，德黑兰也平静下来。我找到巴士总站，买了张去设拉子的车票，那里离波斯波利斯很近。我没费什么事就买到了票，尽管后来大巴也满员了。那是辆装有空调的豪华奔驰大客车，它安静流畅地驶过平坦的高速公路。我们经过大片深米色的岩石沙漠，时不时还看到贫瘠、没有任何绿意的村庄，都是泥屋，看到孩童结伴玩耍，还有成群的山羊和绵羊。

在休息站，能吃到的东西就这些：荞麦饭、热羊肉串、水，以及作为甜点的茶。我没法跟人聊天，因为我不懂波斯语，但气氛挺愉快。男人友好地微笑，妇女则会把脸转向另一边。我知道我不该直视她们，那是被禁止的，然而在她们身边待了一段时间后，总会看到她们中有人整理头巾，在那一瞬间可以看到眼睛从头巾下隐隐露出——无一例外的乌黑大眼睛，亮晶晶的，有长长的睫毛。

我在大巴上的座位靠窗，但车开了几个小时，风景还是没变化，于是我从包里拿出希罗多德，阅读有关斯基泰人的章节。

说起战争，斯基泰人的习惯是这样的。当斯基泰人杀死他的第一个敌人后，会喝一些敌人的血。无论他在战争中杀死多少人，都得把敌人的头颅献给国王；因为这样就能分得一份战利品，而没有头颅就没有战利品。斯基泰人剥头皮的方式如下：沿着耳际在头部做一个环形切口，然后揪起来晃动，使头皮从头盖骨脱落；接下来，用牛肋骨刮去头皮上的肉，然后用手揉搓，把头皮揉软，当手巾用，他会自豪地把这块手巾系在他坐骑的笼头上。在他们看来，一个人拥有这种手巾越多，就越勇敢。他们中许多人会把头皮缝合在一起，做成拼接皮革的衣服，例如皮大衣……我们知道，人类的皮肤很厚，白得发亮，事实上比任何其他兽皮都有光泽。我没再往下看，因为车窗外突然出现了棕榈树林和宽阔的绿色田野，还能看到建筑物，更远处有街道和路灯。屋顶上露出清真寺的圆顶，闪闪发亮。我们到设拉子了，花园和地毯之城。

宾馆前台告诉我，去波斯波利斯只能坐出租车，而且最好在黎明前出发，这样就能看到日出，看到帝国的废墟如何被第一缕阳光照耀。

天还黑着，司机已经在宾馆门口等我了，我们迅速出发。天上是一轮圆月，所以我可以看到我们是在一个平原上，如干涸的湖底一样平坦。在空荡荡的路上走了半小时后，这位叫贾法尔的司机停车，从后厢里拿出一瓶水。这个点太冷了，水都是冰的，我也冻得直打哆嗦，贾法尔好心地给我披了条毯子。

我俩只能通过手势交流。他对我做了个洗脸的手势。我照做了，正准备擦脸时，他又做了一个不要擦脸的手势：不能擦脸，必须让太阳晒干水分。我明白这是一种仪式，于是耐心地站着等待。

沙漠中的日出永远光明灿烂，那一刹是神秘的奇观，那个傍晚时分从我们身边驶离、消失在夜色中的世界，突然回来了。天空重显，大地和人重现。万物复苏，尽收眼底。附近如果有绿洲，我们会看到绿洲；如果有井，我们会看到井。在这个动人的时刻，穆斯林会匍匐在地，开始一天中的第一次祈祷——晨祷。他们的狂喜也传递给了非信徒。沙漠中的每个人都以同样的方式体验太阳回归地球；它召唤出的也许是唯一真正的普世情感。

光明降临，波斯波利斯展现出帝国的荣光。这是座巨大的石城，寺庙和宫殿坐落于一片开阔的平台，这片台地开凿在山坡之上，一旁峻急的山体陡然耸立，就在我们此刻站立的平地的尽头，没有任何缓冲。太阳晒干了我的脸，仪式要求不能擦脸的原因如下：太阳和人一样，需要水才能生存；如果醒来时它能从人的脸上喝几滴水，就会在它变得残忍的时刻（比如中午）对人更友善。它给人提供荫凉表达仁慈。它不会直接提供阴影，而是借助各种其他事物，诸如一棵树、一个屋顶、一座山洞。我们非常清楚，如果没有太阳，那些事物本身不会有阴影。因此，照射我们的太阳也为我们提供了防御的盾牌。

公元前330年1月底，也就是大流士下令建造波斯波利斯两个世纪后，在一个和现在差不多的黎明时刻，亚历山大大帝率军逼近这座城市。他还没有见过这些建筑，但他听说过它们的宏伟，以及里面的无数宝藏。正是在贾法尔和我站着的这片平地上，他遇到了一群奇怪的人：他们在河对岸遇到了一群人。这些人衣衫褴褛，和亚历山大迄今为止打交道的那些人、那些精致的功利主义者很不一样。他们的呼喊，以及他们手里拿着的讨饭棍，都表明他们是希腊人：要么是中年人，要么是老年人，也许是前雇佣兵，曾在对抗暴君阿尔塔薛西斯·奥科斯的战争中站错队。他们所有人都被残忍地毁容了，看着可怜又可怖。那是波斯人惯用的惩罚，他们的耳朵和鼻子都被割掉了。有些人少了手，有些人缺了脚。所有人额头上都打着烙印，面目全非。"这些人，"狄奥多[1]说，"精通手工艺，个个游刃有余；他们的肢体被选择性砍掉，只留下从事其职业所必需的部分。"

尽管如此，这些不幸的人仍然请求亚历山大不要命令他们返回希腊，而是让他们继续留在这里，留在他们正在建造的波斯波利斯：如果他们这种人出现在希腊，"每个人都会被孤立，会成为被怜悯的对象，被社会抛弃"。

我们抵达波斯波利斯。一条又长又宽的台阶通向古城，台阶一侧是座高大的浅浮雕，由深灰色、抛光良好的大理石雕刻，浮雕的内容是臣属走向国王，向他致敬，表达他们的忠诚与服从。每走一步就有一名臣属，有几十步。每当你踏上一级台阶，就会有指定的臣属陪伴你，当你踏向更高一级台阶，他会把你交给下一位臣属，而他自己则留在原地，守卫着自己的台阶。令人惊讶的是，这些臣属雕像不论外貌、比例还是形状，在最微小的细节上都一模

---

[1] 狄奥多（Diodor），即狄奥多罗斯（Diodorus Siculus），公元前一世纪出生于西西里岛的阿格里翁，古希腊历史学家，著有《历史丛书》。

一样。他们都身着华丽的拖地长袍，头巾上有褶皱，双手举着长矛，肩上挎着装饰精美的箭袋。他们神情严肃，尽管前方等待他们的是卑躬屈膝，但他们此刻仍笔直地行走着，仪态充满了威严。

伴随人们拾级而上的臣属们，因为外观相同，会让人产生一种在静止中运动的错觉：因为登台阶时总是看到相同的人，会觉得自己站着没动，仿佛被困在了隐形的哈哈镜中。当到达顶端，转身回头，看到的景色壮美至极：脚下是一望无际的平原，沐浴在耀眼的阳光下，只有一条路从中穿过——通往波斯波利斯的路。

这种景象造成了两种截然不同，甚至可以说完全对立的心理。

从国王的视角：国王站在台阶顶端，俯瞰平原。尽头处，也就是很远很远的地方，他发现了一些烟尘，一些几乎看不见、很难辨认的烟尘。国王挺好奇，纳闷这会是什么？过了一会儿，尘屑和谷粒靠近，逐渐变大，慢慢成形。他想，这些人可能是他的属臣，但因为第一印象总是最重要的，在这种情况下，它是"尘屑和谷粒"的印象，将永远定义国王对其属臣的理解。又过去了一段时间：他已经可以看到人影，看到人的轮廓。好吧，我没看错，国王对他周围的侍臣说，那些是属臣；我得尽快赶到大殿，赶在他们到之前坐到王座上（国王不坐在王座上时，不能和属臣说话）。

让我们再从相反的角度，从属臣和所有其他人的角度来看：他们从另一头出现在舞台上，面向波斯波利斯。他们看到了它神奇的、令人惊叹的建筑，它的镀金和釉质饰面。他们叹为观止，匍匐在地（虽然他们这样做了，但他们还不是穆斯林；伊斯兰教影响此地还得再等一千年）。恢复镇定后，他们起身抖落衣服上的灰尘。这就是刚才国王看到的烟尘。随着他们离波斯波利斯越来越近，他们的狂喜不断增长，但他们也越来越认识到自己的卑微，自己的不幸和渺小。是的，我们无足轻重，国王可以随心所欲地对待我们；即使他将我们处以极刑，我们也得一声不吭地接受判决。但如果能从这里全身而退，这些人将在其乡民中获得何等尊贵的地位！其他人会说，他是觐见过国王的人。以此类推，后代就是觐见过国王之人的儿子、孙子、曾孙，等等。人们以这种方式确保家庭未来的地位。

你可以围着波斯波利斯一直走个不停。整个建筑群寂静空旷。没有向导、警卫、小贩、密探。贾法尔留在下面，我独自一人待在巨大的石头废墟之上。石头被凿成柱子和墩子，雕刻成浅浮雕和大门。这里没有一块石头是自然形态的，是它在地底下或山坡上的样子。每一块石头都经过精心切割、安置和加工。多少年来，到底有多少人投身于此，那成千上万的人又付出了多少血汗？他们中有多少人死于托举这些巨石？多少人因疲惫干渴而倒下？当看着死寂的庙宇、宫殿和城市时，我们不禁想知道建造者的命运：他们的痛苦，他们折断的脊背，他们被碎石片剜瞎的眼睛，他们的风湿病。想知道他们遭遇的不幸，他们受过的苦。但随之而来的问题是：如果没有那些痛苦，这些奇迹会出现吗？如果没有监工的鞭子，没有奴隶的恐惧，没有统治者的虚荣心？简而言之，历史的丰功伟绩真是由人的弱点和邪恶造就的吗？人性的幽暗只能被他创造的美征服吗？以及他于此间所做的努力，他的意志与决心？难道唯一不变的真的只有美本身吗？以及我们内心对美的渴求？

我穿过入口，穿过百柱大厅，穿过大流士的宫殿、薛西斯的后宫和宝库。天热得要命，我没有力气再去阿塔薛西斯的宫殿，也没有力气去议事大厅，去其他数十座建筑和废墟，它们构成了这座死去的国王和被遗忘的众神之城。我走下大台阶，再次路过从石头中走出来的属臣队伍，他们正走在觐见国王的路上。

贾法尔和我开车回设拉子。

回头望去，波斯波利斯变得越来越小，车尾扬起的灰尘逐渐模糊了后方的视线，直到最后，当我们驶入设拉子，它在第一个转弯处完全消失了。

我回到德黑兰。回到示威的人群中，回到口号和呐喊声中，回到轻型武器射击的噼啪声和瓦斯的恶臭中，回到狙击手和二手书商的世界。

我随身带着希罗多德，他讲述了奉大流士之命留在欧洲的指挥官麦加巴佐斯如何征服色雷斯。希罗多德写道，色雷斯人中有一个叫"特劳希人"的部落。特劳希人的习俗与色雷斯人大致一样，只是在出生和死亡方面的习俗不同。每逢婴儿降生，其亲族会前来围坐一团，述说人生实苦，痛心于孩子来到人间后将遭遇的烦恼。而当有人去世时，他们会欢天喜地把他埋葬，理由是他已经摆脱人间疾苦，现在处于极幸福的状态。

16

向希斯提埃乌斯的头颅致敬

我离开了波斯波利斯，现在也要离开德黑兰，让时光倒退二十年，再次回到非洲。但在重回非洲的路上，我的思绪得在希罗多德的希腊-波斯世界中停留一阵，因为那个世界的上空已经乌云翻涌。

大流士没能成功征服斯基泰人；他们把亚洲人挡在了欧洲的大门口。大流士明白自己无法战胜他们。而且，他突然开始害怕斯基泰人会反攻，进而摧毁他。于是在夜幕的掩护下，他开始撤退，他只有一个目标：离开斯基泰，尽快返回波斯。当发现他的大军撤退时，斯基泰人立即追击。

大流士只有一条退路：从大桥走，这正是攻打开始时他亲自下令在多瑙河上建造的大桥，由伊奥尼亚人（这是居住在小亚细亚的希腊人，在希罗多德时代他们处于波斯统治之下）为他守卫。

世界的命运就这样转变。斯基泰人抄近路，骑着矫健的马，先于波斯军队抵达大桥，试图阻止他们撤退。他们呼吁伊奥尼亚人毁掉这座桥，如此一来，斯基泰人能干掉大流士，伊奥尼亚人也能获得自由。

从伊奥尼亚人的角度，这个提议看着确实好极了，所以当他们召集会议讨论该提议时，第一个发言的米提亚德斯说：太好了，让我们拆掉这座桥吧！其他人都同意（参加会议的不是伊奥尼亚的人民，而是僭主，他们作为事实上的代理官员，被大流士安置于民众之上）。之后发言的是米利都的希斯提埃乌斯：他持反对意见。他认为，在座诸位作为僭主，合法性都来源于大流士，如果大流士倒台，他将无法统治米利都，他们这些僭主也无法继续掌权，因为城邦中所有人都会选择民主而非暴政。希斯提埃乌斯的观点立即赢得了所有与会者的支持，尽管他们之前都更赞成米提亚德斯的提议。

这种想法的转变当然是可以理解的：僭主们意识到，如果大流士失去了他的王位（可能还有他的脑袋），明天他们也会失去自己的地位（可能还有自己的脑袋）。因此他们表面上回复斯基泰人会拆除这座桥，但实际上却继续守卫大桥，确保大流士安全返回波斯。

大流士赞赏希斯提埃乌斯在这个决定性时刻发挥的至

关重要的作用，愿随其所欲给予丰厚的犒赏。但他没让他继续做米利都的僭主，而是带他去波斯首都苏萨担任顾问大臣。如果没有希斯提埃乌斯的意见，在多瑙河的桥边，帝国可能已经覆灭，他现在俨然已是帝国救星，这让此类人野心勃勃，无所顾忌，最好放在眼皮底下盯紧点。

但这并不意味着希斯提埃乌斯已经失去一切。米利都作为伊奥尼亚的重要城市，其僭主现在由他忠诚的女婿阿里斯塔戈拉斯担任。他同样野心勃勃，渴望权力。此时，被征服的伊奥尼亚人对波斯统治的不满甚至反抗的意愿，在不断增长。岳父和女婿凭直觉知道时机已经成熟，可以利用这普遍的情绪。

但他们是如何沟通，如何就行动计划达成一致的？一名信使快步走完苏萨（希斯提埃乌斯住的地方）和米利都（阿里斯塔戈拉斯统治的地方）之间的路，需要三个月的时间，沿途还有沙漠和山脉。希斯提埃乌斯无计可施。但他最终做到了。事实上，一个头上有文身的人从苏萨带来了希斯提埃乌斯的命令，告诉阿里斯塔戈拉斯反叛皇帝。因为来往的路上都有守卫，希斯提埃乌斯找不到其他安全的办法给阿里斯塔戈拉斯传递命令，所以他给他最信任的奴隶剃光了头，把书信文到奴隶的头皮上，然后再等他的头发重新长出来。头发一长好，他就派奴隶去米利都，只有一个任务：等他到达米利都，告诉阿里斯塔戈拉斯，剃掉他的头发并检查他的头。如前所述,文身的信息是命令阿里斯塔戈拉斯起兵。希斯提埃乌斯之所以迈出这一步,是因为他憎恨被软禁在苏萨。

阿里斯塔戈拉斯向他的支持者展示了希斯提埃乌斯发出的呼吁。他们认可并一致投票支持起兵。因为波斯比伊奥尼亚强大很多倍,阿里斯塔戈拉斯起程出海寻找盟友。首先,他航向斯巴达。希罗多德指出,斯巴达国王克里昂米尼精神有些不正常,事实上疯疯癫癫的,但他还是在这件事上展示出了自己的睿智和常识。听到对方要和一个统辖全亚细亚、坐镇帝国都城苏萨的皇帝打仗,他理智地问,到苏萨要多久。阿里斯塔戈拉斯虽然之前都表现得很聪明,并成功带克里昂米尼入局,但在那一刻,他犯了个错误。为了引诱斯巴达人去亚洲,他不该说实话,但他说了:他告诉他行军去往内陆需要三个月。他正要讲更多关于旅程的事,克里昂米尼打断了他。"阁下,"他说,"我命令你在日落之前离开斯巴达。如果你想让拉栖第梦人[1]远离大海行军三个月,那我们没必要再继续聊了。"

于是阿里斯塔戈拉斯前往希腊最强大的城邦雅典。在这里,他改变了策略:他不再与统治者交谈,而是直接向

---

[1] 拉栖第梦人,即斯巴达人。拉栖第梦是古希腊伯罗奔尼撒半岛东南拉哥尼亚的别称,为斯巴达城邦国家发源地。

民众讲话（根据希罗多德的另一条法则，愚弄一群人比愚弄一个人更容易），呼吁雅典人帮助伊奥尼亚人。雅典人被说服后，投票决定派遣一支由二十艘船组成的舰队去帮助伊奥尼亚人……这二十艘船后来被证明是希腊人和非希腊人不幸的开始——著名的希波战争肇始于此。

然而，发展到那个地步之前，还发生了一些较小的事件。首先是伊奥尼亚人反抗波斯人的起义，这场起义持续数年，然后被血腥镇压。几个场景：

场景一：伊奥尼亚人在雅典人的支持下，占领并烧毁萨第斯（波斯第二大城市，规模仅次于苏萨）。

场景二（著名场景）：过了一段时间，也就是两三个月后，波斯国王大流士获悉此事。然而，据说他听到这个消息的第一反应是漠视伊奥尼亚人，因为他有信心惩治他们的叛乱，他询问雅典人是些什么人。听完答案后，据说他让人拿来弓。他握好弓，把箭搭在弦上，朝天空射去。随着箭射向空中，他祈求："宙斯大人，让我惩罚雅典人吧。"然后，他命令侍从在每次用餐时对他重复三遍，"主人，记住雅典人。"

场景三：大流士召见希斯提埃乌斯，对他起了疑心，因为毕竟是他的女婿阿里斯塔戈拉斯挑起了伊奥尼亚人的起义。希斯提埃乌斯矢口否认，他当着皇帝的面撒谎："陛下……我怎么可能参与策划哪怕会给您带来一丁点儿烦恼的事情？我为什么要这么做？"他埋怨皇帝把他带到苏萨，因为如果他希斯提埃乌斯还在伊奥尼亚，就没人敢反叛大流士。"所以现在请让我尽快前往伊奥尼亚，这样我就可以帮您从混乱中恢复秩序，并将我在米利都的继任者交到您手中，他理应对这一切负责。"大流士被说服，允许希斯提埃乌斯离开，并命令他在完成承诺的任务后返回苏萨。

场景四：与此同时，伊奥尼亚人和波斯人之间的战争各有胜负、战局不明。然而，一段时间过后，兵力更多、更强大的波斯人逐渐占据优势。希斯提埃乌斯的女婿阿里斯塔戈拉斯注意到了这一趋势并决定偃旗息鼓，甚至离开伊奥尼亚。希罗多德带着蔑视写道：阿里斯塔戈拉斯证明了他是个懦夫。他在伊奥尼亚引起了动乱，惹了大量麻烦，但看到现在身处险境，因为对战胜大流士感到无望，他就开始盘算溜之大吉。因此，他召集他的支持者开了个会……称他们应该找一个可供避难的地方，以防他们被逐出米利都……他……招募了一群愿意追随他的人，启程前往色雷斯。在那里，他占领了他想要的一片土地，并将其作为军事总部。然而……色雷斯人击溃了他的军队，阿里斯塔戈拉斯本人也命丧于此。

场景五：被大流士放归的希斯提埃乌斯到达萨第斯，拜访总督阿塔佛涅斯，他是大流士的侄子。他们交谈。总督问他，你认为伊奥尼亚人为什么要起义？希斯提埃乌斯假装不知情，回答说，我不知道。但阿塔佛涅斯心知肚明："我告诉你到底发生了什么，希斯提埃乌斯：缝鞋的人是你，而阿里斯塔戈拉斯只是穿上了那双鞋而已。"

场景六：希斯提埃乌斯意识到总督已经识破他，再向大流士求助是徒劳的：信使需要三个月才能到达苏萨，而持安全通行证从大流士那里返回还需要三个月，总共需要六个月，其间够阿塔佛涅斯把他斩首一百次了。因此，他摸黑逃离萨第斯，一路向西，航向大海。需要几天时间才能到达目的地。不难想象，旅途中希斯提埃乌斯的心肯定提到了嗓子眼，他不断向身后张望，看有没有阿塔佛涅斯的追兵。他在哪里睡觉？他吃什么？我们不知道。有件事是肯定的：他想在与大流士的战争中成为伊奥尼亚人的领袖。至此希斯提埃乌斯做了两次叛徒：起初，他为了拯救大流士而背叛了伊奥尼亚人的利益；现在他又背叛了大流士，煽动伊奥尼亚人反对他。

场景七：希斯提埃乌斯前往伊奥尼亚人居住的希俄斯岛。（这是一个美丽的岛屿。我可以一直凝视它的海湾、地平线上的深蓝色山脉。总之，悲剧是在壮美如斯的风景中展开的。）但他尚未登陆，就被伊奥尼亚人逮捕并投入监狱。他们怀疑他是大流士派来的。希斯提埃乌斯发誓说事实并非如此，他想发起反抗波斯的起义。他们最终相信并释放了他，但不愿为他提供支持。他感到孤立无援，对大流士发动大战的计划眼看着就要幻灭。但他的野心之火仍在燃烧。尽管诸事不顺，他仍锲而不舍，继续追逐权力；统治欲让他一刻也不得安宁。他请求当地人帮他驶回大陆，回到他曾任僭主的米利都。然而，米利都人很高兴摆脱了阿里斯塔戈拉斯，此时既然他们已经尝到了独立的滋味，他们并不愿迎接另一位僭主进入他们的土地。事实上，当希斯提埃乌斯试图在黑暗的掩护下武力复辟时，他被一位米利都人打伤了大腿。就这样他被逐出家乡，回到希俄斯岛。他试图说服希俄斯人给他一支舰队，但遭到拒绝，所以他去了米蒂利尼，在那里他说服莱斯博斯岛民给他提供一些船只。煊赫的希斯提埃乌斯，名城米利都曾经的全权代表，前不久才跻身万王之王大流士之侧，现在，却从一个岛屿流亡到另一个岛屿，寻觅属于自己的落脚点，寻求同情的倾听，寻找支持。但最终他被迫一再逃亡，要么被扔进地牢，要么被推出城门，挨打，受伤。

场景八：但希斯提埃乌斯并没有放弃；他仍然保持着顽强的求生欲。他继续憧憬着权杖，梦想着绝对权力。他设法给莱斯博斯岛的居民留下了好印象，他们给他提供了八艘船。他率领这支舰队驶向拜占庭，在那里他和手下建立了基地，并开始扣押所有驶出黑海的船只，除非船员们接受希斯提埃乌斯为其领袖。他不断堕落，一步一步地成了海盗。

场景九：希斯提埃乌斯得到消息，伊奥尼亚起义的先锋米利都人已被波斯人镇压。波斯人海战打赢伊奥尼亚人后，从陆路和海上封锁了米利都。他们使用了诸如破坏城墙等计谋，在阿里斯塔戈拉斯起义后的第六年，这座城市、卫城和所有一切都落入了波斯人手中。米利都人被彻底奴役。

（对雅典人来说，米利都的陷落是个致命的打击。剧作家弗里尼库斯创作并上演了一部戏剧《米利都的陷落》，观众看得泪流满面。雅典当局对该剧作者处以一千德拉克马的重罚，并禁止该剧今后在他们的城邦上演。毕竟戏剧应该振奋精神，而不是撕开伤口。）

听到米利都陷落的消息，希斯提埃乌斯做出了异乎寻常的举动。他停止劫掠船只，与莱斯博斯岛民一起航行到希俄斯岛。他是想靠近米利都吗？还是想跑得更远？但往哪儿跑呢？他在希俄斯岛组织了一场屠杀：岛民的守备部队……拒绝让他通过；两军交战，许多希俄斯岛民死了。然后，在他的莱斯博斯岛民的帮助下，他控制了岛上的其余部分……

但这场大屠杀没有解决任何问题。这是绝望、愤怒和疯狂的行为。他放弃了这片死气沉沉的土地，驶向萨索斯岛，那是个位于色雷斯附近的金矿岛。他围攻萨索斯岛，但在那里碰壁,该岛没有屈服。于是他放弃了对黄金的渴望,起航前往莱斯博斯岛。他在那里受到了最隆重的礼遇。但莱斯博斯岛现在遭遇饥馑,他又有一支军队要养活,所以他只好前往亚洲,前往米西亚[1]的乡间,希望在那里收获些庄稼,找到些吃的,任何食物,能吃就行。绞索在收紧;他实在无处可去。他不知如何是好,他已穷途末路。人渺小起来没有限度。一个深陷在渺小中的小人,只会被渺小吞没,直到他最终灭亡。

场景十:波斯人哈尔帕古斯恰好在希斯提埃乌斯到达的地区,他指挥着一支可观的军队。他在希斯提埃乌斯登陆时与他交战,把他活捉,并消灭了他的大部分部队。在此之前,希斯提埃乌斯在上岸后试图逃跑:当他逃离战场时,一名波斯士兵追上了他,正要刺死他时,希斯提埃乌斯跟他讲波斯语,告诉他自己是米利都的僭主。

场景十一:希斯提埃乌斯被带到萨第斯。在这里阿塔佛涅斯和哈尔帕古斯下令对他公开施以木桩刑。他们砍下他的头,进行防腐处理,然后把头送到苏萨的大流士大帝那里。在路上三个月后,那颗头,即使经过防腐处理,又会是什么样子!

场景十二:得知发生的一切后,大流士斥责阿塔佛涅

---

[1] 米西亚(Mysia),小亚细亚西北部一古国。

斯和哈尔帕古斯,为何没有将希斯提埃乌斯活着交给他。他下令将送来的头颅清洗干净,穿戴整齐后体面地下葬。

他只是想通过这种方式,向那颗头颅致敬,几年前,在多瑙河附近的大桥旁,那颗头颅的主人拯救了波斯和亚洲,拯救了大流士的帝国和他的生命。

17

在兰克医生那里

希罗多德笔下的那些事情让我深深着迷,以致我在刚果那阵子,有时会觉得希腊人和波斯人之间一触即发的战争,比当下我负责报道的刚果武装冲突更真实可怖。当然,"黑暗之心"的国度也伤人不浅:枪战频发,随时都会被捕、被殴,甚至有死亡的危险,到处弥漫着风雨飘摇的不安感,最糟的情况随时随地会发生。这里没有政府,没有法治和秩序。殖民体系正在崩溃,比利时官员纷纷逃往欧洲,取而代之的是一股黑暗而疯狂的力量——喝得烂醉的刚果宪兵。

可以清楚地看到,在无组织、无秩序的情况下,自由是多么危险。或者更确切地说,没有道德约束的无政府状态是多么危险。在这种情况下,作恶的力量——各种形式的堕落、野蛮和兽性——迅速占据上风。宪兵统治下的刚果正是如此。与他们中任何一人的相遇都可能致命。

有一次,我正走在利萨利小镇的街上。

天气晴朗,道路空旷而安静。

突然,我看到两个警察从对面走来。我吓得呆住了。但逃跑是没意义的,根本无处可逃,而且天热得要命,连走路都困难。宪兵们身穿迷彩服,被盔形很深的钢盔遮住半张脸,每个人都全副武装,带着自动步枪、手榴弹、刀、照明信号枪、警棍,以及一副铲叉组合的金属装备——简直就是一个便携武器库。为什么要装备得这么齐活?我纳闷。但还不止这些。他们威风的身躯上布满各式各样的腰带和可拆卸衬袋,里面是金属工具,钉子、吊钩等小东西。

他们如果穿着短裤和衬衫,看着会是挺友善的年轻人,那种会礼貌地冲你打招呼,在你问路时乐意给你指路的人。但是制服和武器改变了他们的本性和态度,还使正常的人际接触变得困难,简直没有可能。朝我走来的男人不是平时遇到的那种普通人,而是非人的生物,来自外星球。一个全新的物种。

他们越走越近,我汗如雨下,两腿发软,根本抬不起来。关键是,他们和我都清楚,不管他们硬塞给我什么判决,我都没有上诉的余地。没有更高一级的权力机构,没有法庭。如果他们想打我,尽可以打;如果他们想杀我,尽可以杀。只有在一种情况下,你才会感到真正的孤独——独自一人直面绝对的暴力时。世界变得虚空，静止，荒无人烟，最终消失。

而且，在这个刚果小镇，身处此情此景的不止两名宪兵和一名记者。在场的还有一长串世界历史，在许多个世纪前就让我们彼此对立。我们中间站着一代又一代的奴隶贩子；我们中间站着利奥波德二世[1]残酷的手下，他们砍掉了这些警察的祖父们的手和耳朵；我们中间站着棉花和甘蔗种植园的监工，手里拿着鞭子。这些痛苦的记忆在部落故事中流传了多年，而我遇到的人应该是听着那些故事长大的，故事在结束时许下了一个报应的时日。他们和我都知道，那就是今天。

会发生什么？我们之间已经足够近，并且越来越近了。终于，他们停下了，我也停下。

"先生，请问您有香烟吗？"

这是一幅怎样的画面，我马上变得热忱而急迫，殷勤甚至谄媚地从口袋里掏出一包烟。这是我最后一包烟，但这又有什么关系呢？拿去吧，我亲爱的孩子们，全部拿去吧，好好坐下抽完整包烟，马上，直到一口烟都不剩！

---

[1] 利奥波德二世（Leopold II，1835—1909），比利时国王（1865年至1909年间在位），创建刚果自由邦，使刚果成为其私人领地，强征当地人做苦力，造成了数百万刚果人死亡。

我的好运让奥托·兰克医生高兴。因为路遇宪兵的结局往往很糟。宪兵已经杀了很多人。白人和黑人都来找兰克医生看伤;受尽酷刑折磨的人得由其他人抬进来。宪兵不放过任何种族,他们杀起自己的族人也不遗余力,甚至比杀欧洲人更频繁。他们成了自己国家的占领者,无法无天。"他们没碰我,"医生说,"因为他们用得上我。这些人喝醉了,身边又没有平民可以发泄怒火时,他们就会跟自己人打架,然后被送到这里,让我缝好他们的头,接好他们的骨头。"兰克说,陀思妥耶夫斯基描述了毫无意义的残忍,这些宪兵也是如此,他们施暴不需要给自己找理由。

兰克医生是奥地利人,从"二战"结束起一直住在利萨利。他身形瘦弱,虽然年近八十仍充满活力,不知疲倦。他说,他身板硬朗要得益于每天早上在日头还不太烈的时候,走去郁郁青青、鲜花盛开的庭院。然后他坐在凳子上,让仆人用海绵和刷子用力洗他的背。是真使劲啊,医生发出由衷的呻吟,既疼痛又满足。医生的叫唤声、呼气声,还有他身边围观按摩的孩子们的欢笑声,会把我吵醒,我房间的窗户就在附近。

医生有家小型私营医院,是座粉刷成白色的简陋房子,就在他住的别墅附近。他没和比利时人一起逃走,他说自己已经老了,在哪儿都没家人。这里的人都认识他,他们能保护他。他把我带到他的别墅，说这是为了安全起见。作为记者，我无事可做，因为没有任何渠道与波兰通信。这个地区没有一份报纸出版，没有正常运转的广播电台，没有政府。我是想离开这里，但怎么做到？最近的机场在斯坦利维尔，已经关闭，道路（现在正处于雨季）也被淹没，曾经在刚果河上航行的船只早已停运。我也不知道自己到底在指望什么。我想可能需要一点点运气，还有周围人的善意。重要的是，我期盼局势会变好，这当然是幻想，但我必须相信一些东西。这些想法并不能阻止我紧张不安地走来走去。我感到愤怒和无助，这是做我们这行会反复出现的状态，我们把太多时间花在徒劳地等待与自己的国家、与世界取得联系上。

如果哪天镇上没有宪兵，就可以到丛林探险。它无处不在，向四面八方伸展，遮蔽整个世界。只有沿着被砍出来的红土路才能进入丛林。这个固若金汤的堡垒没有入口，只有大片大片绿色的树枝、藤蔓和树叶。各种各样的蜘蛛、甲虫和软体动物会像雨点般落在头上，腿会陷入黏黏糊糊、散发着恶臭的沼泽中。没经验的人可绝不敢钻进原始森林，在当地人看来，甚至这披荆斩棘的想法都是疯狂的。热带丛林与海洋或群山一样，是一个封闭的存在，自成一体，不容小觑。丛林总让人充满恐惧——捕食者会从灌木丛中突然猛扑过来，毒蛇会以难以觉察的速度袭击，还有听到时为时已晚的、箭射过来的嗖嗖声。

通常，当我出发前往绿色世界时，一群孩子会追着我，他们想跟我一起。起初他们兴高采烈，嬉笑作乐。但开始走入林中路后，他们就变得沉默、严肃。也许他们觉得在丛林幽深处，藏着鬼魂、幽灵和女巫，专门绑架不听话的孩子。在深林中保持安静并集中注意力，这是孩子都懂的道理，何况成人。

有时到了丛林的边界附近，我们会停下。这里仿佛暮色迷蒙，空气中弥漫着浓郁的香气。路上没有动物，但能听到鸟叫声。还有落在树叶上的声音。无法形容的簌簌声。孩子们喜欢来这里，他们熟知这里的一切，觉得亲切。他们知道哪些植物可以采摘、可以咬着吃，哪些碰都不能碰；知道哪些水果可以食用，哪些有毒；他们知道蜘蛛很危险，而蜥蜴一点也不危险；他们知道必须抬头观察树枝，因为蛇可能潜伏在那里。女孩子比男孩子更认真、更细心，所以我观察完她们的动作后，命令男孩子们有样学样。我们所有人都被同样的感觉所支配，这就像进入了一座宏伟、崇高的大教堂，在那里，一个人感到自己的渺小，并意识到万物都比他自己浩瀚得多。

兰克医生的别墅坐落在宽阔的公路旁，这条路横越刚果北部，靠近赤道，穿过班吉通往几内亚湾的杜阿拉，大致在费尔南多波岛结束[1]。但那儿离这里很远,有两千多公里。这条路早就铺好了一部分沥青,但现在只剩下不规则的沥青碎片。在一个没有月亮的夜晚,我不得不步行到这里(热带的黑暗是密不透光的),我缓慢地前行,拖着脚沿路走,利用触觉,尽我所能地摸索前路。嘘,嘘——我警惕地、小心地走,因为有太多看不见的洞、坑、凹陷。夜里,当成群的逃亡者从这里经过,有时会突然听到一声叫喊,那是有人掉进了深坑,可能摔断了一条腿。

逃亡者。一夜之间,所有人都成了逃亡者。随着刚果在1960年夏天独立,部落冲突爆发,最终升级为武装冲突,自那以后,路上到处都是逃亡者。宪兵、士兵和临时的部落民兵参与实际战斗,而平民则逃离——平民意味着妇女和儿童。逃亡的路线通常很难复制。一般来说,要尽可能远离战场,但不要远到迷路而无法返回。另一个重要的考量因素是沿着特定路线逃亡时,能不能找到吃的。这些人都是穷人,只有极少的财产:女人,只有一条细棉布连衣裙;男人,只有一件衬衫和一条裤子。除此之外,也许还有一块晚上睡觉盖的布,一口锅,一只杯子,一个塑料盘

---

[1] 1960年8月13日,中非正式宣布独立,班吉成为独立后的中非共和国的首都。杜阿拉为喀麦隆最大的城市和港口。费尔南多波岛(Fernando Po)为比奥科岛的旧名,该岛为几内亚湾最大岛屿,属赤道几内亚,隔海与尼日利亚和喀麦隆相望。

子和一个什么都能盛的盆。

但选择路线时生死攸关的因素是部落之间的关系：选定的道路是通向友好部落的领地，还是直接通往敌区？上天保佑后面这种情况不要发生。形形色色的帮派和部落，居住在路边的村庄和丛林的空地，他们之间的关系构成了错综复杂的知识体系，每个人都得从童年开始学习。这样人们就能够生活在相对安全的环境中，避免不必要的冲突。我现在正好待着的地区，住着几十个部落。他们组成各种关系和联盟，其习俗和规则只有他们自己知道。作为一个外国人，这些知识我是一丁点儿概念都没有的，更别提破译和掌握了。关于姆瓦卡和潘达之间的关系，或者班达和巴亚之间的关系，我能得到什么指点呢？

但是当地人对此了若指掌；他们的生死存亡皆系于此。

他们知道谁在哪条路上放了毒棘刺，哪里埋了一把斧头。

为什么会有这么多部落？就在一百五十年前，非洲还有一万个部落。现在你只需沿着这条路走一段：一个村庄，是图拉马部落；下一个，是阿鲁西部落。在河的一侧，是穆尔勒部落；河的另一侧，是托博塔部落。山顶上住着一个部落；而在山脚下，又是完全不同的另一个部落。

每个部落都有自己的语言，自己的仪式，自己的神灵。

是怎么变成这样的？这奇妙的多样性、这奇异的丰富性从何而来？人类学家告诉我们，这始于一小群人。也可能是几群人。每群人需有约三十到五十位成员。规模再小，男人就无法自卫；更大的部落则找不到足够的食物。即使在我所处的时代，我还是在东非遇到了两个部落，其成员都不超过一百人。

好吧，就聊聊这三十到五十名成员。这通常是部落的起点。但为什么这种规模的部落非得需要自己的语言呢？人类的头脑怎么能发明出如此数量惊人的语言形式，并且每种语言都有自己的词汇、语法、语调变化，等等？一个拥有数百万人口的民族，通过长期的共同努力创造了一种语言，一种所有人都可以掌握的语言，这不难理解。但在这儿，在非洲丛林，不过是一个竭力维持生计的小部落，打着赤脚，总是挨饿；然而他们既有意愿也有能力为自己发明语言——独特的、专有的、属于他们的语言。

不止语言。和语言同步，肇始之际，他们就创造了神。每个部落都有自己独一无二的神。为什么他们没有同时敬奉一个神，而是一下子就创造了那么多神？为什么人类经历了数千年才发展出只能信奉单一神的想法？这样的概念明明应该第一时间出现。

更进一步说，科学已经明确人类起源于一个群体——无论如何，不会超过几个。随着时间推移，其他群体发展起来。奇怪的是，当新群体出现时，实际上不会从一开始就勘察环境，评估情况，了解普遍的知识。不会。新群体在出现的时刻就创造了自己的语言、自己的神殿、自己的习俗体系。他们单刀直入地亮出了自己的差异性。

一年又一年过去，一个世纪又一个世纪过去，这些小部落越来越多。这个星球上的人口日益增长，语言越来越丰富，神的数量也随之增多。

无论希罗多德身在何处，他总是记下每个部落的名称，记下它们的地理位置和风俗习惯。记下人们住在哪里。他们的邻居是谁。这是因为关于世界的知识不是纵向累加，而是横向增长的，无论在当时的利比亚和斯基泰，还是在现在的刚果北部，人们以鸟瞰的视角、综合的方法来理解世界。我认识离我最近的邻居，仅此而已；他们认识他们的邻居；而那些人还认识其他人。这样我们就会到达地球的尽头。谁来收集所有这些碎片并整理它们呢？

没有人。

它们无法被整理。

当我们读到希罗多德那些绵延数页的罗列，他详细记下的部落名称、它们的风俗，会觉得，邻居们是根据差异来选择彼此的。这解释了为什么他们之间有如此强烈的敌意，如此频繁的战争。兰克医生的医院也是如此。病人床边的家属，来自各个宗族和部落，占据不同的房间，夜以继日。医院想让每个人都像在家一样放松，并防止一方对另一方施咒。

我小心翼翼地试着分析这些差异。我在小医院里走来走去，张望着病房。这事不难，因为在这种炎热潮湿的天气里，门都是敞开的。但人看着都差不多，无不穷困潦倒、没精打采，只有细细听才能发现他们说着不同的语言。如果你对他们微笑，他们会善意回应，但这样的微笑需要很长时间才能有，并且只会在脸上停留片刻。

18

希腊人的技艺

我终于要离开利萨利了,因为我搭上了一辆顺风车。搭顺风车——这就是如今人们在这儿旅行的办法。那辆汽车是突然之间出现在已被荒废多日的公路上的。一看到它,我们的心跳就开始加快。车开近的时候我们挥手招呼。"您好,先生,"我们讨好地对司机说,然后满怀期待地问,"请问还有空座吗?"当然没有,因为车总是满的。但里面所有乘客都本能地开始使劲,他们已经挤在一起,现在,不用催也不用劝,挤得更厉害了。不知怎的,我们把自己塞了进去,所有人都挤成最扭曲的姿势,汽车开动了。上路后,我们才敢问旁边的人车往哪里开。这种问题很难得到准信,因为实在没人知道这辆车的目的地。它往哪里开,我们就往哪里去。

很快就会得出这样的结论,即每个人都希望车尽可能多开几段路。战争震惊了远在深山穷谷的刚果人,而刚果又是个没有公共交通的广阔国度,现在那些远离家乡的人,无论是外出谋生的还是想要探亲的,都想回去,但没有办法回去。他们唯一的心愿是搭上顺风车,朝他们想抵达的方向行驶,只要车在动就可以。

有些人已经在路上走了数周,甚至数月。他们没有地图,即使碰巧有一张,他们能否在上面找到他们想回去的村庄或城镇的名字,也值得怀疑。再者,即使能找到地名,对他们也没什么用——大多数人是文盲。令人震惊的是这些流浪者都默默承受着所遭遇的一切。如果有机会搭便车,他们就搭。如果没有,他们就坐在路边的石头上等。我最惦记的是那些迷失方向的人,他们一路上遇到的都是陌生的地名,实际上是离家乡越来越远。然后呢?他们要怎样才知道自己究竟身处何地?在他们现在待的地方,他们家乡的名字对任何人来说都毫无意义。

这么漂泊流浪时,最好结伴而行,成群结队地走。当然,那就不能指望顺风车了,只能步行——数天甚至数周。走就是了。路上经常会遇到这样的流浪群体和部落。有时他们排成交错的长队,把所有的财产都顶在头上,要么用包裹,要么用盆或桶。他们的双手始终空着,这有利于保持平衡,能驱赶苍蝇和蚊子,还能擦去脸上的汗水。

你可以停在路边和这些徒步者聊天。答得上来的问题,他们会很乐意回答。若问"你们去哪里?"他们会回答,去金都,去刚果鲁,去鲁萨姆博。继续问"那是哪里?"他们就有些窘迫。该怎么向陌生人解释金都在哪儿呢?但有时他们中有人会用手示意方向,比如向南。再问他们"那里远吗?"他们就更窘迫了,因为说实话,他们也不知道。要是问"你是谁?"他们会回答说耶克、塔瓦或隆达之类。"你们人很多吗?"这下他们又不知道了。如果问的是年轻人,他们会建议提问者去和年长者聊。如果问年长者,他们之间就会展开争论。

从我带着的那份地图看(《非洲总图》,库姆里和弗赖出版社,波恩,出版日期不明),我位于斯坦利维尔[1]和伊鲁努之间。我准备去的坎帕拉,地处当时尚在和平状态的乌干达,我希望在那儿能与伦敦取得联系,通过伦敦向华沙发送消息。作为记者,在旅行中看世界可不是本职工作,我们首先必须履行职责,与总部保持联系并向他们传递重要的一手信息。这正是我们被派往世界各地的原因,唯一的原因。我盘算着,只要能到坎帕拉,就能到内罗毕,然后从那里到达累斯萨拉姆和卢萨卡,再到布拉柴维尔、班吉、拉密堡等地[2]。我来到一座别墅,它被比利时人遗弃了,

---

[1] 斯坦利维尔为刚果城市基桑加尼的旧称。
[2] 达累斯萨拉姆为坦桑尼亚旧都,斯瓦希里语意为"平安之港"。卢萨卡为赞比亚首都。布拉柴维尔为刚果首都。拉密堡为乍得首都恩贾梅纳的旧称。

现在的屋主是家已经关闭的锯木厂的老板。我坐在迷人别墅的大阳台上,那里被九重葛、鼠尾草和攀缘而上的天竺葵淹没,我用手指在地图上比画,憧憬着今后的计划、打算、梦想,站在别墅周围的孩子们专心注视着我这个白人,不出声。世界上的事情好奇怪,明明前不久大人们还告诉他们白人走了,现在他们好像又回来了。

随着我非洲之行的不断深入,日积月累之后,这里的时空纠缠在一起——这里什么都有,事件层出不穷——我对非洲大陆的观感也在不可遏制地激增。我一边旅行一边写作,感受到周围正在发生天翻地覆的变化,我也必须见证这些变化,哪怕只是零零星星地。

尽管如此,只要精力允许,我仍会在空余时间设法阅读:1899年出版的《西非研究》(*West African Studies*),作者是英国女性玛丽·金斯利[1],她行事勇敢,观察敏锐;《班图人的哲学》(*Bantu Philosophy*),牧师普莱西德·坦普尔斯[2]著,1945年出版;还有深刻精巧的《暧昧的非洲》

---

[1] 玛丽·金斯利(Mary Kingsley,1862—1900),英国民族志学家、作家和探险家,多次游历西非。
[2] 普莱西德·坦普尔斯(Placide Tempels,1906—1977),比利时方济各会在刚果的传教士。

（*Afrique ambiguë*），作者是法国人类学家乔治·巴朗迪耶[1]（巴黎，1957年）。此外当然还有希罗多德。

但这段时间，我暂时抛开了他笔下人民和战争的命运，转而专注于他的手艺，他如何工作。吸引他的是什么？他如何找到信源？他会提出什么样的问题？采访对象会怎么回答？我格外有意识地学习新闻报道的艺术，而希罗多德是位可贵的老师。我对他的经历尤其感兴趣，正因为我们所写的很多内容都源于我们与他人的关系——"我"和"他"的关系，"我"和"他们"的关系。可以说，这种关系的质量和温度直接影响了最终文本。我们依赖他人的帮助。新闻报道也许是最依赖集体的写作形式。

在阅读希罗多德相关的书籍中，我还注意到，没有任何权威专著关注《历史》的文本本身，关注其准确性和可靠性，大家通常不关心希罗多德如何收集原始材料，然后从中编织出广阔而丰富的画面。而在我看来，这正是值得深入研究之处。

让我如此投入的原因不止于此。随着时间的流逝，我一再地回到《历史》，我对希罗多德产生了越来越多的温情，甚至友情。事实上，与其说我对这本书感兴趣，不如说是对

---

[1] 乔治·巴朗迪耶（Georges Balandier，1920—2016），法国社会学家、人类学家和民族学家，以其关于撒哈拉以南非洲的研究而闻名。

它的表达、对作者的性格感兴趣。这是一种复杂的感觉,我无法完全描述。他那种对不相熟的人的亲近,他处世的方式、生活的方式,都让我着迷,不论他在哪里,都能迅速成为社群的核心或者说黏合剂,使人们聚集在一起。

希罗多德是他所属的文化及在其影响之下发展起来的社会风气的产物。这一文明对人类非常友好。这是一种在友爱的长餐桌上展开的文化,人们在舒适的夜晚一起坐在桌旁吃着奶酪和油橄榄,喝着凉酒,长谈。无论是在海边还是在半山腰,那些不受墙垣限制的开放空间,解放了人类的想象力。宴饮的气氛让谈话者崭露头角,展开自发的较量,其中,那些能讲最有趣的故事、最擅长重述卓绝事件的人将获得尊重。哪怕事实与幻想交织,时间与地点误述,也不影响传奇诞生,神话成形。

读希罗多德,我们会觉得,他作为一个专心而放松的倾听者,会热衷于参加此类宴会。他一定有惊人的记忆力。我们现代人被技术的力量宠坏了,记忆力残缺,一旦我们手边没书本、没电脑就会惊慌失措。然而,即使在今天,仍有一些群体可以证明人类的记忆容量是多么地惊人。希罗多德正是生活在这样一个看似完全依赖记忆的世界中。在他的时代,书籍是稀缺品,石头和墙壁上的铭文更是难得一见。

社群由两个基本要素组成:第一,个体;第二,个体之间直接的切身交流。人要生存,就必须交流,要交流,就需要身边存在其他人，要看到他，听到他——当时没有其他交流方式，因此也没有其他生活方式。口头交流的文化使他们更加亲近；一个人的同伴不仅是帮他们采集食物和抵御敌人的伙伴，还是一个独特且不可替代的人，一个可以解释世界并指引其同伴渡过难关的人。

这种原始而古老的语言是多么丰富啊，人与人之间直接沟通，进行苏格拉底式的公平交换。因为交流中重要的，并不仅仅只有语言。这个过程中重要的，并且通常最要紧的，是通过手势、面部表情和身体动作无言交流的内容。希罗多德明白这一点，他像其他所有记者或者民族志学者一样，努力与他的对话对象做最直接的沟通，不仅要听他们说了什么，还要观察他们怎么说，以及他们说话时的举动。

他的任务艰巨：一方面，他知道最可贵的、几近唯一的知识来源，是他所遇之人的记忆；另一方面，他清楚这种记忆是脆弱的，转瞬即逝，毕竟记忆有消失的时刻。这正是他如此急切的原因，人们会遗忘，会搬迁，就再也找不到他们，最终他们永远逝去。因此希罗多德在外竭尽全力收集尽可能多的合理可信的事实。

因为知道记忆的不可靠和不稳定，他在记录时非常小心，不断发出警告，强调他对所提供的材料有所保留：

· 据我们所知，居基斯是第一个向德尔菲神庙奉献牺牲的非希腊人……
- 他们说，他想去伊萨卡……
- 据我所知，波斯人有以下习俗……
- 因而，我从已知的部分来推想未知的部分……
- 据他们所说，我了解到……
- 这是我根据人们的讲述记下的关于最遥远国家的传闻……
- 这些材料的真实性如何，我也并不确定。
- 我并不确定，在这场战斗中，哪些伊奥尼亚人是懦夫，哪些是勇士，因为所有人都互相指责……

希罗多德明白他所生活的世界充满不确定的事和不完善的知识，这也是他为什么经常为材料的欠缺道歉，为自己辩解：

- 没必要反驳提及俄刻阿诺斯的人，因为传说的依据是模糊不清的。我从未听说过俄刻阿诺斯河的存在，我认为是荷马，或过去的某位诗人发明了这个名字，并把它用到自己的诗中。
- 显然，没人了解欧洲，人们既不了解欧洲的东部，欧洲的北部，也不了解它是否被海洋所包围……
- 这片土地后面是什么……没有人确切知道；我

从任何敢说他曾亲眼见过的人那里都找不到任何线索……
- 我无法确定斯基泰人到底有多少，因为我所听到的数字，彼此间出入很大……

希罗多德竭尽可能核查一切，要找到信源，要确定真相。考虑到他所处的时代，这意味着惊人的努力和强大的决心：

- 尽管付出了很大努力，我仍无法找到一个见证者能告诉我，在欧洲北部是否有海……
- 正如我调查后所确认的，这座神庙是所有阿芙罗狄忒神庙中最古老的……
- 为了获得可靠信息，我甚至乘船到腓尼基的提尔城，因为我听说那里有一座赫拉克勒斯神庙……我和这位神的祭司交谈，向他们提问……但我发现他们的说法与希腊人的并不一致……
- 在阿拉伯有个地方，我亲自去那里收集有关翼蛇的信息。一到那里，我就看到了蛇的骨头和脊骨，数量之多简直无法形容……
- （关于凯密斯岛）……埃及人宣称它是一个浮岛。我自己从未见过它漂浮或移动，而且……

- 但这些故事在我看来是胡说……因为据我亲眼所见……

如果希罗多德知道些什么,他又是怎么获知这些的呢?他耳闻,目睹:

- 我只是记叙了我从利比亚人那里听来的内容……
- 此事是否属实,我不知道。我只是写下别人告诉我的……
- 根据特拉齐斯人讲的故事,伊斯特河左岸被蜜蜂占据……
- 迄今为止,我所有的记述,都是由我自己的观察、判断和调查而来。然而从现在起,我打算谈谈我所听说的埃及历史;其间也会不时穿插一些我自己亲眼所见的……
- 凡是认为此类事件可信的人,都可以按照自己的意愿来理解这些关于埃及的故事。在整个记述中,我的工作只是记录,我把我听说的消息都说出来。
- 当我询问那些祭司,希腊人讲的这些事情是不是信口雌黄,他们申明,他们是从与梅内莱厄斯[1]本人的

---

1 梅内莱厄斯为斯巴达国王,美人海伦之夫,阿伽门农之弟,请求其兄出兵帮助从帕里斯手中夺回被劫的海伦。

会谈中了解到的……
- （关于科尔斯基人）我先是自己意识到了，后来又听别人提及，科尔斯基人毋庸置疑是属于埃及民族的……我个人作出这样的推测，不仅因为科尔斯基人皮肤黝黑、毛发鬈曲……更重要的是，科尔斯基人、埃及人和埃塞俄比亚人是世界上仅有的几个施行割礼的民族，他们一直有这个习俗。
- 我要转述一些波斯人的话，他们不想美化居鲁士的历史，而是想说明真相，他们说……

世界不断带给希罗多德各种各样的感受，有惊奇，有震惊，有喜悦，也有恐惧。对于有些人的话，他根本不予采信，因为他知道人们是多么容易被幻想冲昏头脑：

- 还是这些祭司，说神亲自降临圣殿。我不认为这是真的……
- 埃及法老兰普辛尼图斯……瞧他做了什么。故事是这么讲的，但我觉得令人难以置信，说他把他的女儿关在一个房间里卖淫，指示她接待所有男人……
- 光头佬们说，山上住着这样一个民族，他们长着山羊腿，翻过此山，会发现另一个民族，他们一觉能睡六个月。我认为这纯属无稽之谈。

- （关于纽利人能变身为狼）：我个人不相信这个，但尽管叙述不合情理，他们仍坚持这么说，甚至发誓他们讲的是实话。
- （关于神像在人们面前跪下）：这件事对我来说不可信，但也许有人相信是真的……

这位历史上首个全球主义者嘲笑他同时代人的无知：有那么多人绘制世界地图，但却没一个说明这样做的理由，对此我只能一笑置之。他们把俄刻阿诺斯画成一条环绕地球的河，把地球画得那么圆，像用圆规画的，他们还把亚洲和欧洲画得一样大。我现在将简要说明每一块大陆的面积，以及它们在地图上应该是什么样子。

在画出亚洲、欧洲和非洲的轮廓之后，他用这句话结束了他对世界的描述：让我感到不解的是，为什么明明只有一个地球，却取了三个名字（都是妇女的名字）……

19

在他被狗和鸟撕碎之前

我的路线迂回,途经乌干达、坦桑尼亚和肯尼亚,到达埃塞俄比亚。我在埃塞俄比亚旅行时,常找的司机叫内古西。内古西是个纤弱的人,瘦削的脖子上鼓起青筋,长着一颗不成比例的大头,但脑袋匀称。他的眼睛很特别,又大又黑,被一层薄薄的光泽覆盖着,就像一位沉浸于遐思的少女的眼睛。内古西酷爱整洁:每次停车,他都会用随身携带的小刷子仔细刷掉衣服上的灰尘。这在这个国家并非多此一举,每逢旱季,这里到处都是尘土和沙子。

我和内古西历尽艰难驱车数千公里,这趟行程让我认识到,人可以比画出那么丰富的手势,传递那么多信号,其他人要做的只是用心去看并理解它们。我们惯性地觉得,别人只能通过口语或文字与我们交流,因此不会花心思考虑其他沟通方式。其实一切都会说话:脸和眼睛的表情,手的姿势和身体的动作，身体发出的感应，服装和穿着方式；这些信号，还有很多其他信号传送器、扩音器和消音器，共同构成了一个个体，用讲英语的人那别出心裁的说法，还构成了人之间的化学反应。

技术将人与人之间的交流简化为电子信号，使得原本多样的非语言表达变得贫瘠和沉默，而当我们聚在一起、离彼此很近时，我们会不断地、无意识地使用这种表达方式。此外，这种无声的语言，面部表情和细微动作的语言，比口头或书面表达更忠实，更可信；不借助语言，撒谎、作假和虚情假意都要难得多。泄露真实想法是危险的，中国文化深谙此道，他们将没有表情的面孔、深不可测的面具和茫然的凝视发展到登峰造极：只有在这样的屏障后面，人才能把自己真正隐藏起来。

内古西只知道两种英语表达："有问题"和"没问题"。

但即便出现险情，我们也能用这种莫名其妙的语言顺畅完成沟通。只要细致观察就会发现，结合每个人特有的无声信号，加以全神贯注地观察，足够我们理解彼此，一起旅行。

在戈巴山区，一支军事巡逻队拦住了我们。这些地区的士兵无法无天地劫掠，他们肆无忌惮，贪婪，常常酗酒。四周是崎岖的山脉，一片荒芜，没个活人。我能看出内古西正在解释什么；他把手放在胸口。其他人也在说话。他们调整了自动步枪,将头盔拉低到额头处,这让他们看起来更具威胁性。"内古西,"我问道,"有问题吗?"会有两种答案。要么他无所谓地回答:"没问题!"车继续往前开,一副有把握的样子。要么他用严肃甚至恐惧的声音说:"有问题!"这意味着我得拿出十美元,他会把它交给士兵,这样他们才会让我们通过。

有一次,我们驶过一个杳无人烟的地区,路上死气沉沉,什么也看不到,突然之间,出于我无法理解的原因,内古西变得焦虑不安,他四下张望。"内古西,"我问道,"有问题?"他没回答,继续张望,显然,他提心吊胆。车内的气氛越来越紧张。他的恐惧开始影响到我,不知道等待我们的会是什么。就这么过了一个小时。然后车在路上转了一个弯后,内古西放松下来,随着阿姆哈拉语[1]歌曲的节奏,欢快地拍打着方向盘。"内古西,"我又问道,"没问题吧?"他高兴地回答,"没问题!"后来我到了附近的镇子才知道,我们刚刚开过的路上常有武装团伙出没,他们袭击、抢劫甚至杀害路人,臭名昭著。

这里的人对外面的大世界知之甚少,不太了解非洲,甚至不太了解自己的国家,但在他们的小家园、他们自己

---

1 阿姆哈拉语,埃塞俄比亚官方语言,属亚非语系闪米特语族,原先分布于埃塞俄比亚阿姆哈拉地区,现主要分布于埃塞俄比亚的中部和南部地区。

的部落这片有限版图里,他们对每条小路、每棵树、每块石头都了如指掌。这些地方在他们眼里完全没有秘密,因为他们打小就熟悉,曾无数次在黑夜中行走,用双手触摸路边的卵石和树木,用赤裸的双脚感受看不见的小路。

我和内古西一起穿越了阿姆哈拉。他是个穷人,但在他内心的某个小角落里,他为这片广袤的土地感到自豪,只有他才能准确地勾勒出这片土地真实的边界。

我渴了,内古西在一条小溪边停下车,让我喝口冰凉透亮的水。

看到我在犹豫这水是否干净,他叫道:"没问题!"说完就把硕大的脑袋扎入水中。

喝完水,我想坐在附近的石头上,但内古西不准:

"有问题!"他警告,并用手比画了条曲线,表示那里可能有蛇。

每次深入埃塞俄比亚腹地的探险都是一种奢侈。通常,我的一天都花在收集信息、写电报和去邮局上,这样值班的电报员可以把我的报道转发到位于伦敦的波兰通讯社办公室(事实证明,这比直接发送到华沙要划算)。信息收集很难,耗时又耗力,是鲜少能捕获猎物的狩猎探险。这里只出版一份报纸:四版的《埃塞俄比亚先驱报》。(我在乡下好几次目睹一辆从亚的斯亚贝巴[1]开来的公交车,不仅载了乘客,还载着这个报纸。人们聚集在市场上,市长或当地教师大声朗读阿姆哈拉语的文章,并用英语总结这些文章。每个人都专心地听,气氛几乎是喜洋洋的:一份报纸从首都来了!)

此时统治着埃塞俄比亚的,仍是一位皇帝。这个国家没有什么政党、工会或议会反对派。但在北方很远的地方,有厄立特里亚[2]游击队,驻扎在难以穿越的山区。还有索马里族群的反对派运动,他们在欧加登沙漠开展活动,那是个同样难以进入的地区。是的,我可以设法前往这两个地方,但这需要几个月的时间,而且我是波兰在整个非洲唯一的记者。我不能突然没了声响,消失在非洲大陆杳无人迹的荒原。

那么我该如何收集我的素材呢?我那些同僚雇用翻译,他们来自路透社、美联社或法新社这些有钱的新闻机构,我可没有这方面的经费。此外,他们的办事处配了美国"真力时""越洋"牌之类的收音机,功能强大,可以收听整个世界。这要花一大笔钱,我只能艳羡。我能做的是四处走动,提问,倾听,有时候还连哄带骗挖掘信息,将

---

[1] 亚的斯亚贝巴,埃塞俄比亚首都。
[2] 厄立特里亚,非洲东北部国家,西邻苏丹共和国,南邻埃塞俄比亚、吉布提,东隔红海与沙特阿拉伯和也门相望,扼红海进出印度洋的门户。

这些事实、观点和故事串联起来。我没什么好抱怨的，因为用这种办法我能结识很多人，还能发现报纸或广播中没报道的事。

局势暂时平静的时候，我会和内古西一起实地考察。不能冒险跑太远，因为外面的天地广大，很容易连着几天甚至几周孤立无助。我打算一次只跑一两百公里，直至眼前出现高山。此外，圣诞节快到了，整个非洲，甚至穆斯林部分的非洲，都明显变得愈加安静，更不用说埃塞俄比亚了，此地已信奉基督教十六个世纪。"去阿尔巴门奇[1]看看吧!"那些知情人建议，他们说得斩钉截铁，以致我和这个地名之间产生了神秘的共鸣。

事实证明，这里确实令人惊艳。在一片平坦空旷的平原上，在阿巴亚湖和查莫湖之间的低地峡上，矗立着一座木制的、粉刷成白色的房子——伯克勒莫尔旅馆。每个房间都有个露台，一直延伸到湖边，人们可以从木制平台上直接跳入翡翠绿的湖水中（根据太阳光线的角度，湖水可以变成天蓝色、绿色，近乎紫色，并且，在晚上，变成海军蓝和黑色）。

早上，一位身穿白色长袍的农妇会在露台上放一把木

---

[1] 阿尔巴门奇，埃塞俄比亚西南部重要城镇，位于著名的查莫湖北岸。Arbaminch意为"四十处泉水"。

制扶手椅、一张巨大的雕花木桌。四下寂静，流水潺潺，还有几株金合欢树，而在远处，在远景中，是庞大的、深绿色的阿马罗山脉。此情此景会让人觉得，自己成了世界之王。

我随身带了一包有关非洲的期刊，但不时也会伸手去拿那本与我形影不离的书，它已成为我的避难所，使我得以逃离世界的紧张局势，也逃离对新奇事物的躁动，它让我抵达一个阳光普照且静谧的和平国度，那个世界只有已经发生的事件，已经离开的人，和甚至从未在历史中出现过的人，他们只存在于想象，是虚构的人，是一团幻影。但这次，我想逃离现实的愿望落空了。我看到我的希腊世界正在发生严重而危险的事，能感觉到一场历史性的风暴正在酝酿，一场不祥的飓风正在逼近。

迄今为止，我都和希罗多德一起四方游荡，到了他的世界的边缘：抵达埃及人和马萨格泰人的土地，来到斯基泰人和埃塞俄比亚人中间。但现在是时候中止这些遥远的旅行了，因为历史正在从远方的边缘地区转移到地中海东部，转移到波斯和希腊，或者更笼统地说，亚洲和欧洲的交会处——简而言之，转移到了世界的正中心。

希罗多德从他作品的第一部分开始，就建造了一座巨大的圆形露天剧场，在里面安置了来自亚洲、欧洲和非洲的几十个甚至数百个国家和部落，安置了他所知道的全部族群,并对他们说:现在认真看吧,你眼前将展开地球上最伟大的戏剧!他要求所有人都仔细看。舞台上的情节确实发生了戏剧性转变,让人猝不及防。

波斯国王、已届暮年的大流士准备对希腊发动一场空前的战争,以报复他在萨第斯和马拉松的失败(希罗多德法则之一:不要羞辱人,因为忍辱偷生者,此生都梦想一朝复仇)。他动员其帝国,也就是整个亚洲的全部兵力,开始备战。但就在推进此事的过程中,这位统治了三十六年的国王,于公元前486年死去(顺便说一句,这也是学者推测的希罗多德出生年份)。一番明争暗斗后,他年轻的儿子薛西斯继承王位,他是大流士的妻子——现在是遗孀——阿托萨深爱的孩子,希罗多德认为这位太后在整个帝国发挥了重大的影响。

薛西斯继承了他父亲的遗志,筹备着与希腊人的战争。但在这之前,他打算先攻打埃及:埃及人此时已起兵反对波斯占领,并谋求独立。薛西斯认为,镇压埃及人起义是更迫切的事,远征希腊人可以暂缓。但他年长的表兄、大流士已故姐姐的儿子、重臣玛尔多纽斯持不同观点。谁在乎埃及人?他说。我们必须攻打希腊人!(希罗多德怀疑,玛尔多纽斯渴望权力,他想在希腊被征服后当个总督):"陛下,雅典人对波斯人造成那么大的伤害,却没有受到惩罚,这是不对的。"

希罗多德告诉我们，随着时间的推移，玛尔多纽斯确实说服薛西斯相信，有必要马上和希腊一战。尽管如此，波斯国王仍然先出征埃及，镇压叛乱，再度使这个国家屈服，此后才把注意力转向了希腊人。但他还是很清楚这个决策的重大，因此他召集波斯上层贵族开会，想听听他们的意见。他告知群臣自己征服世界的计划："不必详述居鲁士、冈比西斯和我父亲大流士的功业，以及他们征服的民族，在座诸位已经很清楚他们取得的成就。而我呢？在我成为波斯国王后，我就在思考，如何才能不逊于担任这光荣职位的父辈，如何才能像他们那样壮大波斯帝国……因此我召集此次会议，这样就可以把我的意旨告诉你们。

"我打算在赫勒斯滂海峡[1]架起一座桥，率领军队深入欧罗巴攻打希腊，这样我就可以惩治雅典人，让他们为对波斯、对我父所犯罪行付出代价……在我占领雅典并将其付之一炬之前，我不会罢休。

"……一旦我们征服了雅典和他们的邻人……我们将使波斯的领土与宙斯的领地连接，如此一来，普天之下，凡阳光照耀之处，皆为波斯领地……如我所说，一旦我们

---

1 赫勒斯滂海峡（Hellespont），位于小亚细亚半岛与巴尔干半岛之间的达达尼尔海峡的古称。

消灭了上述民族,那么就不再有城市也不再有国家能和我们匹敌。届时,无论是曾经侮辱过我们的人,还是未曾开罪过我们的人,都将被我们奴役。"

接下来发言的是玛尔多纽斯。为了说动薛西斯,他先说奉承话:"陛下,您是有史以来最伟大的波斯人,将来也不会有人能与您匹敌。"完成这种仪式性的开场白之后,他设法向薛西斯保证,征服希腊人不会有任何困难。兴奋的玛尔多纽斯仿佛在说,"没问题!"然后他声称"希腊人往往以极其愚蠢的方式发动战争,因为他们既无知又无能……那么,我的陛下,谁敢反对您?当您率领一支庞大的军队和您的整个舰队从亚细亚赶来,谁敢与您交战?我相信希腊人不会这么鲁莽"。

在场的波斯人一片寂静:没人要说什么——显然,对于眼前这个人,他们不敢发表相左的意见……

这完全可以理解。想象一下这种情况:我们在波斯帝国的首都苏萨。在通风良好、善用荫翳的王室大厅里,年轻的薛西斯坐在王座上,四周的石凳上坐着波斯人的精英领袖。这个委员会正在商议世界的决定性战役:如果获胜,全世界将属于波斯人的国王。

再者,那预想的战场离苏萨甚远,即便是敏捷的信使,也需要三个多月的时间,才能从波斯首都奔赴雅典。率大军如此长途奔袭,多少有些不现实。但这不是在座的波斯人不敢表达反对意见的原因。尽管位高权重,尽管贵为精英中的精英,但他们明白,自己生活在专制独裁的国家,只需薛西斯轻轻点下头,他们就会人头落地。所以他们坐在那里,诚惶诚恐。当时的气氛一定类似苏联三十年代的政治局:反对意见所危及的,不仅是一个人的职业生涯,还有生命本身。

但还是有人勇敢地讲真话。大流士的兄弟、薛西斯的叔叔老阿塔班努斯发言了。即便如此,他还是小心翼翼地开始,为自己敢于发表反对意见辩解:"陛下,除非听到反对意见,否则不可能在各种计划之间进行选择,并决定哪个是最好的。"他还提醒薛西斯,他曾警告国王的父亲、他自己的兄弟大流士,不要远征斯基泰人,因为他觉得结局会很糟糕。事实证明果然如此。现在又要远征希腊了吗?!"陛下,您筹划的这场战争,要攻打的是远比斯基泰人优秀的人;他们无论在陆地还是在海上,都因勇敢而声名远播。"

他建议谨慎处事,从长计议。他抨击玛尔多纽斯怂恿国王发动战争,并提议:"让我们俩用自己孩子的性命来打赌。如果情势如你所说对国王有利,那就让我的孩子们被处死,我也甘愿加入他们;但若情势如我所预测,那让你的孩子遭受同样的命运,如果你能平安回家,你也受死。"

这场赌局令所有人陷入沉思,现场越来越紧张。薛西斯勃然大怒，觉得阿塔班努斯是胆小鬼，作为惩罚，他禁止阿塔班努斯参加远征。他解释说："事已至此，任何一方都无路可退，危急关头，首要的是我们能否先发制人。最终，要么整个波斯都落入希腊人手中，要么整个希腊都落入波斯人手中；这场战争没有中间道路。"

他宣布会议结束。但那天夜里，薛西斯想着阿塔班努斯的言论，不由得担忧。他琢磨了一夜，最后非常确信，进军希腊并不是好主意。改变主意后，他睡着了，夜里他做了一个梦，梦的内容是这样（至少波斯人后来是这般宣称）：薛西斯梦见一位高大英俊的男子站在他面前说："波斯人，你要改变主意了吗？你是不是决定不去讨伐希腊了？……不要改主意，维持你在白天决定的行动方案。"男子在薛西斯的梦中说完这番话后，就飞走了。

天亮后，薛西斯不理会那个梦，他再次召集会议，宣布他改变了主意，不打仗了。波斯人听了薛西斯的话非常高兴，纷纷拜倒在他面前表示服从。

然而，那天晚上，薛西斯睡着后，同一个人再次出现在他的梦中，并说："……如果你不立即出征，会招致这样的后果：你纵然迅速功成名就，但你也会迅速土崩瓦解。"

薛西斯被这个鬼影吓得从床上跳起来，他派使者传召阿塔班努斯。薛西斯说出了他的噩梦，从决定放弃攻打希腊那天起，这个噩梦就一直烦扰着他："……自从我后悔并改变主意以来,我在梦里一直被一个人纠缠,他完全不赞成我改变主意。事实上他刚刚又威胁了我,然后就消失了。如果这个梦是神灵所托,并且只有出兵希腊才会让他满意,那么同样的梦也应该托于你,并向你发出同样的命令。"

阿塔班努斯试图安慰薛西斯:"事实上……梦并非来自神灵,我的孩子……我们夜晚所梦,往往是我们白天所想。何况你知道,我们此前连日忙于筹备远征。"

但薛西斯无法平静:鬼影继续来他这儿,劝告他出兵。薛西斯提议,既然阿塔班努斯不信托梦之事,那就该由他穿上王袍,坐上王座,晚上再睡在国王的床上。阿塔班努斯遵命,当他睡着时,薛西斯梦中的人物出现在他面前。鬼影盯着阿塔班努斯说:"所以就是你一直在阻止薛西斯进攻希腊,对吗?但是,无论是现在还是将来,你们都难逃惩罚,那些注定要发生的事是躲不掉的……"

阿塔班努斯的梦里,鬼影在发出这些威胁后,还准备用烧得通红的钎子烙他的眼睛。他大叫一声,跳下床,赶紧去拜见薛西斯。他先是描述了他的梦中所见,然后说:"既然此事是神的旨意,既然天意要毁灭希腊人,现在,我该收回前言,改变主意了。"

于是,薛西斯再次一心求战,有一天晚上他做了第三个梦,梦见自己戴了顶用橄榄枝做成的花冠,枝叶遮蔽了整个世界,但随后花冠从他头上消失了。他向穆护描述了这个梦,他们将梦中提到的整个世界解释为他将获得对全人类的统治权。

"内古西,"早上我说道,"我们回亚的斯亚贝巴。"然后开始收拾行李。

"没问题!"他高兴地回答,微笑着,露出他那口漂亮的白牙齿。

20

薛西斯

最开始的时候,看不出结局。

——希罗多德

就像希罗多德笔下的鬼影一样,这一幕在我们回到亚的斯亚贝巴之后很久,还挥之不去。它传递的信息是悲观的、宿命论的:人没有自由意志。人的命运就像他的遗传密码一样镌刻在身——他必须要去的地方,必定要做的事,命里早已注定。命运是普遍存在、无所不包的宇宙因果力量。无人能凌驾其之上,哪怕万王之王,甚至诸神本身。这就是为什么造访薛西斯的鬼影不是神的样子。人可以与神讨价还价,可以违抗神的意旨,甚至可以愚弄神;鬼影却是匿名的、无形的,没有具体称谓也没有什么特征,它能做的只是警告、命令或威胁。它什么时候开始做这些?

人的命运无法改变,他只能阅读命运的剧本并忠实地按部就班执行。如果他错误地解读命运,或者试图改变命运,那么命运的幽灵就会出现,先是干扰他的决定,如果不起作用，就会把不幸和惩罚降临到自大者身上。

因此，要生存下来，就得对命运保持谦卑。薛西斯起初接受了他的使命，即向希腊人寻仇，因为他们侮辱了所有波斯人，特别是侮辱了他的父亲。他向他们宣战，并发誓在征服雅典并将其付之一炬之前决不罢休。然而后来，他听从了理智的声音，改变了主意。他压下发动战争的念头，搁置入侵计划，改变主意。从那时起鬼影出现在他的梦中。"愚蠢的人，"它似乎在说，"不要犹豫！攻打希腊人是你的宿命！"

最初，薛西斯无视这位夜间来客，认为它是幻觉，根本不必放在心上。但他这样做只会进一步激怒鬼影，它再次出现在他的王座和床榻边，愤怒地施以威吓。薛西斯四下呼救，责任之重快要把他逼疯——他别无选择，必须做出决定，这将影响世界的命运，并且最终影响下一个千年。他召来他的叔叔阿塔班努斯。"救命！"他恳求道。阿塔班努斯起初建议薛西斯别在意：不过是日有所思夜有所梦而已。他说，梦境只是幻象。

国王没有被说服，因为鬼影并没有发慈悲；它变得比以往任何时候都更加纠缠不休，难以平息。最后，就连阿塔班努斯这样理性而睿智的人，一个理性主义者和怀疑论者，也向这个幽灵的存在低头，不仅放弃了他早先的立场，而且从怀疑者变成了狂热的信徒，直到成为虚幻的命运法令的执行者："攻打希腊？让我们这就开始，刻不容缓！"人既受制于世俗世界，也受制于精神世界，在这个故事中我们可以看到，精神的力量远大于物质现实的力量。

听说薛西斯做的这些噩梦，普通的波斯人或希腊人可能会感慨，"诸神，如果如此强大的人，万王之王，世界的统治者，都只是命运手中的一枚棋子，那我呢，我这样一无所有、渺若尘埃的普通人！"这种想法有理由让人感到宽慰，甚至对一切乐观起来。

薛西斯是个奇特的人物。尽管他统治了世界相当长时间（事实上，统治了几乎整个已知世界，除了雅典和斯巴达这两个城市，它们是持续困扰他的例外），我们对他知之甚少。他在三十二岁时即位。他痴迷于拥有绝对权力，渴望掌控一切事和所有人。我想起曾经看到的一则新闻标题，可惜我不记得作者了："妈妈，有一天我们会拥有一切吗？"这正是薛西斯的生命原动力：拥有一切。没人敢反对他，因为这样做要付出人头落地的代价。在这种顺从的氛围中，但凡有一个反对的声音，统治者就会感到焦虑、迟疑。阿塔班努斯的反对正是如此。薛西斯听到他叔叔的话后变得如此犹疑，没了魄力，以致他决定放弃他的征服计划。但这些都是人类的冲动、苦恼和疑惑；一个更高的力量，决定的力量，现在登上了世俗的舞台。从这里开始，所有人都将遵循它的法令。命运必须由上天主宰。你不能改动，也无法逃避，即使它引人走向万丈深渊。

于是薛西斯按照命运之声的指挥，奔赴战场。他知道自己的优势在数量，东方的兵力，亚细亚的兵力，加起来是不可计量的人口，他的实力和势头将碾压敌人。（第一次世界大战的场景此刻浮现在我脑海中：在波兰的马祖里湖区，攻打德军阵地的俄国将军派出整个团，尽管其中只有一部分士兵配备了步枪，并且还缺乏弹药。）

首先，薛西斯花了四年时间招兵买马，组建世界范围的军事联盟，帝国所有不同的民族、部落和部族都被招募到他的军队。仅是列举他们的名字，希罗多德就用了好几页的篇幅。他计算出，这支军队包括步兵、骑兵和海军，大约有五百万人。当然，这一数量被他夸大了。即便如此，那也是支庞大的军队。如何供养它？如何为它提供充足的饮用水？这些人和牲畜沿途能喝下整条河，喝到只剩干涸的河床。幸运的是，有人观察到，薛西斯每天只吃一顿饭。如果国王和他的整个军队每天吃两顿，他们能把色雷斯、马其顿和希腊全境都吃成沙漠，把当地居民饿死。

这支行进的大军让希罗多德着迷：人、牲畜、装备、制服和盔甲，组成了令人眩晕的浩瀚河流。每个民族都有自己的服饰，这壮阔队伍的色彩如此富丽，难以描述。两辆战车是队伍的中枢：一辆是宙斯神圣战车，由八匹白马拉着。战车御者步行跟在车后（因为凡人不能乘坐这辆战车），手执缰绳。

而紧跟的另一辆就是薛西斯本人的战车，由产自涅赛昂的战马拉着……

他身后是一千名最勇敢、最高贵的波斯长矛兵……然后是另外一千名精锐波斯骑兵，在他们之后是一万名步兵组成的"不死军"[1]……其余的军队在队伍末尾，杂乱无章地集结。

但我们可别误解这支金装玉裹的队伍。毕竟这不是狂欢节，也不是节日派对。恰恰相反。希罗多德指出，部队行进困难且士气低沉，不时得用鞭子驱赶着前进。

他详细描述了波斯国王的作为。薛西斯行事乖张，用心难测，是个自相矛盾的人（这点他很像斯塔夫罗金[2]）。

当时他正率军前往萨第斯。他在路上看到了一株筱悬木，它是如此漂亮，他就命人用黄金装饰它，并指派一名"不死兵"来守护它。

---

[1] 万人"不死军"是波斯国王麾下最精锐的步兵，每有伤亡病卒，便立即予以补足，永保万人之数，故名"不死军"。（参考徐松岩译《历史》译注）
[2] 陀思妥耶夫斯基小说《群魔》中的人物，有"绝顶聪明的毒蛇"之称。

当他还在为这棵树着迷时,他得知赫勒斯滂海峡的一场大风暴摧毁了他下令建造的桥梁,没有这座桥,他的军队无法从亚洲直入欧洲,向希腊进军。薛西斯因此勃然大怒。他命令他的手下鞭笞赫勒斯滂海峡三百下,并将一副脚铐投入海水。我还听说他派人给赫勒斯滂海峡打上罪犯烙印。不管怎样,他确实告诉他派去鞭笞大海的官吏,用希腊人永远讲不出口的污言秽语辱骂它。"呲!你这恶水,"他们说,"这是对你的惩罚,我主没有加害于你,你却如此加害于他。无论你是否愿意,薛西斯国王都要从你之上通过。人们不该向你献祭,你这满身烂泥、味道恶心的水!"他就这样惩罚了大海,他还下令斩首赫勒斯滂海峡大桥的监造者。

我们不知道有多少头颅被砍掉,不知道被判罪的建造者是温顺地引颈就戮,还是跪下求饶。一定是场可怕的大屠杀,因为建造这样的桥梁,需要成千上万的人。无论如何,这些惩罚满足了薛西斯,帮他重获精神的平静。他的子民在赫勒斯滂海峡上架起了新的桥梁,穆护宣称所有天象显示,诸事皆为吉兆。

国王听后大喜过望,决定继续前进,此时一位他认识的吕底亚人皮修斯[1]来向他求情:"主人,我有五个儿子,他们都得应征入伍,随您出征希腊。但请陛下可怜我年老,免去我一个儿子,也就是长子的兵役,让他照料我,照管我的财产。请您带上其他四个,祝您得偿所愿归来!"

听到这番话,薛西斯再次勃然大怒。"该死的!"他朝这个老人大喊,"……你怎么敢提起你的儿子,你不过是我的奴隶,你原本应该带上你全家,带着你婆娘和所有人随兵出征……"薛西斯这么骂完皮修斯,就命令手下负责此类事务的人,找出皮修斯的长子,处死了他,并将尸首劈成两半。然后他们把两半尸体分别放在道路两边,好让军队从尸体中间穿过。

事情就是这样。

川流不息的军队在鞭笞声中蜿蜒前行,所有的士兵都看到,在他们的两侧,躺着皮修斯长子血污的遗体。皮修斯那时在哪里呢?他会站在尸体旁边凭吊吗?会站在路左边还是右边?当薛西斯驾着战车走近时,皮修斯会怎样?这无人知晓,因为作为奴隶,他不得不低头匍匐在地上。

世事无常之感折磨着薛西斯。他用傲慢和自大来隐藏

---

[1] 薛西斯率军抵达凯来奈后,皮修斯隆重接待了薛西斯和他的军队,还主动请求为薛西斯提供一笔军费,薛西斯对他的行为很满意,赏赐他大量金币。

不安。为了让自己觉得更强大，让内心得到支撑，确信自己的力量，他组织阅兵，检阅陆军和舰队。如此庞大规模的集结让人叹为观止。所有弓在同一时刻射出箭矢，数量之多，遮住了太阳。船只之多，以致人看不到海湾的水：当他们来到阿比多斯[1]，薛西斯决定检阅全体军队。在那里的一座小山之上，他们用白石为他修筑了一个阅兵台。从这个优势位置，他可以俯瞰海滨，陆军和舰队尽收眼底。他在举目远眺时，想观看舰船竞赛……薛西斯对竞赛，对整个军队都非常满意。

赫勒斯滂海峡被他的船只彻底覆盖，阿比多斯的海岸和平原完全被他的人占领，起初薛西斯感到深深的满足，但后来他开始哭泣。

国王哭了？

他叔叔阿塔班努斯看到薛西斯流泪，就对他说："陛下，刚刚您还满心喜悦，现在您却如此涕泣。情绪转变何以如此之大！"

"是的，"薛西斯回答，"想到人的生命如此短暂，这让我悲戚。此刻的人虽然成千累万，但没有一个人一百年后还能活着。"

他们就生与死交谈了很久，之后，国王把他年迈的叔

---

[1] 阿比多斯，古埃及名城，位于尼罗河西岸的拜勒耶纳。

叔送回苏萨，黎明时分，他下令穿越赫勒斯滂海峡，前往对面的欧罗巴：日出时，薛西斯将金杯中的奠酒倒入海水中，面对太阳，请求太阳神阻止任何意外发生，以免妨碍他深入欧罗巴并征服整个大陆。

薛西斯的大军喝干了河流中的水，吃掉了路上所有能吃的食物，沿爱琴海北岸走，穿过色雷斯、马其顿和色萨利，抵达温泉关[1]。

每所学校的课程都会提温泉关这段历史，但通常不会用整堂课来讲。

温泉关是个狭长的山隘，这个通道一边是大海，一边是位于今天希腊首都西北部的一座陡峭高山。打下这条通道，即可长驱直入雅典。波斯人明白这一点，当然，希腊人也明白。正因如此，双方才会在这里展开一场恶战。希腊的参战人员将全军覆没，但波斯军队也伤亡惨重。

最初，薛西斯指望守卫温泉关那些希腊人会望风而逃，毕竟他们人数不多，波斯军队又如此庞大，因此镇定地等

---

[1] 温泉关，希腊中部东海岸卡利兹罗蒙山和马利亚科斯湾之间的狭窄通道。温泉关战役是希波战争中，也是西方历史上一次著名战役。希腊的斯巴达国王列奥尼达一世（Leonidas）率领三百名斯巴达精锐战士与部分希腊城邦联军于温泉关抵抗波斯帝国，成功拖延波斯军队进攻，为之后希腊的胜利立下大功。但因寡不敌众，斯巴达三百战士全部阵亡。

待此景发生。但列奥尼达指挥下的希腊人并没有撤退。不耐烦的薛西斯派出一名侦察员骑马侦察。侦察员靠近希腊人的营地,严密监视他们……他发现他们行事闲适如常,诸如裸身锻炼和梳理头发。这让他很是吃惊,他仔细记下了他们的人数,然后回到薛西斯那里,返程未遇任何抵抗。没人追赶他,事实上,完全没人在乎他。回来后,他向薛西斯详细汇报了所见所闻。

薛西斯听取了侦察员的汇报,但他不知道的是,希腊人实际上已经做好了准备,要么奋力杀敌,要么杀身成仁,但尽人事而已。

战斗拉锯多日,直至一个叛徒向波斯人透露穿越山脉的路线,局势才开始变化。波斯人包围了希腊人,希腊人全军覆没。战役结束后,薛西斯走到横尸遍地的战场,寻找列奥尼达的尸体。他找到列奥尼达的尸体后……命手下把他的头砍下来,插在杆子上。

但自此以后的所有战役,薛西斯全输掉了。当薛西斯意识到他们遭受的损失有多严重时,他恐惧起来。如果希腊人想到……开船到赫勒斯滂并拆毁他的桥怎么办?那样的话,他会被困在欧罗巴,很可能就会招来杀身之祸。于是薛西斯开始准备逃跑。

他真的逃跑了,他在战争结束前逃离了战场。此后他还将担任波斯国王长达十五年,在此期间他忙于扩建波斯波利斯的宫殿。或许他觉得内心疲惫?也许他患上了抑郁症?无论如何,他像从这个世界上消失了一样。昔日对权力的憧憬,对统治一切事和所有人的渴望,都逐渐褪去。据说他沉溺美色;他为她们建造了一座雄伟宏大的后宫,我见过它的废墟。

公元前465年,薛西斯五十六岁时,被一位名叫阿塔班努斯的禁卫军统领杀害。这位阿塔班努斯推举薛西斯的弟弟阿塔薛西斯为国王。后来阿塔薛西斯在一场发生在宫殿内的争斗中杀了阿塔班努斯。阿塔薛西斯之子薛西斯二世,在公元前425年被其兄塞基狄亚努斯所杀,塞基狄亚努斯后来又被大流士二世所杀,如此等等,互相残杀。

21

雅典人的誓言

战败的薛西斯带着他那羸弱饥饿的军队撤出欧罗巴，在他们返回苏萨之前（无论他们走到哪里，遇到什么人，他们都会掠夺和吃光人家的庄稼。如果没有庄稼，他们就吃在地头发现的杂草野菜，他们剥下树皮，拔下树叶，不管树木是野生的还是栽种的。他们太饥饿了，什么都吃。此外他们饱受疾病折磨，一路上不断有人死于痢疾。薛西斯把病患安置在沿途城镇，命当地居民照护……），但在这一切发生之前，还有很多的腥风血雨。

毕竟，那是一场恶战，在这场战争中波斯要征服希腊——也就是说，亚洲要征服欧洲，专制要摧毁民主，奴役要战胜自由。

起初，一切迹象都表明波斯人计日程功。波斯军队未遇任何抵抗，就向欧洲推进了数百公里。更有甚者，几个希腊小国，恐于波斯军队的来势汹汹，不战而降，投奔波斯一方。因此随着薛西斯的大军向前推进，队伍变得更加壮大，实力更加强悍。薛西斯打下温泉关后长驱直入雅典。他占领并烧毁了这座城市。但雅典化为废墟时，希腊还在——它将被天才的地米斯托克利[1]所拯救。

地米斯托克利刚刚临危受命，被选为雅典执政官，因为薛西斯准备入侵的消息已经传到雅典。恰巧就在那时，雅典从劳里昂银矿得到大笔收入。民粹主义者和煽动家闻风而动，打出口号：平等分配！这样每个人都能有所受益，每个人都会感到更有底气、更安全。

但地米斯托克利明智而大胆地采取行动。雅典人，他呼吁道，恢复你们的理性！灭亡的危险笼罩在我们头顶。能拯救我们的办法，不是分了这笔钱，而是用它来建造能抵御波斯军队的强大舰队！

希罗多德用对比的方式描绘了古代这场宏大战争的画

---

[1] 地米斯托克利（Themistocles，约524 BC—约460 BC），古希腊杰出的政治家、军事家。曾任雅典执政官，为民主派代表人物。在萨拉米斯海战中大败波斯舰队，个人声望和权力达到顶峰。后被雅典人通过陶片放逐法流放，死于小亚细亚。

面：一边，从东方涌来了一股巨大的力量，势不可挡，这种盲目的力量服从于一种专制意志：国王就是主人，国王就是神。另一边，是散乱的、内部争吵不断的希腊世界，各种纠纷，互为对立，那是个由部落和独立城邦组成的世界，没个共同的政府来约束他们。雅典和斯巴达这两个中心城邦跃升为这个混乱共同体的核心，它们的合作伙伴关系将共同决定古希腊历史的走向。

有两个人也在这场战争中直面彼此。年轻的薛西斯权御天下，而年长一些的地米斯托克利坚信他的事业是正义的，在思想和行动上都英勇无畏。他们的处境没有可比性：薛西斯实行绝对的统治，随心所欲发布命令；而地米斯托克利下达命令之前，首先要征得名义上听从他的军事指挥官的同意，还要得到民众的认可。他们的角色也不同：一个是统帅，气吞万里，急于取得决定性的胜利；另一个只是所谓的"同侪之首"，他得把时间花在说服、辩论上，得不断召集好辩的希腊人讨论。

波斯人不存在选择困难，他们唯一的目标就是取悦他们的国王。他们就像亚当·密茨凯维奇的诗《奥尔当战壕》中的俄国士兵。

士兵们倒下了，他们的上帝和信仰是沙皇。

沙皇发怒了。就让我们去死吧,让沙皇高兴。

相较而言,希腊人天生就是各自为政的。一方面,他们依附于自己的小家园,自己的城邦,每个城邦都有各自的利益和不同的野心;另一方面,他们使用同样的语言,信同样的神灵,以热爱希腊的心而彼此连接,这种情感尽管模模糊糊,但彼此间有时会产生强烈的共鸣。

战争在两条战线打响:陆地和海上。在陆上,波斯人占领温泉关后,一度未遇任何抵抗。但他们的舰队频遭重大挫折。一开始,它就因暴风雨而损失惨重。这些波斯船只,被突如其来的狂风推向海岸,撞上岩石,像火柴盒那样摔个粉碎,船员殒命。

最初,希腊舰队对波斯舰队的威胁甚至还不如风暴。波斯人的船只多出数倍,这种数量上的优势打压了希腊人的士气;他们一次次陷入恐慌,灰心丧气,想要逃离。希腊士兵远不是天生的杀手。他们不喜欢当兵。只要能避免战争,他们就会迫不及待地抓住机会。有时哪怕只是小冲突,他们也会尽全力避免。当然,除非敌方也是希腊人——那他就会和他拼到底。

现在,在波斯军队的压力下,希腊舰队不断撤退。指挥官地米斯托克利竭尽全力阻止败势。坚持住,他激励船员们,守住阵地!有时他们会听他的话,但并不总是如此。撤退持续,直至希腊船只在雅典附近的萨拉米斯海湾找到港口。这里让希腊船长们觉得安全。海湾的入口如此狭窄,波斯国王在带着他庞大的舰队驶入之前也得踌躇。

薛西斯和地米斯托克利现在都在思索各自的处境。薛西斯:要不要继续推进?地米斯托克利:如果我能把薛西斯引到小海湾里,海面那么狭小,他的兵力优势就会成为劣势。薛西斯:我必胜,因为我会坐在海边的王座上观战,波斯人看到国王注视着他们,就会像狮子一样战斗!地米斯托克利还不知道薛西斯在想什么,为了确保引波斯人进入海湾,他使了一招诡计:他……指示一位手下(他的一个家奴,准确说是他孩子的教师,名叫西金努斯),用船把他送到波斯军营。西金努斯上岸,对波斯指挥官说:"我是为雅典指挥官执行秘密任务的,他实际上支持薛西斯的事业,希望你们赢得战争,而不是希腊人。其他希腊人都不知道我在这里。我主人的消息是,希腊军队人心惶惶,准备撤退。不要坐视他们逃走,你会在这里取得光荣的胜利。这些人是一盘散沙,势穷力竭;事实上,你会看到支持你的希腊人与反对你的希腊人,用自己的船内斗。"捎到这个消息,西金努斯就离开了。

事实证明,地米斯托克利是一位优秀的心理学家。他知道薛西斯和所有统治者一样,是个自视过高的人,自负让人盲目，会削弱理性思考的能力。这次也不例外。被希腊人内讧的假消息鼓舞，他没去避开小海湾这种对大舰队构成威胁的陷阱，而是下令驶入萨拉米斯，封锁希腊人的逃生路线。波斯人在黑夜的掩护下执行了这个命令。

同一天晚上，就在波斯人偷偷摸摸靠近小海湾时，希腊人之间爆发了另一场争执，他们没有意识到正在发生的事情：萨拉米斯海湾的指挥官们正在激烈地争吵。他们仍然不知道自己已被波斯舰队包围，以为敌人仍留在他们白天驻扎的地方。

他们听说波斯人来了后，最初是不相信，但最终接受了事实，并在地米斯托克利的激励下准备战斗。

战斗在黎明时分打响，薛西斯坐上王座观看，王座安置在萨拉米斯海湾对面的山脚下，也就是埃加莱奥斯山。每逢波斯军队克敌制胜时，他就会询问这艘船的船长是谁，他的书记员会记下这个人、他父亲和他出身城镇的名字。对胜利充满信心的薛西斯准备日后奖励他的英雄们。

无论出自哪个时代，那些忠实展现战争的文学作品都有一个共同点：其场面极其嘈杂，混乱无序得可怕。即使是精心谋划排布的对阵交锋，在短兵相接的那一刻，也是一片血腥，让人战栗，在其中很难弄清自己身在何处，更别提掌控局势了。有不顾一切杀人的，有想方设法逃跑的，或者消极懈怠、只求躲过攻击的,一切处在骚乱中,四面八方被烟尘中的叫喊、呻吟和尖声急叫所覆盖。

萨拉米斯海战亦如此。单独两个人的打斗,人们可能会觉得敏捷,甚至优雅,但两支舰队在狭小空间里的碰撞,由木船组成并由数千只船桨推动的舰队,一旦碰撞起来,更像一个大桶里被人扔进螃蟹,数百只缓慢行进、笨拙攀爬、纠缠一团的螃蟹。船与船相撞,有的船侧倾,有的船载着全体船员沉入海底,有的船试图撤退,在远处,几艘船相互打斗,仿佛永远锁定在了一起。在更远处,一艘船正试图掉头,另一艘正准备驶出海湾,在一团混乱中,希腊人打希腊人,波斯人打波斯人,直到最后,在这场海上地狱持续数小时后,波斯人放弃了,剩下的人,那些没被淹死也没被杀死的人,逃跑了。

薛西斯面对失败的本能反应是恐惧。他做的第一件事是把他的孩子们送到以弗所(他的一些私生子也参加了这次远征)。他让来自佩达萨的高级宫廷太监赫尔摩提姆斯做他们的监护人。

希罗多德对此人的命运很感兴趣,并进行了详细描述:据我们所知,对那些给自己带来不幸的人,没有人比赫尔摩提姆斯实施的报复更彻底。他在战争中被俘,然后被出售,一个名叫帕尼奥纽斯的希俄斯人把他买走。帕尼奥纽斯以最肮脏的交易谋生。他过去干的勾当，是弄到漂亮男孩，就把他们阉割，带到撒狄和以弗所，在那里以很高的价格出售。在异族人那里，阉人的可靠性更高，因此他们比完整的人更值钱。帕尼奥纽斯以此谋生，戕害了众多男孩，其中之一就是赫尔摩提姆斯。然而赫尔摩提姆斯也不算运气最糟的：他作为众多礼物之一，从萨第斯被献到薛西斯的宫廷，最终成为国王最器重的太监。

薛西斯在他的军队出发进攻雅典期间，在萨第斯逗留，赫尔摩提姆斯因事去了密西亚一个叫"阿塔纽斯"的地方，很多希俄斯人住在那里。他在那里遇到了帕尼奥纽斯。赫尔摩提姆斯和他进行了长时间的友好交谈，他首先列举了自己因帕尼奥纽斯获得的所有好处，然后表示愿意为他做同样多的好事报答，如果帕尼奥纽斯愿意把家人搬到阿塔纽斯并在那里定居的话。帕尼奥纽斯欣然接受了赫尔摩提姆斯的提议，把妻儿都搬了过去。当赫尔摩提姆斯将帕尼奥纽斯和他全家安顿在他控制的地方后，他说："帕尼奥纽斯，世界上没有人像你这样，以如此败德的方式谋生。我或我的家人对你或你的家人造成过什么伤害？为什么你让我变成这样，连男人都做不了？你以为众神不会注意到你过去的行径，但他们遵循的律法是正义的，因为你有罪，所以他们将你交到我的手上。鉴于此，你没有理由抱怨我要你偿还的债。"他在如此谴责之后，将帕尼奥纽斯的儿子们带到房间里，逼着帕尼奥纽斯阉割所有四个儿子。这件事是在强迫下完成的，随后赫尔摩提姆斯又强迫儿子们阉割他们的父亲。复仇就此完成，赫尔摩提姆斯完成了对帕尼奥纽斯的报复。

罪与罚，不公与报复，迟早一个接一个。人与人之间如此，国与国之间亦如此。在希罗多德看来，谁先发动战争，谁就有了罪，谁就会遭到报复和惩罚，或是立竿见影，或是假以时日。这种关系，这种无情的组合，就是命运的本质，不可改变的命运的本意。

帕尼奥纽斯尝到了命运的滋味，现在轮到了薛西斯。说到万王之王，事情就复杂多了，因为他也是这个民族和帝国的象征。苏萨的波斯人在得知舰队在萨拉米斯被歼灭后，没有捶胸顿足；相反，他们为国王的命运担心，希望他不会有任何不幸的事情发生。这就是为什么当他最终返回波斯时，他的归来成为盛大而壮观的时刻——人民喜笑颜开，如释重负。谁在乎成千上万的战死者和溺毙者，谁在乎粉碎的船只——最重要的是国王还活着，他又和我们在一起了！

薛西斯逃离希腊，但把部分军队留在了那里。他指定他的表兄、大流士的外甥玛尔多纽斯做指挥官。

玛尔多纽斯谨慎地履职。首先，他不慌不忙，在色萨利从容过冬。然后他派了一位特使去各个神谕所，请示神谕。在神谕的指引下，他派马其顿人亚历山大……带着消息前往雅典。他选择亚历山大执行此任务的原因之一，是亚历山大与波斯有亲缘关系……他认为亚历山大是赢得雅典人的最佳人选，他听说，雅典人是一个人数众多且好战的民族，而且他知道波斯人在海上遇挫，主要是因为雅典人。一旦与雅典人结成同盟，玛尔多纽斯将胜券在握，他将轻而易举地控制海洋，此外他在陆地上已经拥有相当优势。这就是他征服希腊人的计划。

亚历山大到达雅典，并试图说服雅典人不要对波斯人开战，应该与他们议和，否则他们会自取灭亡，毕竟国王君临天下，无远弗届。

雅典人却回答说："事实上，我们早已意识到，我们所掌握的资源与薛西斯的庞大兵力相比，差异是多么悬殊，所以不需要你来特意提醒。尽管如此，我们无比在乎自由，我们将尽己所能为之奋斗……去把雅典人的回复带给玛尔多纽斯：只要太阳还按照目前的轨道运行，我们就不会与薛西斯妥协。恰恰相反，我们将踏上战场与他作战，相信神灵和英雄会站在我们这边，薛西斯无比蔑视他们，甚至烧毁了他们的庙宇和雕像。"

至于抵达雅典的斯巴达人，他们因担心这座城市会与波斯人妥协而来，雅典人这样回复他们："你们完全了解雅典人的脾气。你们应该知道地球上没有哪个地方有这么多黄金，没有哪片土地如此丰美和肥沃，值得我们和敌人交易，协助他们奴役希腊……所以即便你以前不知道，现在我们可以向你保证，只要一个雅典人还活着，我们就永远不会与薛西斯妥协。"

听完这些话，亚历山大和斯巴达人离开了雅典。

22

时间消逝

我们已经不在亚的斯亚贝巴,而是来到了达累斯萨拉姆,一座建在海湾上的城市。这个海湾经自然雕刻,形成如此完美的半圆弧,仿佛是从希腊数百个温柔的小海湾出走,不知何故放逐至此,来到非洲的东岸。海总是平静的;缓慢的小波浪,安静而有节奏地飞溅,最后不着痕迹地沉入岸边温暖的沙滩。

虽然这座城市的人口不超过二十万,但看起来半个世界都聚集在这里,以此为家。单是它的名字,达累斯萨拉姆,就说明了它与中东的关联(确切说是宿怨。这个词出自阿拉伯语,意为"平安之港",当年阿拉伯人就从这里运出非洲奴隶)。市中心主要是印度人和巴基斯坦人,他们的文明产生了各种不同的语言和信仰:其中有锡克教徒、阿迦汗的追随者、穆斯林,以及来自果阿的天主教徒。还有来自印度洋岛屿的移民的聚居区，诸如塞舌尔和科摩罗、马达加斯加和毛里求斯——这是个有魅力的，甚至可以说是美丽动人的族群，由南方不同民族混血而成。还有新来的中国人，他们来这里是为了修建坦桑尼亚-赞比亚铁路。

对一个欧洲人来说，第一次遇到像二十世纪六十年代的达累斯萨拉姆这样夺目的民族多样性、文化多样性，着实震惊。让他们震惊的不是欧洲之外有着各种不一样的世界——毕竟至少在理论上，他早已意识到这点；让他们震惊的是，这些世界没有经过欧洲的干预，没有欧洲的知晓和准许，就彼此相遇，相互交融和共存。许多个世纪以来，欧洲一直是世界的中心，仿佛不言自明，以致现在欧洲人理解起来都困难：即使没有欧洲，在欧洲之外，其他民族和文明也延续着各自的传统和不同的问题。欧洲人不过是来这里的新人，是外国人，他的宇宙是个遥远而抽象的存在。

第一个意识到世界本质多样性的人是希罗多德。"我们并不是唯一的存在，"他在作品中告诉希腊人。为了证明这点，他踏上了前往地球尽头的旅程。"我们有邻居，邻居也有他们的邻居，我们共同居住在同一个星球上。"

对一个生活在小世界的人，一个此前仅靠步行就能游遍全国的人来说，这次前所未有的、世界范围的调查，是一次觉醒，改变了他的理解，赋予他空前的维度、全新的价值观念。

希罗多德在旅行中遇到了不同的部落和族群，他观察他们，做记录，大家都有属于自己的历史，各自展开又同时存在——换句话说，人类历史远远不止一个故事，人类历史作为总体就像一口大锅，在其不断沸腾的表面能看到无数微粒的持续碰撞，每个微粒都在自己的轨道上移动，沿着无数彼此相交的轨迹。

希罗多德还发现了时间的多样性，或者更准确地说，度量时间方法的多种多样。因为在过去，农民根据一年中的季节交替计算时间，城市居民根据世代，古代国家的史官根据统治王朝的长短。如何比较这些度量方法，如何找到换算方法或标准？希罗多德不断深思这个问题，想寻找解决办法。我们习惯了精确的机械测量，并没有意识到，度量时间在过去是多么大的问题，里面暗藏多少困难，有多少谜团和奥秘。

有时，下午或晚上有空时，我会开着破旧的绿色"路虎"到海景酒店，坐在阳台上，点一杯啤酒或茶，听听海浪声，或者听黄昏时分的蝉鸣。这是达累斯萨拉姆最受欢迎的聚会场所之一，其他新闻机构或出版界的同行时常光顾。白天，我们都在镇上四处游荡，试图有所收获。在这个偏远的省会城市很少有大新闻，要收集任何信息我们都得合作，而不是竞争。我们中有人消息比其他人灵通，有人眼线多，还有人就是运气好，总能搞到大新闻。大家时不时交换战利品，在街上，在有空调的咖啡馆里，或者在海景酒店这里。有人听说发生了针对蒙博托[1]的政变，其他人则认为这是流言，可该怎么证实呢？我们从这些谣言、耳语、揣测，当然还有事实中，拼凑出我们的报道，发回世界各地。

有时阳台上没人出现，如果我正好带着希罗多德，我就随手翻这本书。《历史》中有各种故事，也有离题话，还有作者的观察和收集到的传闻。色雷斯的人口是世界上最多的，当然，仅次于印度人。在我看来，如果色雷斯人有一个首领，或者有共同的目标，他们将是不可战胜的，将是迄今为止世界上最强大的国家。然而这永远不可能发生，这对他们来说完全不可能，这正是他们软弱的原因……他们把自己的孩子卖到境外。他们并不管束年轻女性的行为，允许她们与任何喜爱的男人发生性关系；但是，他们密切监控自己妻子的行为。他们花大价钱从女方的父母那里买来妻子。在他们看来，文身是出身高贵的标志，没有文身则意味着出身低下。他们认为最好不要从事任何工作，认

---

[1] 蒙博托·塞塞·塞科（Mobutu Sese Seke，1930—1997），扎伊尔共和国（现刚果民主共和国）总统，1965年通过政变上台，1997年在第一次刚果战争中被推翻。

为最不光彩的职业是耕种土地。他们认为，最好的谋生方式是从战争中获利。这就是色雷斯人的习俗中最值得注意的一些。

我抬起眼睛，注意到在彩灯闪烁的花园里，有位身穿白袍的侍者。他叫阿尼尔，是个印度教徒，他正在给挂在杧果树枝上的一只驯养的猴子喂香蕉。猴子做着滑稽的鬼脸，阿尼尔大笑起来。侍者、黄昏、温暖、蝉鸣、香蕉、茶，无不让我想起印度，想起让我既着迷又困惑的那些日子；两处不同的地方，热带以同样的强度渗透到人的每个毛孔。我简直觉得，印度的气味此刻也传到了我身上，但这只是阿尼尔的香气，他身上槟榔、茴香和佛手柑的气息。从某种意义上说，印度无处不在，这里到处能看到印度教寺庙、餐馆、剑麻和棉花种植园。

我回到希罗多德的书。

我一再阅读他的作品，从熟悉到习惯，然后是依赖，越来越觉得它亲切——这开始对我产生难以名状的影响。可以肯定的是，我不再在乎时间的障碍，不再介意自己与这位希腊人描述的事件相隔了两千五百年，这固然是个实打实的鸿沟：其间横亘着古罗马和中世纪，伟大宗教的诞生和壮大，美洲的发现，文艺复兴与启蒙。蒸汽机和电力，电报和飞机，包括两次世界大战在内的数百场战争，抗生素的发现，人口爆炸，成千上万的事物和事件……读希罗多德的时候，它们都消失了，仿佛不存在一样，或者至少是变得模糊了，从前景挪进阴影区。

希罗多德在这个时间鸿沟的另一端出生，在那里生活和工作，他会觉得窘促吗？对于他曾经的感受，我们无法做出合理推断，他也没给出任何迹象。相反，他充实地生活着，探索着整个世界，他遇见了无数的人，聆听着无穷的故事；他是个活跃、精力充沛、不知疲倦的人，不断地调查，不停地奔忙。他想了解更多的事物、议题、奥秘，解开更多的谜团，找到一系列问题的答案，但他就是时间不够，没有足够的时间或精力。他根本没法完成所有愿望，正如我们也做不到，毕竟人的生命如此短暂！他是否会为当时还没有铁路、飞机甚至自行车而烦恼？对此可以合理怀疑。如果他有火车或飞机可用，他会收集并留给我们更多信息吗？这也说不定。

我总觉得希罗多德的烦恼完全不同：他可能在生命的暮年决定写一本书，因为他已经攒起了那么丰富的资料库，那么多调查和事实，他意识到，如果不保存它们，这些就会消逝。他的书是人类的对抗的另一种表达：对抗时间，对抗记忆的脆弱、它的转瞬即逝、它自我抹除和消逝的永恒本性。这本书的理念，任何一本书的理念，都从这种抗争中产生。文字具有持久性，甚至可以说是"永恒"的。人随着岁月的流逝，会越来越确定、越来越敏锐地感觉到，记性在变差，如果他不写下他所了解和经历的，那么曾经伴随他的阅历将随他一起消逝。这也解释了，不管一个人是歌手还是足球运动员，是政治家还是百万富翁，人人都想写本自己的书：要是他们不会写，或者没空写，委托别人帮忙写就是。唾手可得。大家总觉得，写作既简单又省事——持这种观点的人最好还是琢磨琢磨托马斯·曼的话："作家就是写作起来比其他人更困难的人。"

希罗多德希望尽可能多地为后人保存他的发现和经历，因此他的书并不只是记录王朝更迭，叙述帝王将相和宫廷阴谋的历史——尽管关于统治者和权力他确实写了很多，但他还告诉我们小人物的生活，他们的信仰和农业实践，告诉我们疾病和天灾，山川与河流，植物与动物。例如他写到猫：一旦房屋着火，猫身上发生的事非同寻常。埃及人不会花心思灭火，而是站在房子周围，保护着他们的猫。然而，猫会从他们中间遛过去，甚至蹿过他们，冲进火海。这让埃及人悲痛不已。如果一家的猫自然死亡了，家庭所有成员都会剃掉眉毛，但不会做更多。如果家里的狗死了，成员则会剃掉全部体毛，从头部到所有其他身体部位。

或者关于鳄鱼：

鳄鱼的特点是这样的。在冬天的四个月里,它们什么都不吃。它们是四足的,并且是两栖动物……据了解,没有任何一种普通生物可以像它这样,从婴儿时的极小体积长到成年后这般庞大。它下的蛋不比鹅蛋大多少,新生鳄鱼的大小也与它的蛋相当,但成年鳄鱼至少能长到十七肘尺[1],甚至更长。它的眼睛有猪眼那么大,它还长了巨大的牙齿和獠牙……

除了鹬,其他鸟类和动物都对它避而远之。而鹬能和它和平相处,因为鳄鱼需要鹬。当鳄鱼爬出水面上岸时,它会打大大的哈欠(通常是面朝西方),然后鹬会跳进它嘴里啄食水蛭。这对鳄鱼有益,让它快乐,所以它不会伤害鹬。

起初我没有注意到这些猫和鳄鱼。读得多了,有一次它们突然出现在我面前,看到那些疯狂的猫跳进火里,我吓一跳;而当我坐在尼罗河边,我似乎看到附近有条张开下颚的鳄鱼,还有只无所畏惧的小鸟在里面翻找什么。这很自然:希罗多德的书需要反复读,每本伟大的书都得反复读;每次阅读都会揭示新的层面,发现以前被忽视的主题,看到没留意的图像,找到不一样的意义。因为每本伟大的书都不止一个面向。

---

1 肘尺,一种古代长度单位,自肘至中指端,约等于半米。

希罗多德过着充实的生活；他不会为没有电话或飞机而烦恼，也不会为没有自行车而担心。这些机器只会在几千年后出现——那又怎样？他不会觉得这些东西有用，也许是因为没有这些他也能过得很好。他的世界，他的生命，有自己的力量，完满自足的能量。他感受到了这些，这些能量赋予了他翅膀。他一定是个开朗、松弛、善良的人，因为只有面对这样的人，陌生人才会敞开心扉。他们不会对内向阴郁的人无拘无束；悲观的性格会唤醒其他人躲开的欲望，让他们自觉保持距离，甚至会引发恐惧。如果希罗多德是这样的性格，他就无法成就自己，我们也无法拥有他的书。

随着我越来越沉浸在希罗多德的书中，我时常想到这些，同时觉得有点意外，甚至有些焦虑，因为我在情感和认知上，越来越认同他回忆的世界和事件。与苏丹最近的军事政变相比，我对雅典的毁灭体会更深，比起刚果的又一次军队叛变，波斯舰队的沉没也让我觉得更可叹。我正在经历的世界不仅是我作为记者需要报道的非洲世界，而且还有很久以前消失的那个遥远世界。

所以，一点也不奇怪——在一个濡湿的热带夜晚，坐在达累斯萨拉姆海景酒店的阳台上，我想到了玛尔多纽斯部队里那些冻僵的士兵，那时欧洲是冬天，他们在严寒的夜晚围坐在火堆旁，温暖他们冻僵了的手。

23

沙漠与大海

异族军队不断推进,希腊人吵个不停:争论他们之中谁最重要,争论谁应该担任统帅,但我得先把希波战争搁一边,因为阿尔及利亚大使朱迪刚才打电话跟我说"最好见见"。"最好见见"这种表达可是话里有话,往往意味着某种承诺、某种希望,值得你上心并密切关注;就好像有人说:"来碰个头,我有东西给你——你不会后悔的。"

朱迪的官邸富丽堂皇,是座通风良好的白色别墅,是老毛里塔尼亚[1]的宏伟风格,它采用的建造方式使得到处都能遮阴,连那些按说应该被阳光直射地方也是如此。我们坐在花园里,高墙后面涌来大海的声音。别墅就建在岩石海滩边低矮的水面上,时值涨潮,自水流深处,巨大的

---

1 毛里塔尼亚,非洲西北部国家,西濒大西洋。

波浪从遥远的地平线之外向我们袭来,拍打着附近水岸。

我们谈天说地,尽是些隔靴搔痒的话,就在我开始怀疑他请我来的目的时,他突然说:

"我认为阿尔及尔值得你去看看。那里会发生有意思的事。如果你想去,我给你发签证。"

我很惊讶。那是1965年,阿尔及利亚看着风平浪静。它已经独立三年了,领导人是位聪明、受欢迎的年轻人,叫艾哈迈德·本·贝拉[1]。

朱迪不再透露更多,穆斯林晚祷的时间快到了,他已经开始拨弄他的翡翠念珠,我意识到我该走了。我有些进退两难。如果我向上司申请批准这次旅行,他们就会询问事由。但我说不清我要去那里报道什么。与此同时,没有正当理由就穿越半个非洲,将是严重的违纪,更别提财务风险了,何况我供职的是家新闻机构,经费捉襟见肘,再小的开支也得详细地说明原委。

但朱迪的态度,和他鼓励的语气,有种让人不得不信服,甚至要坚持的东西,我决定赌一把。我从达累斯萨拉姆飞过班吉、拉密堡、阿加德兹,这些航线上都是小飞机,

---

[1] 艾哈迈德·本·贝拉(Ahmed Ben Bella,1918—2012),阿尔及利亚政治家,被誉为"阿尔及利亚国父"。1963年九月当选阿尔及利亚的首任总统,1965年六月被军事政变推翻,此后遭政变当局软禁直至1979年,获释后流亡海外。

飞得慢，连飞行高度上限都低，这为我提供了绝佳视野，俯瞰撒哈拉上的路线，一路上都能看到迷人风景：要么色彩绚烂，要么单调荒凉，但再单调，也会在月球般的死寂中，突然出现一片明亮而密集的绿洲。

阿尔及尔的机场空空荡荡，事实上，已经关闭了。之所以允许我们的飞机降落，是因为它属于国内航空公司。飞机一落地，我们寥寥几名乘客立即被身穿灰绿色迷彩服的士兵围住，被带入一座玻璃建筑。护照检查并不繁琐，士兵们谦恭有礼，但很少说话。他们只说夜里发生了政变，"暴君被干掉了"，现在是总参谋部掌权。"暴君？"我想问，"哪个暴君？"两年前我在亚的斯亚贝巴见过本·贝拉。他看起来彬彬有礼，可以说是个讨人喜欢的人。

这座城市很大，阳光充沛，围绕着海湾呈圆形从容展开。人得不断地上坡或下坡。这里既有时髦的法式街道，也有喧嚷的阿拉伯式街道。所有的建筑风格、服饰和风俗，都是一种地中海式的风格的混合。到处都闪闪发光，散发出袭人的香气，让人陶醉，但也费神；一切都会引起好奇，让人驻足，让人着迷——但也会带来焦虑。要是你累了，可以在数百家阿拉伯咖啡馆或法国咖啡馆中选一家小憩，可以从数百家酒吧或餐厅中挑一家用餐。因为离大海近，所以菜单上有各种鱼类，还有数不清的其他海味：虾蟹、蛤蜊、章鱼和牡蛎之类。

阿尔及尔首要并且最关键的特质，是基督教文化和阿拉伯文化在此交融共存。文化共存的历史就是这座城市的历史（当然，它还有其他更古老的历史时期：腓尼基、希腊、罗马）。行走于此，时而路过一座清真寺，时而路过一座教堂，总让居住于阿尔及尔的人认识到，这里处于两个世界蜿蜒的边界线上。

我们去市中心逛逛。它的阿拉伯部分被称为"卡斯巴"。需要沿着（数十级）宽阔的石阶拾级而入。但难处不在于台阶；而是当我们冒险探访卡斯巴深处时，会感到不安。但我们真的深入那些隐秘的角落，进而了解它们了吗？还是说我们实际上匆匆忙忙，一心想让自己摆脱局促不安、有些尴尬的境地——因为我们注意到，走到这里，总有几十双急切而专注的眼睛，在审视我们。或者这只是我们的想象？是不是我们太敏感了？有人在法国街区盯着我们看时，为什么我们无动于衷？为什么那时不会困扰我们或让我们不舒服，而在卡斯巴却会呢？分明一样是被人打量，但我们的反应却截然不同。

当我们终于走出卡斯巴，回到法国街区时，固然不至于因此长舒一口气，但心里肯定会感到更轻松，举动会更自在、更自然。为什么我们无法控制这样微妙的态度和情绪？它们明明只存在于潜意识。难道数千年来，这个世界还是一成不变吗？

和我同一天抵达阿尔及尔的外国人根本不会料到，前一天晚上发生了政变这么天翻地覆的事——享誉海内外的本·贝拉不知被什么人赶下了台。局势很快明朗，上台的是内向、不苟言笑的军队领导胡阿里·布迈丁[1]。所有行动都是在晚上执行的，远离市中心，事发地在一个名为"伊兹拉"的高级别墅区，那个区域为政府和将军们所有，普通人压根无法进入。

城区也听不见枪声和爆炸声；街上没有坦克，没有军队。早上，人们像往常一样上班，要么开车要么步行，店主照常营业，小贩照常摆摊，侍应生照常请人进店里喝早咖啡。市政人员在人行道上洒水，好让城市在午间酷热来临之前有点潮湿的清新。公共汽车艰难地爬上陡峭的街道，发出刺耳的轰鸣声。

我走得精疲力竭，心里对朱迪大为光火。他为什么怂

---

[1] 胡阿里·布迈丁（Houari Boumediene，1925—1978），阿尔及利亚国务活动家。阿尔及利亚民族解放战争中的总参谋长，独立后的首任国防部部长，1965年发动不流血政变废黜本·贝拉，任革命委员会主席兼总理，1976年任总统。任内大力发展经济，实行不结盟外交政策。

恿我来这里？我究竟为什么来这里？我能写些什么？我该怎么报销此行的费用？我垂头丧气，突然发现穆罕默德五世大道上聚集了一群人。可惜，他们只是看客，来围观两个在十字路口撞车的司机争吵。在街道另一头，我又发现一场小型聚集。我赶紧跑过去。但他们只是顾客，在耐心等待邮局开门。我的笔记本上什么也没记下，我没有发现任何值得报道的新闻。

但正是在阿尔及尔，做了几年记者的我才开始逐渐醒悟：此前我走上了错误的道路。在那之前，我一直在追逐宏大的场景，觉得扣人心弦的新闻才能证明我来此处的价值：世界被枪声和爆炸声震撼，被火焰和烟雾吞噬，被灰尘和燃烧的臭气窒息，一切都坍塌为废墟，人们在瓦砾堆上，在所爱之人的遗体旁悲恸不已——这种错误认识，让我不必费心去理解此刻发生的事件。但我们不是只有通过这样的灾变时刻才能理解世界。

惨剧为何发生？这些满是怒吼和鲜血的毁灭现场，说明了什么？那隐晦无形但势不可当的破坏性力量，到底从何而来？这种场景是结束还是开始，更大的灾难是不是还在后头？谁为它们讲话？我们这些通讯员和记者吗？不。死者尸骨未寒，人们刚刚清理掉焚烧的汽车残骸，打扫完街道上的碎玻璃，而我们已经收拾好行李奔赴下一个现场，去其他人正在燃烧汽车、打碎橱窗、为逝者掘墓的地方。

但真的没办法突破那种描述奇观的刻板模式，超越表象，深入肌理吗？试了才知道。我想为自己未经授权的行程找个说法。尽管没法报道坦克、烧毁的汽车和被洗劫的商店，因为我没见证一丁点儿这种场景，但我可以寻找阿尔及利亚政变的背景和源头，刨根问底；我可以跟人交谈，察言观色，考察现场，还可以阅读资料——总之尽己所能去理解。

直到那时我才发现，阿尔及尔是地球上最迷人、最激荡人心的地方之一。在这个美丽而拥挤的城市，方寸空间里，当代世界两大冲突交织在一起。其一是基督教和伊斯兰教之间的冲突（在这里表现为殖民的法国和被殖民的阿尔及利亚之间的冲突）。其二是伊斯兰教内部深层的冲突，它在阿尔及利亚取得独立、法国人撤离后越演越烈，这是两种趋势的斗争：一种是它的开放与折中，甚至可以形容为"地中海式的"面向，一种是它的内转潮流，它产生于对当代世界的不确定感和困惑，由原理主义者引领，他们享用现代科技和组织原则，但同时捍卫信仰和习俗，认为反对现代性是他们存在的根基，代表着他们的身份认同。

在希罗多德的时代，阿尔及尔最初只是一个渔村，后来成为腓尼基和希腊船只的港口，面朝大海。但就在这座城市后面，城市的另一面，是个广袤的沙漠省份，被称为

"内陆"，其居民是信仰古老伊斯兰教法、苛严封闭的群体。简单来说，阿尔及尔存在两种伊斯兰教：一种是沙漠伊斯兰，另一种是河流（或海洋）伊斯兰。前者是尚武的游牧部落信奉的宗教，他们在撒哈拉沙漠挣扎求存，这里可是世界上自然环境最恶劣的地区之一。第二种伊斯兰教，则是商人、流动小贩，那些路上和集市上的人们的宗教，对他们来说，开放、折中和交换不仅有益贸易，于生活本身也必不可缺。

在殖民主义统治下，这两种伊斯兰教派系因为共同的敌人团结在一起；但随后又分裂了。

本·贝拉是一个地中海式的人物，受过法国文化教育，思想开阔，为人随和。当地的法国人认为他属于河流与海洋穆斯林。相反，布迈丁是军队的指挥官，多年来一直在沙漠中征战，在沙漠设立基地和营地，从沙漠招募新兵，并从游牧民族、绿洲和荒漠山地居民那里获得支持和帮助。

这两人甚至外表也不同。本·贝拉总是仪容端庄，穿着优雅考究，笑容亲切，处事恭谦有礼。而政变后首次出现在公众面前的布迈丁，看着就像一名坦克指挥官，刚刚从覆满撒哈拉黄沙的战车里走出来。他确实在勉力微笑，但收效甚微，因为这根本不是他的风格。

在阿尔及尔，我第一次看到了地中海。我近距离看到了这片海——可以把手伸进海水,感受它。我不必惦记方向;我知道只要往低处走,再往低处走,我最终就能到海边。地中海无处不在,它能从远处眺望,在各种建筑物后面闪闪发光,在陡峭的街道尽头出现。

走到最低,就是港口区了,简陋的木屋酒吧排成一排,散发着鱼、酒和咖啡的气味。但最明显的是大海的酸味,每一阵风都带来轻柔、平静的舒爽。

我从未到过一个大自然对人类如此友善的城市。因为它一股脑提供了一切:阳光、凉快的微风、爽朗的空气、银色的大海。也许是因为我读了那么多关于大海的书,它让我觉得亲切。它平静的波浪意味着晴朗的天气和安宁,仿佛在发出旅行和体验的邀请。我产生了和不远处那两个刚起航的渔夫一起下海的冲动。

等我回到达累斯萨拉姆,朱迪已经离开了。有人告诉我,他已受命返回阿尔及尔,并推测,因为政变成功,作为参与者,等着他的是晋升。无论如何,他没再回到这里。事实上,此后我再也没有见过他,因此无法感谢他鼓励我旅行。阿尔及利亚的军事政变是风云激荡的开始,一系列类似的叛乱,在接下来的四分之一个世纪里,将削弱非洲大陆年轻的后殖民国家。这些国家从一开始就贫弱,其中许多国家至今仍然如此。

值得一提的是,由于这次旅行,我第一次站在了地中海的岸边。在我看来,从那一刻起,我比以往更理解希罗多德了:他的想法,他的好奇心,他看待这个世界的方式。

24

铁锚

我们现在还在地中海,在希罗多德的海,只是到了它的东岸。这是欧亚交界处,两大洲在一连串轮廓柔和、阳光明媚的小岛上相遇,那里安谧而平静的海湾,吸引着水手们前来造访并稍作歇息。

波斯人的指挥官玛尔多纽斯离开他在色萨利过冬的营地,率领军队向南进攻雅典。可当他抵达雅典,却发现那里已沦为一片废墟。雅典居民早已搬走,逃往萨拉米斯避难。他派了位名叫穆里奇德斯的使节去萨拉米斯,命他再次劝说雅典人放弃抵抗,臣服于薛西斯国王。

穆里奇德斯向五百人议事会,也就是雅典最高权力机构,提交了这项提议。一群雅典人旁听了审议。五百人议事会的议员吕基达斯认为,应该接受玛尔多纽斯的和解方案,与波斯人达成某种协议。听到这话,雅典民众勃然大怒，把他团团围住，当场用石头砸死了他。

让我们在这一幕稍作停顿。

我们身处崇尚言论自由和思想自由的民主希腊。一位公民公开表达了他的观点。随后发生了什么？人群中爆发大声抗议。吕基达斯忘了，战争还在继续，而在战时，所有的民主自由，包括言论自由，往往会被搁置一旁。战争酝酿自己独特的律法，日常生活中复杂的治理原则，此时化约为唯一真理：不惜一切代价取得胜利！

吕基达斯的演讲还没结束，他就被打死了。可以想象，听他讲话的民众是多么恼火，情绪多么激动，近乎歇斯底里。他们在波斯军队的步步紧逼之下，已经国破家亡。聚集在议事会周围的围观者，不难找到石头。希腊不缺石头，到处都是。所有人都在石头上走路。你只需弯下腰。就是这么简单。人们拿起离自己最近的，也就是手边的石头，掷向吕基达斯。起初，他可能会惊恐地大喊；接着，他浑身是血，痛苦地呻吟着，蜷缩着，喘着粗气，乞求饶命。这是徒劳的。愤怒的人群陷入疯狂，无法自拔，他们不再聆听，不再思考。直至最后一块石头砸灭了吕基达斯的生命之火，把他变成肉泥，使他永远沉默，之后人群才恢复理智。

但并没有结束！

希罗多德写道，萨拉米斯因吕基达斯引发骚乱，雅典的妇女得知后，每个妇女都行动起来，叫上邻居，自发地涌向吕基达斯家，在那里，她们用石头砸死了他的妻子儿女。

他的妻子儿女！为什么是雅典的小孩受到惩罚？提议与波斯人妥协的是他们的父亲，他们甚至都不认识这些波斯人。何况仅仅提议与波斯人会谈，就该被处以死刑吗？

他家最小的孩子能想象死亡吗？会是多么恐怖？他们到了什么时刻才明白，突然出现在家门口的奶奶和阿姨们，带来的不是糖果和葡萄，而是石头，然后她们会用这些石头砸人脑袋？

吕基达斯的命运表明，甚至仅仅是考虑与入侵者合作的可能，也会让希腊人深感痛苦，会给他们带来极大的困扰。该怎么做？持什么态度？做什么选择？合作还是拒不合作？达成协议并生存，还是选择英雄主义并荣耀地死去？这是多么难回答的问题啊，让人备受折磨，进退维谷。

各种选择分裂了希腊人，面对不同意见，他们可不只是辩论和吵架。他们在战场上拿起武器互相厮杀：雅典人与底比斯人，福基亚人与色萨利人；他们扼住彼此的喉咙，挖出对方的眼睛，砍掉对方的脑袋。没有哪个波斯人能像一个希腊人那样，在另一个希腊人心中激起如此多的仇恨——希腊人更仇恨敌对阵营或敌对部落的希腊人。也许是各种各样的情结导致了这一点?诸如负罪感、不忠、背叛,抑或是对神的诅咒隐藏的恐惧?

新的交锋一触即发,战争中的最后两场战役,发生在普拉提亚和米卡尔[1]。

首先,普拉提亚。玛尔多纽斯确定雅典人和斯巴达人不会屈服,于是将雅典夷为平地,撤退到北方,来到底比斯人的领土。底比斯人是波斯人的盟友,而且他们的土地平坦、齐整,非常适合重型骑兵,这是波斯军队的标志性编队。雅典人和斯巴达人的追兵随后抵达普拉提亚附近的平原。两军对峙,各自列阵,蓄势待发。所有人都感觉到,关键时刻即将来临,这会是生死攸关的一战。几天过去了,对峙双方马疲人倦,他们请示各自的神明:开战的时机到了吗?得到的回复都是否定。

在双方僵持的日子里,与希腊人合作的底比斯人阿塔吉努斯为玛尔多纽斯举办了一场宴会,他邀请了五十位最杰出的波斯人和同样数目的最杰出的底比斯人,让波斯人和底比斯人两人一组,坐在同一张长榻上。其中一张长榻上坐着

---

[1] 米卡尔海角之战与普拉提亚决战均发生于公元前479年,后者是波斯帝国第二次入侵希腊战争中的最后一场战役。

希腊人赛尔桑达,他身旁是希罗多德未具姓名的波斯人。他们一起共食饮酒,突然,波斯人陷入沉思,对赛尔桑达说:"看看这些宴饮的波斯人,再想想我们驻扎在河边的军队。"他被不祥之兆折磨已久,如他接下来所说:"用不了多久,你会看到,这些人几乎无人生还。"波斯人一边说一边落泪。波斯人喝醉了,情绪低落,还清醒着的赛尔桑达安慰这位同桌,他明智地说:"你难道不该把这件事告诉玛尔多纽斯,以及那些权位仅次于他的波斯人吗?"波斯人的回答带着悲壮的智慧:"朋友,命定之事非人力所及,纵使说的是真话,也没有人愿意相信。很多波斯人都知道我刚才说的话,但我们听从我们的上级,我们别无选择。人世间最难以忍受的痛苦,莫过于看得明明白白却无能为力。"

普拉提亚大战将以波斯人的失败告终,欧洲从此开始长期称霸亚洲。在此之前,有这么一场波斯骑兵攻击希腊守军的小规模冲突。其中一役,波斯军队事实上的指挥官玛西斯提乌斯死了。玛西斯提乌斯一马当先,箭射中了马的侧面,马疼得后腿直立起来,玛西斯提乌斯因此从马背上摔下来。他刚一坠地,雅典人便扑了上去,抓住了马,并在玛西斯提乌斯反击时杀死了他。事实上,一开始他们并没能杀死他:他贴身穿了件由黄金鳞片制成的胸甲,胸甲外面套着红色的短袖束腰外衣,所以雅典人的攻击一直落在胸甲上,不能给他造成任何伤害。然而最终,有人明白过来是怎么回事,于是调转枪头,刺中了玛西斯提乌斯的眼睛。至此他才倒地而死。

双方为了争夺玛西斯提乌斯的尸体,爆发了激烈的争斗。统帅的尸体是神圣之物。波斯人一边撤退一边争夺尸体。但他们徒劳一场,两手空空地战败回营。这支骑兵回到营地。听到玛西斯提乌斯的死讯,全军上下都悲痛不已。他们不仅剃光了自己的头发,还剃掉了马匹和家畜的毛发,沉浸在无尽的悲伤中。整个维奥蒂亚都回荡着哀悼的声音,因为在波斯,除了国王和玛尔多纽斯,没有比玛西斯提乌斯更受尊敬的人了。

在获得玛西斯提乌斯的尸体后,希腊人做的第一件事,是把尸体装上一辆手推车,在他们的队伍中游行。玛西斯提乌斯异常高大英俊(事实上,这正是他们如此对待尸体的原因),男人们争相走出队伍去看他。

所有这一切,都发生在那场决定性战役前几天。由于预兆仍然不祥,双方都不敢贸然发起战斗。波斯方面的占卜师是一位叫赫格西斯特拉图的希腊人,来自伯罗奔尼撒半岛,但他憎恨斯巴达人和雅典人。赫格西斯特拉图曾被斯巴达人逮捕入狱,等待处决,因为斯巴达人在他手底下曾遭受骇人的待遇。他命悬一线,为了求生,他准备忍受令人毛骨悚然的创痛，做出无法用言辞描述的事。他的脚被锁在足枷里，足枷是用木头和铁做的，他设法搞到了偷运进监狱的刀片。他随后动手做的事情，需要付出闻所未闻的勇气。他测算出，如果他切除大部分的脚掌，就能从足枷里抽出脚，所以他动手了。又因为他处于狱卒的监视之下，他就从墙壁上挖开一个窟窿，逃往泰格亚，他夜里赶路，白天在林地的掩护下休息。尽管拉栖第梦人全力出击追捕，他还是在逃脱后用两个晚上抵达了泰格亚。拉栖第梦人发现他留下的半只脚，但却四处找不到人，他们很是惊讶。

他是怎么做到的？

切断自己的脚实在是项艰巨的工作。

仅仅割下肉是不够的。还要锯透筋骨。我们所处的时代也发生过自残行为：目击者称，在古拉格，偶尔有囚犯会砍断自己的手，或用刀刺穿自己的肚子。甚至有囚犯把自己的手脚钉在木板上。这么做的目的，是不惜一切代价从繁重的劳动中解脱，因为只有去医院才能躺下休息片刻。但赫格西斯特拉图可是砍掉了自己的脚掌，然后马上跑掉，这是怎么做到的？

他是怎么逃走的？

怎样跑得快？

这怎么可能？他应该是靠手和另一条腿爬行。但那条伤腿肯定疼得很厉害，在大量出血。他在逃跑途中没有累昏过去吗？没渴昏过去吗？没疼昏过去吗？他不觉得自己快疯了吗？他看见鬼魂了吗？他不会发高烧出现幻觉吗？伤口不会感染吗？毕竟，他必须用残肢拖过地面，拖过灰尘和污垢，不然他能怎么拖着那条腿呢？那条腿没开始浮肿、化脓吗？有没有变成青紫色？

然而尽管如此，他还是逃脱了斯巴达人的追捕，康复后他给自己削了一个木制假肢，他甚至成为波斯指挥官玛尔多纽斯的占卜师。

普拉提亚周围局势紧张。在向诸神献祭了十多天无果之后，形势变得稍微有利了一点，玛尔多纽斯决定开始战斗。这是人性的弱点：他急于大败敌人，尽快成为雅典和整个希腊的总督。现在，希腊军队的每支小队都有伤亡，他们被波斯骑兵的投枪和弓箭击倒。而当箭袋射空了后，两支军队展开了可怕的肉搏战。数十万人互相搏斗，杀气腾腾地紧紧抓牢对方，死死抱住，使劲掐脖子。谁手边有什么东西，就用它连续猛击对手的头，或者把刀插进对手的两肋之间，或者踢他的小腿。几乎可以听到所有人的喘息和呻吟，一片哼哼声和呼哧呼哧声，到处都是诅咒和哭泣！

在这场血战中，根据希罗多德的描述，表现最勇敢的人是斯巴达的阿里斯托德姆斯。他是温泉关战役列奥尼达军团三百名勇士里唯一的幸存者。没人知道阿里斯托德姆斯到底是怎么活下来的，但因为那份幸运，他蒙受了耻辱和责难。根据斯巴达人的准则，从温泉关战役幸存并不光荣：浴血保卫家园者，必然战死疆场。因此，列奥尼达军团的集体墓碑上刻着这样一句话："来往的过客啊，请去告诉斯巴达，说我们遵从它的律法，长眠在这里。"

显然，斯巴达严苛的法律并没有顾及虽战败但幸存的人。上战场的人，要么凯旋，要么战死。唯一的幸存者是阿里斯托德姆斯。生死之别令他声名狼藉，蒙受羞辱。没有人想搭理他，所有人看到他都嫌弃地别过脸去。奇迹般的生还很快让他感到痛苦、窒息、愤愤不平。耻辱压在他身上，变得越来越难以承受。他寻找解脱的办法。终于，消除耻辱烙印，或者更确切地说，英勇献身、结束这种屈辱生活的机会来了：普拉提亚之战。战场上阿里斯托德姆斯万夫莫当：他的名字被玷污了，他一心求死，奋不顾身地厮杀，立下赫赫战功。

都是枉费心思。斯巴达的法律毫不宽容。其中没有怜悯，没有人情味。错一次就错一辈子，谁玷污了自己，就永远无法洗清。所以阿里斯托德姆斯的名字，并不在被希腊人表彰的英雄之列——如前所列，这场战役所有的阵亡者都获得了应有的荣誉，除了阿里斯托德姆斯。

阿里斯托德姆斯没有得到荣誉,因为已经提及的原因:此人一心求死。[1]

波斯指挥官玛尔多纽斯之死,决定了普拉提亚战役的战局。在那个时代,指挥官不会躲在后方的伪装掩体中,而会冲锋陷阵。而当指挥官阵亡时,他的部队就会溃散并逃离战场。因此,大家必须远远地就能看到指挥官(通常,他骑在马上),因为指挥官怎么指挥,士兵就怎么打仗。普拉提亚战役亦如此——玛尔多纽斯身骑白马英勇杀敌……但是在他被杀,他的军队、波斯方面最精锐的部队被击倒之后,其他人如鸟兽散。

希罗多德指出,希腊方面有一个人表现得光彩夺目,可圈可点。他是个雅典人,名叫索汾涅斯:他总是带着一个小铁锚,他用青铜链把铁锚系在胸甲的带子上,每当他逼近敌人,他就放下铁锚,这样当敌人从队伍里向他冲过来时,就无法使他离开自己的队伍。然而,如果敌人溃逃,他就收起铁锚,追击他们。

---

[1] 《历史》中记载,战后斯巴达人就谁是最勇敢的战士展开争论,最后他们认定,阿里斯托德姆斯因为温泉关战役受到的责难,显然是宁愿一死,因而他殊死搏斗,成就功勋;而战争中的其他人,比如波西多纽斯,他不想死,却表现得同样勇敢。希罗多德补充说:"他们或许是出于嫉妒才提出这种说法。"

这可以成为多么棒的隐喻！救生索只能让我们被动地漂浮在水面上，比起来，这个铁锚是多么了不起，它拴住我们，让我们尽心竭力。

25

黑而美

乘当地渡船从达喀尔的码头驶往戈雷岛[1]，用不了半小时。我站在船尾眺望这座城市，它似乎在随着螺旋桨转动而跳跃，然后变得越来越小，最后只能看到沿着地平线延伸的闪亮石岸。就在那一刻，渡船掉转船头，在隆隆的引擎声和喀喀作响的铁器刮擦声中，碰上小艇停靠区的混凝土边缘，靠岸了。

我先是沿着一座木制栈桥走，然后走过沙滩，穿过一条曲折狭窄的小街，最后来到一间家庭旅馆，在那里等着我的，是看门人阿卜杜和家庭旅馆的女房东玛丽姆，她沉默寡言，总是忙个不停。阿卜杜和玛丽姆是夫妻，从玛丽

---

[1] 达喀尔是塞内加尔共和国的首都，位于佛得角半岛，大西洋东岸。戈雷岛濒临塞内加尔海岸，面向达喀尔，曾经是贩卖黑奴的基地。

姆的身形来看，他们很快就会有孩子了。虽然他俩都还很年轻，但这已经是他们第四次做父母了。阿卜杜心满意足地看着妻子明显隆起的小腹：这说明家里诸事顺遂。阿卜杜说，如果一个女人小腹干瘪，那么她家就时运不济，玛丽姆点头表示同意。那样的话，焦虑的亲朋好友会开始盘问，刺探消息，编造吓人的故事，有时甚至散布恶毒的谣言。万事万物都应该遵循自然规律，这意味着，女性应该每年展示一次她丰沛的生育能力。

阿卜杜和玛丽姆都属于颇尔人，这是塞内加尔主要族群之一。颇尔族说沃洛夫语，皮肤比其他西非人白，这也是为什么有理论认为他们是很久以前从尼罗河岸，从埃及来到这片大陆的，那时撒哈拉尚为绿色覆盖，人们可以安全地在这片还未沦为沙漠的土地漫步。

由此有另一理论推而广之，认为希腊文明源出非洲-埃及，欧洲和西方文明同理，这是塞内加尔历史学家和语言学家安塔·迪奥普在二十世纪五十年代提出的。他认为，正如人类起源于非洲，欧洲文明也可以追溯到这片大陆。迪奥普编纂了一部大型埃及语-沃洛夫语比较词典，对他来说，希罗多德是至高权威，因为希罗多德在书里指出，希腊文明的许多元素都是从埃及和利比亚汲取的，换言之，欧洲文明，尤其是其中的地中海文明，有非洲血统。

迪奥普的论点，契合了二十世纪三十年代末兴起于巴黎、风靡一时的"黑人精神"（Négritude）运动。其发起人是两位年轻诗人，塞内加尔人列奥波德·桑戈尔和马提尼克岛奴隶后裔埃米·塞泽尔。黑人几百年来一直被白人羞辱，他们在诗歌和宣言中，呼吁黑人为自己的种族自豪，弘扬黑人的成就与价值观，以及他们对世界文化的贡献。

这一切发生在二十世纪中叶，当时去欧洲化意识正在觉醒，非洲人民乃至整个所谓"第三世界"的人民，正在寻找他们自己的独特性，非洲居民尤其渴望摆脱奴隶阴影。迪奥普的论文、桑戈尔和塞泽尔倡导的"黑人精神"运动，包括后来在萨特、加缪和戴维森的文章中看到的回响，都使欧洲人认识到，我们的星球在被欧洲统治了几个世纪后，正在进入新的多元文化时代，在人类大家庭中，非欧洲社区和文明将获得尊严和应有的尊重。

正是在这种背景下，产生了"他者的他者性"这一问题。在此之前，当我们思考与他者的关系时，面对的是与我们来自共同文化背景的人。然而现在，他者完全属于异质文明，我们要面对的，是由其独特的习俗和价值观塑造的个体。

1960年塞内加尔独立，前面提到的诗人桑戈尔成为总统，他是巴黎拉丁区俱乐部和咖啡馆的常客。多年来，他和来自非洲、加勒比地区和南北美洲的朋友，钻研理论、筹备计划、心怀梦想，他们回到源头，从他们那个曾被奴隶贩子连根拔起的残忍世界寻找答案，在那里，整整几代人都被扔进陌生的国度，成为奴隶，关进充满敌意的樊笼，现在，他们终于可以践行雄心勃勃的事业，实现远大的理想。

从就任总统的第一天起，桑戈尔就开始筹备首届世界黑人艺术节（Premier Festival Mondial des Arts Negres），准确说，世界艺术节。因为艺术节要呈现所有黑人的艺术，而不仅仅是非洲人的；它追求的目标，是展示艺术的无限和崇高，普遍多样和勃勃生机。没错，非洲是它的源头，但它如今辐射全球。

桑戈尔1963年在达喀尔为艺术节揭幕；艺术节持续了几个月。我错过了开幕庆典，镇上所有旅馆都已客满，好在最后在岛上的家庭旅馆弄到一间房。这正是由玛丽姆和阿卜杜经营的那家，他俩是塞内加尔的颇尔族人，也可能是某个埃及农民的后裔，谁知道呢，甚至也可能是法老的后裔。

玛丽姆给我准备的早餐，是一块水嫩的木瓜、一杯非常甜的咖啡、半根法棍和一瓶罐头。虽然她不爱说话，但习俗要求她在早上仪式性地问些问题：睡得怎么样，还安稳吗，这里会不会太热，有没有被蚊子叮，做了梦吗？我反问，没做梦会怎样呢？玛丽姆说，那不可能。她一直做梦。她会梦见自己的孩子，梦见好时光，梦见去乡下探望父母。都是让人舒服的好梦。

我谢过她的早餐，就去了港口，乘渡船去达喀尔。这座城市的空气里洋溢着艺术节的气息。到处都是展览、讲座、音乐会、戏剧演出。世界各地的艺术汇聚一堂：东非和西非，中非和南非；巴西和哥伦比亚，还有整个加勒比地区的代表，其中牙买加和波多黎各打头阵；还有美国的亚拉巴马州和佐治亚州，大西洋和印度洋的岛屿。

街头和广场上随处可见文艺演出。非洲戏剧不像欧洲那样形式主义。一群人可以随兴聚集在某处，来一出即席表演。没有台本；一切都是此刻的产物，是流转的情绪，是自由的想象。主题完全不设限：警察抓捕一伙小偷，商人为阻止他们的市场被夺走而抗争，妻子们为移情别恋的丈夫争风吃醋。当然主题必须简单，语言得通俗易懂。

有创意的人可以自告奋勇做导演。导演分配好角色后，演出就开始了。如果在街道、广场、庭院表演，很快就能吸引一群路人围观。人们在表演的过程中开怀大笑，不断评论，热烈鼓掌。如果情节吸引人，观众会聚精会神地站在那里，才不管烈日灼人；如果演出乏味，临时剧团无法有效地沟通和推动剧情，演出很快就会结束，观众和演员也会散去，把地方腾给其他运气更好的人。

有时我看到演员会中断对白，来段仪式性舞蹈，所有观众都会加入。可以跳热情欢快的舞蹈，也可以跳别的，舞者认真专注，对他们来说，集体参与共同的节奏，显然是种深沉的体验，他们的心被某种意味深长的事物触动了。但随着舞蹈结束，演员继续有对白的表演，至于观众，一度还没缓过神，但很快再次笑起来，他们被逗乐了。

街头戏剧不止舞蹈。它的另一个重要的、不可分割的组成是面具。演员们有时会戴着面具表演，要是在高温下很难长时间佩戴面具，他们就随身带着，或是拿在手里，或是夹在腋下，甚至绑在背上。面具是个象征，富有激情，引发共鸣，面具诉说着其他宇宙的存在，是它们的标志和印记，是它们在场的证明。面具向人们传递着信息，提醒我们注意某个人；它看似毫无生气、纹丝不动，却能通过它的样子来唤醒我们的感受，让我们被它的魔力所笼罩。

桑戈尔从多个博物馆借展，收集了成千上万这种面具。当这些面具陈列在一起时，会让人觉得进入了一个自成一体的神秘世界。挨个走过那些展品是奇特的体验。你会开始理解，面具为何具有这种力量，为何能催眠人，支配人，引导人进入狂喜状态。这也解释了，为什么对面具及其神奇效力的信仰，团结了整个社会，使他们能够跨越万水千山交流，赋予他们共同体意识和认同感，构成一种传统和集体记忆的形式。

从一场戏剧表演走向另一场,从一场面具和雕塑展览走向另一场,我感到自己在见证伟大文明的重生,见证这个文明的独特性和重要性,见证它自豪感的觉醒,也见证宇宙意识的广大。这里不仅有来自莫桑比克和刚果的面具,还有来自里约热内卢的马库姆巴仪式[1]灯笼、海地伏都教守护神的盾牌,以及埃及法老石棺的复制品。

但是,这种喜悦,对世界范围共同体复兴的喜悦,也伴随着失望和幻灭感。举个例子:在达喀尔,我读了理查德·赖特最近出版的《黑人的力量》(*Black Power*),这是一本动人的书。二十世纪五十年代初,来自哈莱姆区的非裔美国人赖特,怀着回到祖先故土非洲的渴望,踏上了加纳之旅。加纳当时正在争取独立,集会、示威、抗议不断。赖特投身这些活动,了解城市的日常生活,参观阿克拉和塔科拉迪的市场,与商人和种植园主交谈,之后他得出的结论是:尽管他与他们有着相同的黑色皮肤,但他们这些非洲人,和他这个美国人,彼此之间完全陌生,没有共同语言,对他们来说非同小可的事对他来说无足重轻。在这趟非洲之旅中,赖特感到的疏离让他日益难以忍受,他仿

---

[1] 马库姆巴仪式(Macumba),巴西黑人的一种宗教仪式。

佛被诅咒,这是一场噩梦。

黑人文化认同所追求的,正是打破那些分裂黑人世界的外来文化壁垒,恢复共同语言和团结。

我的房间在这间家庭旅馆的二楼。房间巨大,是用石头凿成的,在窗户的位置有两处开口,在门的位置还有一处大的开口,有一幢楼的入口门那么大。我还有个宽阔的露台,从那里可以看见大西洋一直延伸到地平线。海洋是无尽的。房间里不断吹来凉爽的风,令人感觉身处船上。我们所在的这个岛屿却岿然不动,从某种意义上说,始终风平浪静的大海也是静止的,但色彩不断变换:水的颜色、天空的颜色、日与夜的颜色。事实上所有一切都在变换色彩:墙壁和屋顶,邻近的村庄,渔民的船帆,沙滩上的沙子,棕榈树和杧果树,老是在这里盘旋的海鸥和燕鸥的翅膀。这个让人困倦,甚至死气沉沉的地方,会让任何对颜色敏感的人晕眩,先是被吸引,感到讶异,过一段时间后麻木,最后疲倦。

离我寄宿的旅馆不远,在海滨巨石和茂密的植被之间,可以看到被时间和盐分腐蚀的钙化墙的残垣。这些墙,事实上整个戈雷岛都臭名昭著。两百年来,或许更长的时间里,该岛一直是非洲奴隶被运往另一个半球的监狱和集中营,是前往北美、南美和加勒比海地区的登船港。无数青年男女从戈雷岛被贩卖出去：有人说几百万，有人说一千二百万，有人说多达两千万。在那个时代，这些数字大得惊人。大规模绑架和贩卖使非洲大陆人口锐减。

非洲因此空空荡荡，长满了灌木和杂草。

多年来，成群结队的人不断从非洲内陆被驱赶到现在的达喀尔，再用船从那里运到这个岛。在等待运送他们横渡大西洋的船只时，一些人死于饥饿、干渴和疾病。死者立即被抛入海中，被鲨鱼吞食。戈雷岛周边地区是鲨鱼的主要觅食地。掠食者成群地绕岛转圈。想逃跑是不可能的——埋伏着的鱼在候着铤而走险的人，它们的警惕性可不亚于白人守卫。据历史学家推测，登上帆船的人又会有一半在途中遇难。乘船从戈雷岛抵达纽约要航行六千多公里。只有最强壮的人才能熬过那种距离，熬过旅途中可怕的环境。

我们是否想过，从远古时代开始，世界上的财富，就是由奴隶创造的？从美索不达米亚的灌溉系统、中国的长城、埃及的金字塔和雅典的卫城，到古巴的甘蔗种植园、路易斯安那州和阿肯色州的棉花种植园、科雷马的煤矿和德国的高速公路？还有战争呢？从历史的破晓时分开始，人们就为了俘虏奴隶而发动战争。人们抓住奴隶，拴住他们，鞭打他们，蹂躏他们，对另一个人成为自己的财产感到满足。俘获奴隶是发动战争的重要原因,且常常是唯一原因,单刀直入,不加掩饰。那些在跨大西洋之旅中幸存下来的人(据说这些船载的是"黑色货物"),带来了他们自己的非洲-埃及文明,也就是让希罗多德着迷的文明,远在这个文明传播到西半球之前,他就在书中孜孜不倦地描述过它。

那希罗多德本人呢?他拥有什么样的奴隶?有多少?他怎么待他们?我认为他是个心地善良的人,他不会给他们太多抱怨的理由。他们和他一起游览了广阔的世界,也许后来,当他在图里伊定居下来撰写他的《历史》时,他们就像行走的百科全书,为他唤醒了鲜活的回忆,他们在他写作时,帮助他记起名字,提醒他事情发生的地点和故事细节,他们以这种方式,使他书里的内容异常丰富。

希罗多德死后他们怎么样了?他们被带到市场上出售了吗?或者他们已经和他们的主人一样,垂垂老矣,很快也随希罗多德进入了另一个世界?

26

激情与审慎的几个场景

在戈雷岛,我能想到最惬意的事,就是傍晚坐在露台上,在点着灯的桌子旁,一边听着海浪,一边读希罗多德。但这极难实现,因为在点亮灯的刹那,黑暗就开始焕发生机,昆虫汹涌而至。最让它们兴致勃勃的是眼前的光亮,它们盲目地往前冲,头使劲撞击亮着的灯泡,然后坠地殒命。其他昆虫,还只是半梦半醒,绕行起来就更谨慎,它们不知疲倦地持续转着圈子,仿佛那光为他们注入了源源不断的能量。最让人讨厌的是一种小苍蝇,它们凶猛无畏,根本不在乎会不会被赶走、被打死,一波死了,另一波已经迫不及待地准备攻击了。甲虫和其他各种我不知道名字的进攻型毒虫,也表现出类似的热情。但阅读的最大障碍是某种飞蛾,人眼显然有什么让它们警觉和恼怒,它们都爱往人眼跟前飞,深灰色的肥胖翅膀扑腾着,想把眼睛盖住。

有时阿卜杜会来救我。他带来一个破破烂烂的小炉子，里面放着烧热的煤，他在上面撒上树脂、树根、树皮和浆果的混合物，然后铆足劲，往咻咻响的炉箅上吹气。一股刺鼻的气味开始在空气中飘荡，浓得令人窒息。仿佛接到命令似的，虫豸部队落荒而逃，而剩下的那些糊涂蛋，变得昏昏沉沉，它们往我身上和桌子上爬了会儿，然后，突然动不了了，掉到地上。

阿卜杜心满意足地走开了，我可以安心读一会儿书了。希罗多德正在缓缓走向他作品的终点。

第一场 战斗场景（最后的战役 —— 米卡尔）

希腊人在普拉提亚击溃了波斯军队，其残部开始向本国撤退，正是在那一天，在爱琴海东岸的米卡尔，希腊舰队打败了另一支波斯军队，至此战争以希腊（也就是欧洲）战胜波斯（也就是亚洲）告终。米卡尔之战持续的时间很短。两军对峙。希腊人做好战斗准备，向波斯军队出击。就在发起进攻时，他们突然得知，他们的同胞刚刚在普拉提亚击败了波斯人！

希罗多德没有描述他们具体是怎样收到消息的。这是个谜，因为普拉提亚和米卡尔之间的距离很远，航程至少需要几天。今天有人推测，胜利者传递消息的办法，可能是在不同岛屿上依次点燃营火：一旦观察到前序岛屿的营火，就点燃自己的，后续岛屿的人观望到这堆火后照做，以此类推。于是当获胜的传闻扩散到他们那里，[希腊人]就发动了更勇猛迅疾的攻势。战斗异常激烈，波斯人顽强抵抗，但希腊人最终获胜。希腊人消灭了大多数敌人，在交战中以及对方试图溃逃时。他们焚烧了波斯战舰，焚烧了波斯人修起来的防护墙，随后把缴获的战利品运到了海滩上。

第二场 爱情场景（爱情故事与嫉妒的地狱）

波斯士兵在普拉提亚和米卡尔浴血奋战，幸存的波斯人在被希腊人追杀。这些人想逃往波斯城市萨第斯。躲在萨第斯的薛西斯国王根本不关心这场战争，他忘记了他从雅典逃亡的耻辱，也不在乎帝国的覆亡。相反，他沉迷于越轨的危险情事。心理学有个否认的概念：一个人经历过创伤，并在此后的回忆中因此痛苦，会选择否认和抹去这段记忆，借此获得内心的平静和精神的安宁。这不正是薛西斯的心路历程吗？想当年，他意气风发，率领世界上最强大的军队攻打希腊人；现如今，他一败涂地，把一切都抛到了脑后，只关心——女人。

逃离希腊并在萨第斯避难后，薛西斯爱上了［他兄弟］玛西斯特斯的妻子，她也在萨第斯。然而，她对他的示爱无动于衷……薛西斯无可奈何，索性安排他儿子大流士娶了这个女人和玛西斯特斯生的女儿，他指望这么一来，能有更多机会引诱这个女人。因此起初，国王想捕猎的并不是年轻女子，而是她的母亲，至少他们还在萨第斯的时候，国王觉得这位母亲比女儿更有吸引力。

然而，当薛西斯从萨第斯回到帝国首都苏萨的王宫时，他的趣味变了。薛西斯到达苏萨，并将大流士的妻子接到家中后，他不再追求玛西斯特斯的妻子，开始垂涎大流士的妻子、玛西斯特斯的女儿。她名叫阿塔因塔，薛西斯和她在一起了。

但没过多久，私情就败露了。事情是这样的，薛西斯的妻子阿美斯特莉丝编织了一件艳丽、漂亮的长袍，作为礼物送给薛西斯。他非常喜欢它，穿在身上去找阿塔因塔。她给他带来如此之多的欢娱，薛西斯许诺她，无论她提出什么要求，他都会答应，以此作为报答。

他的儿媳妇毫不犹豫地说想要长袍。这吓到了薛西斯，他想劝阻她，原因很简单：如果他把长袍送给她，王后对他不伦行为的怀疑就会坐实。所以他向这位年轻女子提出，给她城市、大量黄金和成为任何军队的统帅。但是被宠坏的小倔强说不。她想要长袍,只要长袍,不要别的。

虽然身为一个世界帝国的君主,统治着数百万人,生杀予夺,此刻也不得不屈服。最终他把长袍送给她,她非常喜欢,常常穿起来向人炫耀。

阿美斯特莉丝听说阿塔因塔得到了长袍,但她没有为此和阿塔因塔生气。相反,她认为罪在她的母亲,她才是罪魁祸首,因此阿美斯特莉丝开始策划毁掉玛西斯特斯的妻子。她一直等到她的夫君薛西斯举行王室御宴,也就是一年一度在国王生日那天举办的宴会……每逢此时国王会在额头上涂抹橄榄油,还会给波斯人分发礼物。这天来临时,阿美斯特莉丝告诉薛西斯,她希望得到的礼物是玛西斯特斯的妻子。薛西斯听懂了她的要求,震惊又恐惧,不仅因为要交出兄弟的妻子,更因为她在整件事中是无辜的。

可王后态度坚决,而遵照传统,王室御宴之日国王不得拒绝任何要求,因此薛西斯很不情愿地答应了。他把亲家母交给他的妻子,听凭她处置,还派人召来他兄弟。他兄弟抵达后,薛西斯说:"玛西斯特斯……你是个好人。我命你和你现在的妻子离婚,我把女儿许配给你来代替她。你可以娶她为妻。但休掉现在这个妻子;我不喜欢你俩这桩婚姻。"

玛西斯特斯听完国王的话惊呆了。"陛下,"他说,"这话多么残忍！你命我抛弃我的妻子，和你的女儿结婚，这是当真的吗？我们夫妻育有子女，已经成年……我俩相亲相爱……请收回成命。"

他这番话激怒了薛西斯，他说："玛西斯特斯，你这么说话考虑过后果吗？我收回让你娶我女儿的提议，并且再也不允许你和你妻子一起生活。这将教会你见好就收。"

听完这些话，玛西斯特斯只说了一句话："您还没有杀死我，陛下。"随后他走出房间。

与此同时，在薛西斯和他兄弟谈话时，阿梅斯特里斯召来了薛西斯的贴身卫士，在他们的协助下，残害了玛西斯特斯的妻子。王后割掉了她的乳房，扔给狗吃，割下了她的鼻子、耳朵、嘴唇和舌头，然后把面目全非的她送回家。

弟妹落在阿美斯特莉丝手中后，阿美斯特莉丝有没有开口对她说话？她是一边慢慢地、一块一块地（因为那时的铁器还不够锋利）割掉她的乳房，一边辱骂她吗？她有没有用她握着滴血刀子的那只拳头，朝她挥舞？还是说，她只是急喘着气，发出仇恨的嘘声？宫廷护卫需要做什么，受命牢牢摁住受害者？她一定痛得嘶吼，挣扎着，想要挣脱。他们会挑逗地盯着她的乳房吗？他们都对暴力沉默了吗？他们会暗中窃笑？还是说她的脸被割伤，昏死过去，他们需要不停地泼冷水？她的眼睛怎么样了？是不是被王后剜出来了？这些希罗多德都没写。他忘了吗？还是阿美斯特莉丝忘了？

玛西斯特斯此时尚不知发生了什么，但他料想惨祸会降临到自己身上，所以他赶紧回家。看到妻子被残害至此，他先征求儿子们的意见，然后带着儿子们，当然还有其他人，前往巴克特里亚，准备在该省举兵，尽全力报复国王。在我看来，如果他能及时赶到巴克特里亚和萨卡伊，他本可计日程功，因为那里的人听命于他，他是巴克特里亚的总督。但薛西斯觉察到了他的意图；他派军队在路上阻击他，杀死了他、他的儿子们，和他的士兵。关于薛西斯的情欲和玛西斯特斯之死的故事，这就是结局。

这一切都发生在帝国权力的顶峰。高层是最危险的地方，因此血雨腥风不断。国王与儿媳私通；愤怒的王后残害她无辜的弟妹。后来被割掉舌头的受害人，甚至无法谴责王后。善被惩罚，被打败：玛西斯特斯这样的好人，被兄弟下令杀死，他的儿子们跟着遇害，他的妻子以惨绝人寰的方式被毁容。多年之后，薛西斯本人也遇刺而死。他的王后怎么样了？她是死于玛西斯特斯之女的复仇吗？毕竟罪与罚的车轮在不停转动着。莎士比亚读过希罗多德吗？我们这位希腊人，早在《哈姆雷特》和《亨利八世》的作者之前两千年，就描绘了一个充满最强烈激情和王室谋杀的世界。

第三场 报复场景(酷刑)

塞斯托斯及其周边地区当时由一位薛西斯任命的总督统治,此人叫阿泰克特斯,是个狡诈又腐败的波斯人。薛西斯向雅典进军途中,有一次在艾拉尤斯,他欺骗了薛西斯。希罗多德指责他偷窃金银和其他各种贵重物品,以及他常常在神庙里与女人发生性关系。

希腊人追击波斯残余部队,想摧毁赫勒斯滂海峡上的桥梁,当时凭借此桥薛西斯军队才进入希腊。希腊军队抵达塞斯托斯后包围了这里,在欧洲,这是由波斯人防守的要塞里最坚固的。这里起初坚不可摧。泄气的希腊士兵想打道回府,但他们的指挥官拒绝了。与此同时,在塞斯托斯,粮草尽绝,饥饿导致围城中的人大量死亡。要塞里的情况非常糟,他们甚至把床上的皮带都煮了吃。后来这些也吃完了,山穷水尽,波斯人,包括阿泰克特斯……在黑暗的掩护下,沿着最偏远的城墙爬下来,那里几乎没有敌军,逃离城镇。

希腊人在他后面追击。阿泰克特斯和他的手下……被追上……抵抗了很久,但最终不是被杀就是被俘。包括阿泰克特斯和他儿子在内的囚犯,被希腊人捆绑着带回塞斯托斯……雅典人把他带到岸边,那里是薛西斯横跨海峡的桥的尽头(或者,在另一个版本中,带到了俯瞰玛狄图斯镇的山丘上),他们把他钉在木板上,然后吊起来,当着他的面,用石头把他儿子砸死了。

希罗多德并没有告诉我们,当人们用石头砸烂他儿子的头时,被钉在木板的父亲是否还活着。"当着他的面"这个短语是字面意思还是隐喻?希罗多德可能没有求证这么敏感而压抑的细节。或者"见证者"自己也没法告诉他,因为他们只是从别人的讲述中知道这个故事?

第四场 闪回场景(人是否要去更好的国土?)

希罗多德提醒我们,被钉死的阿泰克特斯有个祖先名叫阿腾巴列斯,他曾向当时的波斯国王居鲁士大帝提出一个建议,获得其同胞广泛支持。内容如下:"既然宙斯已将权力赋予波斯人,特别是赋予您居鲁士……让我们迁出现在这个狭小崎岖的国家,去治理更富饶的地方……我们统治着这么多民族,统治着整个亚洲,我们没有比现在更好的机会了。"

居鲁士对这个提议不以为然。他告诉他们尽可以这样做——但他也建议他们,那样的话要做好准备,准备成为臣民而不是统治者,因为肥沃的土地往往会养育不思进取的人。他说,同一个国家,不可能同时培育硕壮的作物和精锐的战士。这些波斯人心悦诚服地离开了。居鲁士的观点比他们自己的观点更有说服力,他们宁愿在严酷的土地上生活,做统治者,也不愿去开垦肥沃的平原,成为别人的奴隶。

我读完这本书的最后一句话,把它放在桌上。阿卜杜的气味魔法早已失效,成群讨厌的苍蝇、蚊子和飞蛾再次盘旋四周。它们现在更加咄咄逼人了。好吧我投降,我从露台上逃走了。

早上我去邮局发了一些报道回国。窗前有封电报在等着我。我的老板,善良的、护犊子的米哈乌·霍夫曼建议,除非非洲发生什么大事,否则我必须回华沙谈谈。我又在达喀尔多待了几天,然后告别玛丽姆和阿卜杜,穿过戈雷岛狭窄曲折的街道,坐飞机回国。

27

希罗多德的发现

离开戈雷岛前一晚,有位朋友来拜访我,是捷克记者雅尔达,我们曾在开罗打过一次照面。他也来达喀尔参加黑人艺术节。我们一起走了好几个小时,观看那些面具和雕塑:班巴拉人的、马孔德人的,还有伊费人的,试图弄清楚它们意味着什么。我们意识到,伴着夜里闪烁的火光和火炬,这些面具是多么栩栩如生,让人心生敬畏。

那天晚上在我的露台,我们聊到,用短短一篇文章报道非洲艺术有多困难。参观展品时,我们面对的是个异质的世界,完全未知,用我们熟悉的概念和词汇,根本没法描述出来。这些问题我们都知道,但束手无策。

如果雅尔达和我生活在希罗多德的时代,我们大概率是斯基泰人——我们所在的这部分欧洲曾经是其领地。就像我们的希腊人由衷喜爱的场景,我们会驾着矫健的马匹,欢腾地穿过森林和田野，弯弓射箭，痛饮马奶酒。希罗多德会兴致盎然，询问我们的风俗和信仰，询问我们吃什么、穿什么。接着，他会准确描述我们如何给波斯人设陷阱，把他们拖进冰天雪地，然后击败他们，还会描述波斯人伟大的国王大流士，在我们的追击下怎样九死一生。

聊天时，雅尔达注意到我桌上放着希罗多德的书。他问我怎么想到读这个。我告诉他，这本书是作为旅伴送给我的，读它的过程中，我实际上同时踏上了两段旅程：第一段是我作为记者报道新闻时的旅行，第二段是跟着《历史》作者的远行。我很快又强调，在我看来，翻译的书名"历史"没有抓住要点。在希罗多德的时代，希腊语"历史"一词的意思更多是"调查"或"探究"，这两个词无论用哪个，都更符合作者的意图和抱负。毕竟，他没有把时间花在档案馆，也没有像他之后几个世纪的学者那样写学术文章，而是努力去查明，去学习和描述历史每天如何产生，人如何创造历史，为什么历史的进程常常与人们的努力和期望背道而驰。众神该对此负责吗？还是说，人类囿于自身的缺陷和限制，根本无法明智而理性地决定自己的命运？

我告诉雅尔达，刚开始读这本书时，我问过自己，作者是怎么收集他的材料的？毕竟，那时候没有图书馆，没有臃肿的档案，没有塞满剪报的文件，也没有现在这样庞大的数据库，可供随意使用。但希罗多德在第一页就回答了我的问题，例如，他写道，根据博学的波斯人的说法……或者腓尼基人这样说，并补充说：这就是波斯人和腓尼基人的讲述。至于这两种说法哪种属实，我不予置评。我要谈的是这个人，据我所知，他首先对希腊人犯下了侵略罪行。我将展示谁是始作俑者，然后继续其他叙述。我将平等地讲述大邦和小国，因为曾经名重一时的大邦，现在已经变得弱小，曾经籍籍无名的小国，现在却变得强大。我不会厚此薄彼，因为我知道，人类的幸福永远不会在同一个地方停留太久。

但是希罗多德作为一个希腊人，怎么会知道遥远的波斯人或腓尼基人，埃及人或利比亚人说了什么？因为他旅行至他们的土地，不断提问，观察了解，从所见所闻中收集信息。是的，他的第一步是旅行。所有的记者不都是这样的吗？我们在第一时间想到的不都是上路吗？旅行是我们的信息源，我们储备的宝库，甚至就是我们的财富本身。只有在路上，记者才觉得在做自己，才自在。

他如何被驱动，开始行动？是什么迫使他承受旅行的艰辛，经受一次又一次远征的危险？我认为只是因为对世界的好奇：渴望抵达，无论如何都要亲眼看到，亲身体验。

这实际上是一种罕见的激情。人本质上是定居物种；从他开始耕种土地，抛下危险的捕猎或采集生活，放弃不确定性那一刻起，他就自然而然地安顿下来，满心欢喜，在那块属于他的田地，筑墙挖渠，将自己与外界分隔开，他会不惧流血，甚至不惧献出生命，捍卫属于他的东西。如果他迁移，那也是迫于压力，因为饥饿、疾病或战争，不得不谋更好的生计；或者出于职业原因，比如他是水手、行商、商队队长。但为了看世界，探寻它、理解它，经年累月主动奔赴的周游，随后又把所有的发现都形诸文字，属于哪类呢？这样的人向来是少数。

希罗多德这种热情从哪里来？也许来自孩提时小脑瓜中出现的问题，比如船从哪儿来？在海滩上玩耍的孩子们，看到一艘船突然出现在很远的地平线，船向他们驶来，越来越大。它从哪儿起航呢？大部分孩子不会问自己这个问题。但总有一个孩子，比如正用沙子建造城堡那个，可能会冷不丁这么问。这船从哪儿来？天空和大海之间的那条线，非常非常遥远，似乎是世界的尽头；莫非那条线之外还有另一个世界？里面还有另一个人？那会是个什么样的世界呢？孩子开始寻找答案。等他长大了，有自由了，就能寻根究底。

行万里路本身提供了一些答案。人在移动。在旅行。希罗多德的书源自旅行；这是世界文学的第一部新闻报道式巨著。它的作者具有记者的直觉,新闻工作者的眼光与倾听力。他常年不懈;他驶过海洋,穿越大草原,冒险深入沙漠,我们看到了他对这一切的描述。他的不屈不挠让我们吃惊,他从不抱怨疲惫。没有什么能让他气馁,他也从没说过他害怕。

他为什么无所畏惧,能孜孜不倦地投身这场伟大的冒险?我认为是一种乐观的信念,人类早已失去的信念:相信这个世界可以被真实描述,相信这么做有价值。

希罗多德从一开始就让我着迷。我经常打开这本书,一再重读,读希罗多德,读他描述的场景,读他讲述的众多故事、他数不清的细节。我一直试图进入他的世界,找到读他的方法,让自己熟悉它。

借用他的眼光,学习他怎么看待人、描述人与事,这不难做到。他没有愤怒,没有敌意。他试图了解一切,搞清楚为什么有人以这种方式而不是那种方式行事。他从不抱怨人,只责问制度;个体并非生而邪恶,继而败坏、堕落,使他邪恶的,是他恰好生活在其中的社会配置。因此希罗多德是自由和民主的热烈拥护者,是专制、独裁和暴政的仇敌——他认为只有在前一种情况下,人才有机会有尊严地行动,做自己,做个人。瞧,希罗多德似乎在说,那么一小撮希腊城邦击败了那么强大的东方大国,只是因为希腊人拥有自由,并且为了自由愿意牺牲一切。

希罗多德认同同胞的优点,但对他们也不是没有批评:公开讨论和言论自由的原则固然值得称赞,也很容易导致毫无意义甚至有害的争吵。他给我们描述,自由表达的希腊人甚至会在战场上争吵,旁边就是随时准备进攻的敌人。眼看着薛西斯的士兵向他们逼近,已经射出第一支箭并准备拔剑,希腊人开始争论,应该先攻击哪个波斯人,是先攻击来自左翼那家伙,还是解决来自右翼的威胁?不正是因为这种好争辩的习性,希腊人永远无法组成统一的共同体吗?

之前虫豸大队只能攻击我一个,现在多了个雅尔达,它们兵分两路,嗡嗡作响,气势汹汹。在它们不懈的侵袭下,我俩疲于应付,就向阿卜杜求助,他如同一位古老的祭司,拿出浓郁的熏香驱赶邪恶势力,它们立刻化为嗜血的空气。

稍后再聊非洲当前局势(这是我们每天必须关注的话题),我们继续希罗多德。雅尔达很久以前就读过这位希腊人的书,但他记不得什么了,他问这本书最让我印象深刻的是什么。

我回答是它的悲剧性。希罗多德与最伟大的希腊悲剧作家埃斯库罗斯、索福克勒斯(俩人可能认识)和欧里庇得斯等人，生活在同一个时代。他生活在戏剧（以及其他许多领域）的黄金时代，当时的舞台艺术受到神秘故事、民间仪规、民族节日、宗教仪式、酒神祭的影响。这陶染了希腊人的写作方式，包括希罗多德的写作方式。他通过个体的命运来解释世界的历史。他的书以记录人类历史为目标，里面写的都是有血有肉的人、有自己名字的具体的人，他们或强大或弱小，或善良或残忍，或耀武扬威或垂头丧气。称呼不同，情势各异，安提戈涅和美狄亚、卡珊德拉和克吕泰涅斯特拉的仆人、大流士的幽灵和埃癸斯托斯的宝剑骑士一一登场。神话与现实，传说与事实，融为一体。希罗多德试图区分它们，既不忽视谁，也不冒昧地区分三六九等。他知道一个人的思维方式和决策，在多大程度上取决于内在领域，取决于精神、梦想、焦虑和预感。他明白，国王在睡梦中看到的鬼影，可以影响他的国家和数百万臣民的命运。他知道，一个人在面对自己想象的恐惧时，是多么软弱，多么无助。

与此同时，希罗多德为自己制定了一项雄心勃勃的任务：记录世界历史。在他之前没有人尝试过这个。他是第一个想到这个主意的人。他不断为写作收集素材，询问目击者、吟游诗人和祭司，他发现他们每个人记得的东西都不同——各不相同且各有各样。此外，早在我们之前许多世纪，他就发现了人类记忆的一个重要特征，它靠不住并且复杂：人们记住的是他们想记的事，而不是实际发生的事。每个人都以自己的方式文饰真相，酿造自己特有的回忆。因此，其实不可能了解过去本身，过去的本来面目。我们能得到的只是记忆的各种版本之一，或多或少可信，在特定时间更适合我们而已。并不存在过去。只存在对过去的无限渲染。

希罗多德充分意识到这个困难，但他仍然坚持——他不断调查，或引述各方观点，或直率地拒绝那些荒谬和违背常识的观点。他才不是个被动的倾听者和事件记录者，他想积极参与创造这部了不起的戏剧——今天、昨天和更遥远时代的历史。

无论如何，我们今天看到的世界形象得以完成，不仅来自见证人的讲述。希罗多德同时代的人也置身事内。在出版业和闭门写作型作家出现之前的年代，作家与其受众保持着紧密而直接的联系。毕竟当时书还不存在，作家只是把自己写的东西呈现给公众，他们在现场聆听，作出反应，给予评论。听众反应是个重要指标，作者的讲述方式是否讨人喜欢，决定了他是否需要调整写作方向。

如果没有"外邦保护人"（proxenos），也就是"客人的朋友"这一机制，希罗多德的旅行是不可能的。

Proxenos，或缩写为proxen，类似某种领事。保护人以自愿或收费的方式照顾来自他家乡的访客。他已经适应了居住的城市，人脉也很广，作为中间人，掌握了有效信息和新的联系人，他能将新来的同胞置于荫庇之下。在这个特别的世界，外邦保护人的角色不可或缺，因为众神生活在人中间，而且神与人常常无法区分。必须真诚款待新来者，因为我们永远无法确定，这个讨要食物和住所的流浪者，到底是人类，还是化身为人形的神。

对希罗多德来说，其他有价值的材料来源，是各种无处不在的记忆守护者、自学成才的历史学家、流浪琴师。时至今日，在西非，人们仍能遇见歌舞艺人，他在村庄和市集游荡，讲述他的民族、部落或氏族，他们的传说、神话和故事。以一小笔钱，或者一顿简餐和一杯清凉的水作为交换，这位智慧超群、想象力丰富的老歌舞艺人，会为你讲述他的国家的历史，从前在那里发生过什么意外和大事，甚至奇迹。他说的是真是假，谁也说不准，最好别追究那么仔细。

希罗多德旅行是为了满足一个孩子的问题：地平线上的船从哪里来？我们亲眼看到的难道不是世界的边缘吗？不是。所以还有别的世界？那个世界是什么样的？孩子长大后，他会想知道这些。但如果他没有完全成熟，在某种程度上始终是个孩子,那会更好。只有孩子会提出重要的问题,真正想要发现事物。

希罗多德以孩子般痴迷的热情去了解他的世界。他最重要的发现是什么?有很多个世界。每一个都不同。

每一个都很重要。

而人必须了解它们,因为这些不同的世界,这些不同的文化,是我们得以理解自己的镜子,由于它们,我们才得以更好地了解自己——因为在与他者对照之前,我们无法比较,确定自己身份的边界。

这就是为什么希罗多德有了这个发现:不同的文化就像一面镜子,我们可以从中审视自己,以更好地了解自己——每个早晨,锲而不舍,一次又一次地踏上旅程。

28

我们身处黑暗,被光包围

希罗多德并不总是伴着我。很多时候,我动身很突然,既没有时间也没有心思去想那个希腊人。即使随身带着这本书,我也总有太多工作要做,缺乏心力和意志去重读奥塔涅斯、麦加拜祖斯和大流士之间的重要对话,或者想象薛西斯出兵征服的埃塞俄比亚人长什么样。埃塞俄比亚人身着豹皮和狮子皮,手持用棕榈树干制成的弓。这些弓很长,至少有四肘尺长,他们的箭很短,箭簇不是铁的,而是磨尖的石头……他们还带着长枪,枪头用瞪羚的角制成,像刀刃一样锋利。他们还带着有结疤的棍棒。他们投身战斗时,用石灰涂抹一半身体,用赭石涂抹另一半。

但即使不去翻书,我也能轻松回忆起希腊人与亚马逊人之战的结局,我之前曾多次读过它:故事是这样的,希腊人在赛尔摩冬战役战胜亚马逊人后，开着三艘船离开，船上载着他们俘虏的所有亚马逊人。船驶至海上后，女人们袭击男人，把他们杀死，但她们完全不懂船，也不知道如何使用舵、帆或桨；因此，在干掉这些男人之后，她们只能随着海浪和风的方向漂流。她们在麦奥提斯湖靠岸，来到名叫"克列姆尼"的地方，自由的斯基泰人在此居住。亚马逊人在那里上岸，前往有人居住的区域。亚马逊人首先遇到的是一群马，她们逮住这些马，然后骑着它们抢劫斯基泰人的财产。

斯基泰人不明白发生了什么。他们搞不清这些新鲜面孔从哪儿来，她们的语言和服饰都是陌生的；简而言之，这些人让他们困惑。但斯基泰人以为这些人是年轻男子，就攻击她们。直到战斗结束，尸体落入斯基泰人那里，他们才明白这些人是女子。

他们决定不再杀更多的女人，转而派去一队与亚马逊女子数量相当的年轻斯基泰男子，让他们在女子附近扎营。斯基泰人此举意在让这些女子为他们生孩子。

因此，青年小队遵照执行。亚马逊人意识到他们不是来伤害自己的，之后就由他们待着，两个营地之间的距离一天比一天近……

每天中午，亚马逊人习惯两三个人一组，彼此分开一段距离，以方便解手。斯基泰人注意到这一点后，也这么做。其中一个斯基泰男子纠缠一个独行的亚马逊女子,亚马逊人没有拒绝他,允许他和她发生性关系。她没法和他说话,因为彼此语言不通,但她用手势告诉他第二天回到同一个地方,再带上一名男子;她向他明确表示,她还会带上另一名女子。年轻人回到营地,把这个消息告诉了其他人。第二天他如约而至,并带了其他男子一起,发现那里还有另一位亚马逊女子在等着他们。其他年轻男子得知后,也这么做,和其余亚马逊人发生了关系。

此后双方营地合而为一,共同生活……

即使多年未翻开《历史》,我也从未忘记希罗多德。他曾经是一个活生生的、呼吸着的人,然后被遗忘了两千年,在很多个世纪之后的今天,至少对我而言,他又活了过来。我脑海里的他,被赋予了我喜欢的外貌和特征。他现在是我的希罗多德,对我来说很亲近,我们有共同语言,心意相通,至少也能亲密交谈。

我想象着,我站在海边时,他走近我,放下手杖,抖落凉鞋上的沙子,开始和我交谈。他可能是那种对着无助的听众说个没完的人,他们必须拥有听众,不然就会枯萎,活不下去;他们是不知疲倦、始终兴致勃勃的传播者,如果看到什么,听到什么,必须立即把消息告诉其他人,他们天生就无法默不作声,哪怕片刻。传播是他们的热情所在：这是他们一生的使命。徒步、骑马,得到信息——并立刻告诉全世界。

热衷于此的人并不多。普通人并不会对这个世界特别好奇。人活着,多多少少要勉力应付世间诸事,自然觉得越省事越好。而了解世界是一种劳动,一种异常耗费精力的劳动。事实上,大多数人逐渐获得完全相反的能力:视而不见,听而不闻,主要是为了自我保全。因此,当一个像希罗多德这样的人出现,一个渴望求知,并为此上瘾、陷入狂热的人,一旦拥有了智慧和书面表达能力,自然能够长久地被后人记住。

他这样的造物是无法满足的海绵,他们轻松吸收一切,也同样轻松地把一切挤个干净。他们不会在机体内长期保存任何东西,而且因为秉性厌恶真空,他们需要不断地摄取新养分,为自己提供补给,由此繁殖,增长。希罗多德的心无法驻留在一件事或一个国家。总有什么东西在推动他向前,鞭策他不眠不休。他今天发现和弄清的事实明天不再吸引他,因此他必须步行(或骑马)奔赴更远的远方。

这样的人,虽然对别人有用,甚至讨人喜欢,但说实话,他们常常不快乐——事实上是孤独的。是的,他们寻找投契者,甚至在他们看来,在某个国家或城市,他们已经找到了真正的同类和友谊,开始认识和了解一个人;但有一天他们醒来，会突然觉得，实际上没有什么能将他们与这些人连接在一起，他们可以立即离开。在他们心里，让他们着迷的，现在是另一个国家、另一些人，昨天最吸引人的事件现在也变得苍白，不再有意义，不再重要。

实际上，他们不执着于任何事物，不会在哪里深深扎根。他们的同情是真诚的，但也是肤浅的。如果问他们，去过的国家里最喜欢哪个，他们会很尴尬，因为他们不知道如何回答。哪个？从某种程度上说，全部都喜欢。每个国家都有吸引人的地方。他们想重访哪个国家？再次尴尬，因为他们从不会问自己这样的问题。可以肯定的是，他们想回到旅途，去某个地方。再次在路上——这就是梦想。

我们无法确知究竟是什么吸引了一个人去看世界。对阅历的渴求？对惊奇的着迷？不再感到惊讶的人是空虚的，仅存一颗暗淡的心。如果他相信一切都发生过，他全都看过，那么他内心最宝贵的东西——生活的乐趣——就已经死去。希罗多德恰恰相反。他是个活跃的、入迷的、不知疲倦的流浪者，满脑子都是计划，有很多点子和各种看法。总是在旅行。即使在家里时（但他的家在哪里？），他要么刚探险归来，要么正在为下一次探险做准备。旅行是他维持生命的必需品，他通过旅行来探索和学习，来了解生活，了解世界，也许终极目标是了解自己。

他的脑海里有幅世界地图——实际上，他一边旅行一边创造这幅地图，不断修改它，填充它。它是一幅活生生的图像，一个旋转的万花筒，一块闪烁的屏幕。上面发生了成百上千件事。埃及人在建造金字塔，斯基泰人在狩猎大型动物，腓尼基人在绑架年轻女性，而塞伦女王培列提美正在悲惨地死去……

希罗多德的地图上有希腊和克里特岛，还有波斯和高加索，阿拉伯和红海。没有中国，也没有美洲或太平洋。他不清楚欧洲的形状，其名称的起源也让他苦苦思索。没有人确切知道欧罗巴东边或北边是否有海；然而，众所周知，它的周长是其他大陆的总和……我也不知道是谁确定这些边界，以及这些大陆如何得名。

他不关心未来，因为未来只是今天的翻版。他感兴趣的是从前，正在消逝、从记忆中褪去、和我们永别的从前——这番图景让他充满恐慌。我们是人类，因为我们讲故事和神话；历史正是我们区别于动物之处。共同的历史和传说巩固了共同体，而人类只能作为共同体的一员，依靠共同体，才能存在。个人主义这一现代概念，在希罗多德的时代还没有被构想出来，那时也没有自我中心主义，没有任何弗洛伊德式理念——这种思想直到两千年后才会出现。人们傍晚聚集在老树下，在长长的公共餐桌边，在篝火旁。附近有海最好。人们就餐，喝酒，聊天。在这些对话中编织着故事，变化无穷的故事。如果有来访者、旅行者碰巧路过，他会被邀请加入。然后他坐下倾听。早上，他将启程。他到下一个地方，也会受到同样的款待。这些古老夜晚的情景不断重现。如果旅行者的记性够好——希罗多德一定拥有非凡的记忆力——随着时间的推移，他就能攒很多故事。这是我们这位希腊人收集资料的来源之一。另一来源是他的所见。还有一个，是他的所想。

有时候，相比我现在作为通讯员和记者的旅程，通往过去的旅程更吸引我。尤其是在对现实感到疲倦的时候，我常有这种感觉。眼前的一切都在不断重复：政治，总是背信弃义、肮脏的游戏和谎言；普通人的生活，满是冷酷的贫穷和绝望；被分为东方和西方的世界，是永恒的二元对立。

正如我曾经渴望跨越物理边界一样，现在我着迷于跨越时间边界。

我担心自己会落入地方主义的陷阱。我们往往将地方主义的概念与地理空间联系起来。一个地方主义者的世界观，是由某个边缘区域塑造的，他认为这个边缘区域无比重要，因此赋予其过多的普遍意义。T. S. 艾略特告诫人们，要提防另一种地方主义：并非空间上的，而是时间上的地方主义。1944年,艾略特在一篇关于维吉尔的随笔中写道:"在我们这个时代,当人们似乎比以往任何时候都更容易混淆智慧和知识,知识和信息,并试图用科技方法解决生活问题,一种新的地方主义由此产生,它或许需要一个新的命名。这是一种地方主义,它不是空间上的,而是时间上的;对它来说,历史只是人类行为的记录,这些行为已经完成使命并被抛弃,对它来说,世界完全是生者的财产,死者不享有权益。这种地方主义的危害是,地球上所有的人,全部都可以成为地方主义者;而不愿成为地方主义者的,只能与世隔绝。"

因此有空间的地方主义者和时间的地方主义者。每个地球仪、每张世界地图,都表明前者在他们的地方主义中是多么的迷失和盲目;同样,包括希罗多德的每一页在内,每部历史都向后者表明,当下始终存在,历史是连续不断的当下,对我们而言古老的事件,对那些生活在其中的人来说,是具体的、活生生的现实。

为了保护自己不受这种时间的地方主义的影响,我来到希罗多德的世界,请这位睿智、老练的希腊人做向导。我们一起年复一年地漫游。虽然独自旅行是最好,但我们没有打搅彼此,我们相隔两千五百年的时间,也隔着我的敬畏。尽管希罗多德与人相处时,从来都直率、善良、温和,但我总觉得自己配不上这种与巨人的相遇,觉得冒昧,但始终心怀感激。

我试图躲进历史的做法对吗?这种追求有意义吗?毕竟,我们在历史记载中遇到的事情,和自以为在这个时代可以躲开的事情,完全相同。

希罗多德陷入了一个无解的悖论:他毕生致力于保存真实的历史,防止人类事件随着时间流逝被遗忘。与此同时,他的主要研究来源不是第一手经验,而是其他人讲述的历史,是他们看到的样子,有选择的记忆,是后来或多或少有意呈现的历史。简而言之,这不是原始历史,而是他的对话者拥有的历史。这种目的和手段的分歧无法解决。我们可以尽量减少或缓解分歧,但永远无法实现客观的理想。主观因素及其导致的事实变形始终无法消除。希罗多德表达了对这种困境的警惕,不断给他报道的内容加上限定词:"正如他们告诉我的那样""正如他们宣称的那样""他们以各种方式呈现这一点",等等。事实上,无论我们的手段如何进化,我们面对的永远不是未经中介经手的历史,而是经过重述、展示的历史,是某个人看到的历史,他或她认为发生过的历史。这从来是这个行当的本质,凭一己之力就可以抵抗它的想法是愚妄的。

这也许是希罗多德最伟大的发现。

我从科斯岛乘一艘小船前往哈利卡尔那索斯，那是希罗多德的出生地。途中，沉默寡言的年迈水手降下了桅杆上的希腊国旗，升起了土耳其国旗。两面旗都皱皱巴巴的，褪了色，还有磨损。

小镇正好位于蓝绿色海湾的弧线内，每年这个秋天，许多游艇停泊在海湾的水面上。我问警察去哈利卡尔那索斯的路怎么走，他纠正道，是去博德鲁姆，他说现在土耳其人这么称呼这个地方。回答得礼貌并且通情达理。我来到岸边的廉价小旅馆，前台小伙子得了急性骨膜炎，脸肿得要命，让人担心脓包随时会在他脸颊上裂开。为防万一，我保持了安全距离。我住在一楼破旧的小房间，这里没有什么能关严实，不管是门窗还是衣橱，这倒让我不再拘谨，仿佛来到一个熟悉已久的环境。早餐时，我享用了美味的土耳其豆蔻咖啡、皮塔饼、一片山羊奶酪、一些洋葱和橄榄。

我沿着镇上的主街出门，那里种满了棕榈树、无花果和杜鹃花丛。在海湾边某处，渔民们正在出售他们一早的渔获，渔获堆在淌着水的长桌上。桌上的鱼还在扑腾着，他们抓起鱼，用钝器砸开鱼头，极敏捷地掏出内脏，熟练地把内脏扔进海湾。水里挤满其他以血腥残渣为食的鱼。第二天黎明时分，渔民们会把新一天的渔获收进网里，然后扔到湿滑的长桌上,每条鱼都精准地落入刀下。通过这种方式,大自然循环往复,既养活了自己,也养活了人类。

沿着这条路走到一半,在伸向海面的一个山丘上,矗立着十字军建造的圣彼得城堡。这里有一座了不起的水下考古博物馆,收藏着潜水员从爱琴海底打捞的一系列物品。特别惹人注目的是大量的双耳细颈椭圆土罐。双耳罐已经存在了五千年。它细长的颈部像天鹅,结合了优雅的外形与来自烧制黏土和石头的强度和弹性。它们被用来装橄榄油和葡萄酒,蜂蜜和奶酪,小麦和水果,并在整个古代世界流通——从海格力斯之柱到科尔基斯和印度。爱琴海底散落着双耳罐的碎片,也有许多完好无损的双耳罐,里面可能还装着橄榄油和蜂蜜,搁在水下悬崖的某块岩石上或埋在沙子里,如同潜伏的野兽,一动不动。

潜水员打捞上来的,只是整个水下世界的片段,水下世界的深处,和我们所居住的水上世界一样丰富。那里有沉没的岛屿,岛上有沉没的城镇和村庄,港口和港湾,庙宇和圣所,祭坛和雕像。有沉没的大船和无数渔船。还有等待被打捞的商船和海盗船。腓尼基人的战舰在水面之下,而在萨拉米斯,则是庞大的波斯舰队,薛西斯的骄傲。还有无数马队,成群的山羊和绵羊。森林与耕地。葡萄园和橄榄园。

那是希罗多德了解的世界。

最打动我的是博物馆里的一个暗室，它像昏暗的洞穴般神秘，里面的桌子上、陈列柜里和架子上，摆放着从海底打捞上来的透明玻璃制品，杯子、碗、罐、香水瓶、酒杯。开着房门，房间透亮时，第一眼并不能清晰看到它们。等门关上，屋里暗下来，管理员按下开关，点亮小房子里的小灯泡，脆弱、暗淡的玻璃片瞬间变得栩栩如生，开始闪烁、发光、律动。我们站在幽深的黑暗中，仿佛身处海底，落座于波塞冬的盛宴，周围都是女神，每位女神都在头顶举起一盏橄榄油灯。

我们身处黑暗，被光包围。

我回到旅馆。前台站着一位黑眼睛的土耳其姑娘，代替了那个病痛折磨中的男孩。她看到我的时候，面部表情略微一动，意在欢迎和吸引游客而露出的职业微笑中，掺杂了一丝矜持。按照他们的传统训谕，对陌生人要保持严肃而冷淡的态度。

人名、地名、专有名词译名对照[1]

(按字母顺序排列)

A

Aba 阿坝

Abdou 阿卜杜

Abegg, Lily 莉莉·阿贝格

Abydus 阿比多斯

Agathyrsian 阿伽赛尔西人

Amaro 阿马罗

Amestris 阿美斯特莉丝

Anil 阿尼尔

Aristagoras 阿里斯塔戈拉斯

Aristodamus 阿里斯托德姆斯

Artabanus 阿塔班努斯

Artayctes 阿泰克特斯

Artaynte 阿塔因塔

Atarneus 阿塔纽斯

Artaphrenes 阿塔佛涅斯

Artembares 阿腾巴列斯

Attaginus 阿塔吉努斯

Arusi 阿鲁西部落

B

Bactria 巴克特里亚

Bambara 班巴拉人

Banda 班达

Bangui 班吉

Baya 巴亚

Berkele Mole Hotel 伯克勒莫尔旅馆

---

[1] 译名已有通译的常见人名、地名不在注释范围内。

Bielas 别拉斯
Bodrum 博德鲁姆
Boeotia 维奥蒂亚
Budinian 布迪尼亚人

C

Casbah 卡斯巴
Césaire, Aimé 埃米·塞泽尔
Chios 希俄斯岛
Chodów 乔杜夫村
Cleomenes 克里昂米尼
Coës 科埃斯
Cremni 克列姆尼
Czytelnik 采特尼克

D

Deussen, Paul 保罗·多伊森
Diop, Anta 安塔·迪奥普
Douala 杜阿拉
Dubois, J. A. J. A. 杜波依斯
Dushan 杜尚

E

Elaeus 艾拉尤斯
Elephantine 象岛
Etearchus 埃铁阿尔科斯

F

Fernando Po 费尔南多波岛

G

Gilbert, Rodney 甘露德
Gobryas 戈布里亚斯
Gyges 居基斯

H

Halicarnassus 哈利卡尔那索斯
Hammer, Seweryn 塞韦伦·哈默
Harpagus 哈尔帕古斯
Hegesistratus 赫格西斯特拉图
Hermotimus 赫尔摩提姆斯
Histiaeus 希斯提埃乌斯
Hofman, Michał 米哈乌·霍夫曼
Hydra 伊兹拉
Hystaspes 希斯塔斯佩斯

I

Ife 伊费人
Irunu 伊鲁努

J

Jarda 雅尔达
Judi 朱迪

K

Kindu 金都

Kongolo 刚果鲁

Korta, Krysia 克雷霞·科尔塔

Kos 科斯岛

Krochmalna 克罗赫马尔纳

L

Latourette 赖德烈

Lesbian 莱斯博斯岛人

Lisali 利萨利

Lusambo 鲁萨姆博

Lycides 吕基达斯

M

Madytus 玛狄图斯

Maeetis 麦奥提斯湖

Makonde 马孔德人

Malowist, Bieżuńska 别容斯卡·玛沃维斯特

Mardonius 玛尔多纽斯

Mariem 玛丽姆

Masistius 玛西斯提乌斯

Massagetae 马萨格泰人

Megabazus 麦加巴佐斯

Megabyzus 麦加拜祖斯

Miltiades 米提亚德斯

Murichides 穆里奇德斯

Murle 穆尔勒部落

Mwaka 姆瓦卡

Mycale 米卡尔

Mytilene 米蒂利尼

N

Nasamones 纳萨摩涅斯人

Negusi 内古西

Nesaean 涅赛昂

O

Oceanus 俄刻阿诺斯

Oeobazus 奥约巴佐斯

Otanes 奥塔涅斯

P

Panda 潘达

Panionius 帕尼奥纽斯

Panyassis 帕尼亚西斯

Paulis 保利斯

Pedasa 佩达萨

Peul 颇尔族

Phrynichus 弗里尼库斯

Plataea 普拉提亚

R

Radomsko 拉多姆斯科

Ramacharaka 罗摩遮罗迦

Ranke, Otto 奥托·兰克

Rhampsinitus 兰普辛尼图斯

S

Sacae 萨卡伊

Salamis 萨拉米斯

Sardis 萨第斯

Scythia 斯基泰

Sealdah 锡亚尔达

Senghor, Léopold 利奥波德·桑戈尔

Sestus 塞斯托斯

Sicinnus 西金努斯

Skupiewski 斯库皮耶夫斯基

Sophanes 索汾涅斯

Stanleyville 斯坦利维尔

Syrtis 瑟提斯湾

T

Tarłowska, Irena 伊莱娜·塔尔沃夫斯卡

Taurian 塔乌利人

Tegea 泰格亚

Thasos 萨索斯岛

Thermodon 赛尔摩冬

Thersander 赛尔桑达

Thessaly 色萨利

Thurii 图里伊

Topota 托博塔部落

Trausian 特劳希人

Tulama 图拉马部落

W

Wright, Richard 理查德·赖特

Z

Zamalek 扎马雷克

Zopyrus 佐庇鲁斯